Amalia und Katja Pesch

Amalia
Die letzten Schritte sind Flügelschläge

Grundsatzerklärung:

Autoren und Verlag respektieren alle Menschen und Religionen und lehnen deshalb jede Art von rassistischen Voreingenommenheiten und Propaganda ab, komme diese von konfessioneller, politischer oder ideologischer Seite. Autor und Verlag lehnen jede Verantwortung gegenüber Missverständnissen bzw. Anklagen ab, die aus oberflächlicher, unvollständiger oder voreingenommener Lektüre dieses Buches entstehen könnte.

Lektorat:	Stefanie Below
Umschlaggestaltung:	Gerhard Laib, GartenWEden Verlag
Bilder:	Katja Pesch
Layout:	Gerhard Laib, GartenWEden Verlag
Druck und Bindung:	Frick Kreativbüro & Onlinedruckerei e. K., www.online-druck.biz

Bibliografische Informationen der Deutschen Nationalbibliothek
Die Deutsche Nationalbibliothek verzeichnet diese Publikation in der Deutschen Nationalbibliografie; detaillierte bibliografische Daten sind im Internet über http://dnb.d-nb.de abrufbar.

ISBN 978-3-946504-10-8

© 2017 GartenWEden Verlag
1. Auflage: November 2017

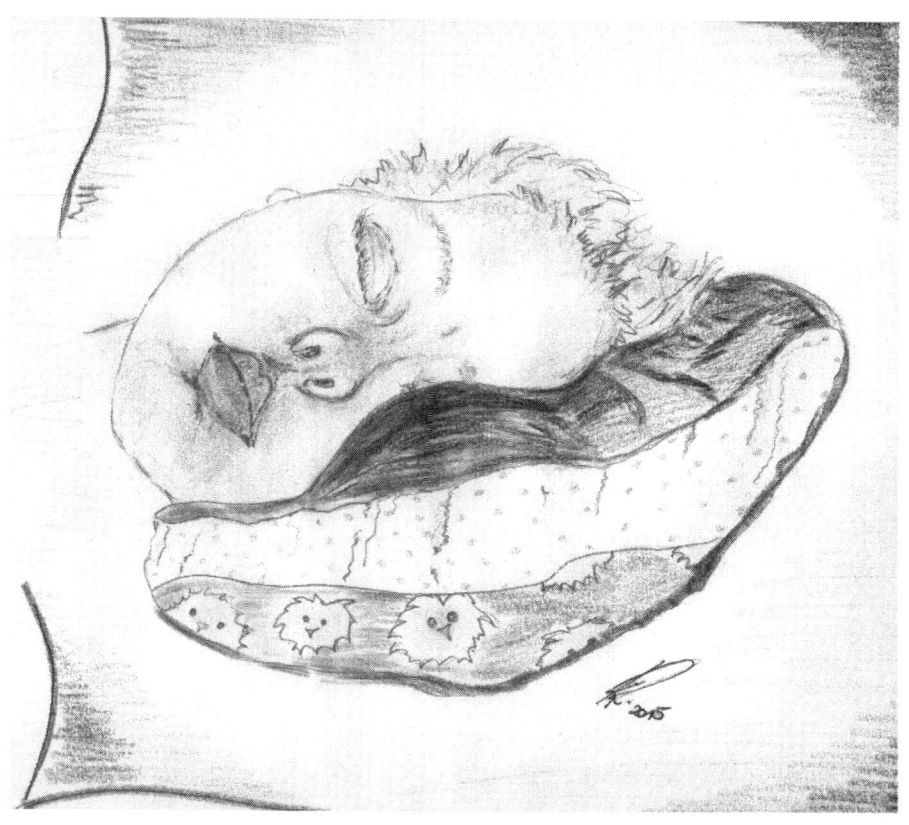

Amalias Bild zeigt sie friedlich schlafend.
Ein Engel, der Sie begleiten wird, wann immer Sie nach ihm rufen werden.

Danke, dass Sie unsere Geschichte in Ihr Herz lassen.

Inhalt »Amalia«

Epilog

Das Schicksal hat in meinem Dasein oft und mit unterschiedlicher Intensität gewütet, aber auch gezaubert. Der Glanz in meinem Leben beruht auf magischen Beziehungen zu ganz besonderen Menschen. Meine Tochter, die die Vorsehung in mein Leben gebracht hat, gehört mit zu diesem Zauberkunststück.

Durch eine begonnene Krankenschwesterausbildung und während der Begleitung von Kranken hatte ich oftmals Kontakt mit Krankenhäusern. Ich erinnere mich an Aufenthalte in der Kölner Uniklinik. Auf meinen Wegen fiel mir ein Haus immer besonders ins Auge. Ich blieb sogar damals – ich war selbst noch nicht Mutter – davor stehen. Ich stellte mir den Horror hinter den Wänden in diesem Krankenhausteil vor: Kinderonkologie. Alleine dieses Wort brachte mein überdimensionales Empfindungs- und Vorstellungsvermögen zum äußersten Rand des Aushaltbaren.

Und nun, unendlich viele Jahre danach, befinde ich mich selbst in diesem Haus und kämpfe um das Leben meiner kleinen, achtjährigen Tochter.

Alles Erlebte, alle „Zufälle" kommen mir nun wie eine spezielle Schulung für diese Lebenssituation vor. Irgendetwas in mir hat es immer gewusst: Das Leben als Mama werde ich nur kurze Zeit führen dürfen. Oder?

Mein Herz klopft. Meine Tränen stauen sich schmerzhaft aneinanderdrängend hinter meinen Augen. Sie dürfen nicht hinaus. Ich blicke auf die Pforte zum Grauen. Hinter der Tür liegt mein kleines Mädchen, der ich nun erklären muss, dass ihr Leben in wahrscheinlich sehr kurzer Zeit zu Ende gehen wird. Tief hole ich Luft, greife zur Türklinke. Ich denke an das soeben beendete Gespräch mit dem Leiter der Kinderonkologie. Ich höre seine Worte: „Ihre Tochter ist schwer krank. Leider entspricht meine vermutete Diagnose der Wahrheit. Ihre Tochter hat ein Astrozytom Grad 3 im Stammhirn. Wir können nichts mehr für sie tun."

2013

Weihnachten in Südtirol

Alle freuen sich auf dieses Event: Zum ersten Mal Weihnachten mit Schneegarantie und ohne großen Aufwand im Haushalt. Alle würden sich verwöhnen lassen.

Wir kennen das Hotel, die Umgebung, das Essen, die netten Leute und die Skischulen mit dem dazugehörigen Skigebiet. Wir sind alle schon früher zu Gast hier gewesen und wissen, wie sich der Urlaub hier anfühlt. Zwei Wochen Pause von zuhause – so wünsche ich es uns und mir.

Die lange Anreise lassen wir gemächlich angehen. Amalia ist ein Reisekind und das frühe Aufstehen macht ihr nicht das Geringste aus. Ganz im Gegenteil: Sie versucht, uns mit dem Gepäck zu helfen. Danach gibt es Hundepflege-Instruktionen für Opa, der bei uns in dem Zwölf-Parteien-Haus wohnt. Unsere Hundeoma Saba ist zu alt, um so eine lange Reise im Kofferraum auf sich zu nehmen. Mit Opa hat sie Spaß, Auslauf und Unterhaltung. Außerdem hat die vornehme Hundedame den Code zum Abstauben für Extraleckerlies bei Opa schon sehr lange entschlüsselt.

Gemeinsames Magenknurren bedeutet uns: Es ist Zeit, eine schöne, ausgiebige Frühstückspause einzulegen. Geknurrt, getan! Auf dem Weg finden wir ein schönes Restaurant mit fantastischem Frühstücksbuffet. Zufrieden geht die Reise nach Südtirol weiter.

Amalias Geplapper stoppt. Die Berglandschaft, die uns geboten wird, lässt sie innehalten. Sie reißt die Augen auf. Es ist das faszinierende Bild eines begeisterten Kindes, das im Stande ist, die Schönheit einer Landschaft einzusaugen. Ich beobachte meine süße Tochter und möchte nicht über die ganzen Therapien nachdenken, die in meinen Augen kaum Fortschritte machen: Logopädie, Sehschule, Ergotherapie und osteopathische Behandlungen durch meinen Mann. Amalia hat Sprachprobleme und extreme Gleichgewichtsstörungen. Ganz zu schweigen von der sehr groben Feinmotorik. Weg mit diesen Gedanken, jetzt ist Urlaubszeit!

Nach ein paar äußerst angespannten Tagen, die sich in keinster Weise wie ungezwungenes Beisammensein anfühlen, breitet sich ein sehr deutliches Gefühl bei mir aus: Ich will nach Hause! Amalia ist ganz anders als im Vorjahr. Mein Eindruck ist, dass sie ungewollt Schwierigkeiten mit allem hat. Mit den anderen Kindern im Club spielen möchte sie nicht, weil die neue Betreuung „düster und freudlos" sei. Amalia hat mit dieser Beschreibung den Nagel auf den Kopf getroffen. Um die Urlaubskinder kümmern sich zwei „Gruftischwestern" mit schwarzen Klamotten und Totenkopfschmuck! Unzumutbar! Doch um an die Spiele zu kommen, muss man mit ihnen in Kontakt treten. Selbst für mich ist das mehr als unangenehm! Beim Skifahren hat unser Kind nur bedingt und zeitweise Spaß. Ich beobachte jeden Vormittag ihre kleine Skiklasse. Eine schmerzliche Überlegung macht sich breit: Skisport nur zum Gefallen für Papa und Mama? Schwimmen mit Papa ist auch nicht mehr so lustig wie im letzten Jahr. Claus versteht die Welt nicht mehr, weil Amalia schwimmen kann, sie aber, sobald mehr als drei Leute im Bad sind, keine Lust mehr dazu hat – auch nicht auf seine Wasserdrachenspiele. Durchschlafen kann Amalia hier auch nicht. Sie ist überhaupt sehr quengelig und unentspannt und wir können ihr anscheinend nichts recht machen.

Weihnachten. Ich liebe diese Zeit Schon ganz lange habe ich mit dem Christkind gesprochen. Es muss doch wissen, was ich mir wünsche!? Obwohl ich glaube, dass der Weihnachtsengel auch ohne Bitten Bescheid weiß. Jedes Jahr wurden meine Wünsche wahr. Ob das Christkind mich hier finden wird? Ich bin doch in einem anderen Land und noch dazu in einem Hotel! Der Weg hierher war so lang, ich kann mir nicht vorstellen, dass die wissen, wo ich bin. Draußen ist es weiß, dicke Schneesterne fallen diese Nacht vom Himmel. Weil ich nicht schlafen konnte, stand ich ganz leise auf, um Mama und Papa nicht zu wecken. Mein Bett steht direkt vorm Fenster, sodass ich die Sterne und den Schnee sehen kann. Die Flocken schweben majestätisch herab. Ich freue mich, mit Papa einen Schneemann zu bauen. Naja – er muss bauen. Mir dreht sich manchmal alles und mein Kopf tut weh. Es verschwindet aber meistens. Mama merkt, glaube ich, was. Sie schaut immer ganz lange und beobachtet mich, sie ist immer irgendwie bei mir. Ich möchte sie nicht beunruhigen. Ich sage nichts. Außerdem bin ich ein großes Mädchen! Mich ärgert manchmal, weil ich ja ein großes Mädchen bin, dass Mama, nachdem ich mich angezogen habe, immer an mir herumzieht und alles zurechtrückt. Ich kann das doch alles! Ich bin müde, ich lege mich wieder hin und meine Augen fallen zu. Heute wird Weihnachten sein.

Alle sind ein wenig aufgeregt. Weihnachten in einem Hotel. Alles war bis jetzt anders als erwartet und vorgestellt, weniger schön. Warum? Claus und ich reden viel und rätseln, was hier los ist, speziell mit unserem Kind. Was ich ihm verheimliche, sind meine schrecklichen Gedanken, begleitet von Bildern, die alle das gleiche Thema haben: Amalias Tod. Die Bilder treffen mich meistens aus dem Nichts, unvorbereitet. Sie schockieren mich, lähmen mich. Ich stelle mir die Frage, ob ich verrückt werde. Eine Mutter, die innerlich den Tod ihres Kindes vor Augen hat? Das ist nicht normal.

Wir haben uns alle fein herausgeputzt für das Weihnachtsdinner. Amalia sieht außerordentlich niedlich aus, ganz in lila und pink. Sie freut sich heute besonders, genießen zu dürfen und ist gespannt, was das Buffet zu bieten hat.

Oh, ist der kuschelig! Ich trage heute meinen lila-gestreiften Teddy-Kuschel-Rollkragen-Pullover und eine pinke Leggins, die innen auch flauschig ist. Schön warm. Ich habe von Mama Parfum auf meinen Pullover bekommen, jetzt dufte ich wie eine Elfenprinzessin! Mein Bauch knurrt. Ich habe Riesenhunger. Hoffentlich gibt es Schokocremekuchen. Ich liebe Schokolade in allen Sachen, die es zu Essen gibt. Mama und Papa sind heute aber langsam! Wie lange dauert das denn noch, bis wir losgehen können? Zwischen den beiden springe ich hin und her. Oh, da ist wieder dieses Gefühl, ich muss aufhören und mich hinsetzen. Mama merkt es direkt, obwohl ich aufgepasst habe, dass keiner guckt. Ich sage, dass ich zu hungrig bin, um weiter zu hüpfen. Endlich, sie sind fertig angezogen und duften auch so gut wie ich. Auf zum Weihnachtsfest!

Die Männer und Frauen, die hier arbeiten, sind heute besonders hübsch angezogen. Der Mann, der sagt, wann die Gäste ins Restaurant dürfen, hat heute eine weiße Jacke an und strahlt. Ich lache ihn an, weil er immer, wenn er mich sieht, „Buon giorno signorina Amalia" sagt. Er sagt das auf italienisch. Schöne Worte sind das. Ein bisschen verlegen bin ich schon jedes Mal.

Die Tür geht auf und ich sehe die anderen Angestellten, die uns immer zu Trinken bringen. Alle stehen in einer Reihe und empfangen uns wie auf einem Ball, wenn die Prinzessin kommt.

Was ist das? Was haben sie getan? Ich muss schreien, schreien. Ich habe Angst. Ich sehe kleine Köpfe von Schweinebabys auf den Tischen, wo das ganze Essen steht. Sie sind tot! Die Köpfe haben sie wie Schmuck hingelegt vor dem Fleisch der Babys, das die Leute wohl zum Essen bekommen sollen. Tränen. Alles tut weh. Ich kann nicht aufhören zu schreien. Warum tun die Menschen das? Mama sagt, Weihnachten ist das Fest der Liebe. Wir essen zuhause keine Tiere. Ich weiß, dass das andere Menschen tun, aber was haben die Schweinebabys denen getan, dass sie nicht mal groß werden durften?

Vorbei an den kopfschüttelnden Leuten mit uns entgegenspeienden Gesichtern voller Unverständnis trage ich mein kleines Mädchen, das sich vor Tränen und Schmerz krümmt, nach draußen in den Vorraum. Beruhigen lässt sich Amalia nicht. Ich fühle, dass sie bis ins Mark erschüttert ist. Heute ist Weihnachten, das Fest der Liebe! Wie soll ich ihr dies hier erklären? Amalia ist ein Kind mit unendlicher Liebe für alles und jeden, mit unendlichem Verständnis für alles und jeden. Und jetzt das!

Wir sind im Hotelzimmer. Ich lasse Amalias Tränen und Schluchzen freien Lauf, liege neben ihr und streichle ihr den Rücken, halte sie. Nach einer Weile sehe ich in die wissenden, schmerzerfüllten Augen meines so ungewöhnlichen Kindes und aus ihrem Mund höre ich: „Mama, die wissen nicht, was sie da wirklich machen und müssen die Liebe noch lernen." Wieder einmal macht mich die Güte und Weisheit von Amalia sprachlos und lässt mich staunend zurück.

In dieser Nacht weint und schreit Amalia. Sie sagt, ihre Ohren tun weh. Wir beschließen, am nächsten Tag nach Hause zu fahren. Ein merkwürdiger „Urlaub" geht mit einem Gefühl der Erleichterung, endlich die Heimreise anzutreten, zu Ende.

Alles zu viel

Die Winterferien mit dem dazugehörigen Urlaub waren ein Chaos. Und unser Alltag hat sich seit Amalias Einschulung extrem verändert. Sie fühlt sich in ihrer Grundschule nicht mehr wohl. Sie ist gestresst und völlig kaputt. Auch hier bemerke ich, dass Amalia sich, aus Liebe zu ihrer Lehrerin, zu ihrem Papa und mir, außerordentlich anstrengt. Alles scheint für sie nur mit übermenschlichem Kraftaufwand zu funktionieren. Nichts geht mehr leicht. Und das in der ersten Klasse!

Ich erinnere mich an die Kindergartenzeit. Mir fällt auf, dass der Umgang mit Amalia deutlich schwieriger ist als bei anderen Familien.

Wir müssen auf alles achtgeben. Sie ist zum einen unglaublich lebensklug, gar weise, aber in körperlichen Dingen steht sie der Selbstständigkeit ihrer gleichaltrigen Freundinnen nach. Zum Beispiel im Umgang mit Treppen oder Balancierspielen. Diese gehen nie ohne Festhalten. Amalia geht einmal die Woche zum Tanzen. Obwohl sie sieben Jahre alt ist, kann Amalia „nur" in der Gruppe mit den jüngeren Mädchen tanzen. Nicht wegen mangelnder Kraft oder Fitness, nein, wegen ihrer fehlenden Koordination. Es gibt auch Situationen wie jene, als Amalia bei einem Ausflug mit der Kindergartengruppe durch ein Gespräch abgelenkt war und dabei gegen Mülltonnen oder Straßenlaternen lief. Eine Erklärung, wie unser Kind im Urlaub überhaupt Skifahren konnte, habe ich auch nicht. Alleine das Anziehen dauert bei Amalia bereits länger als bei anderen Kindern. Rätsel über Rätsel.

Begleitend zur Schule und den vielen Hausaufgaben kommen Amalias Therapien noch hinzu. Ein begrenztes, eingezäuntes Leben. Dies merke ich an der allgemeinen Stimmung, der Niedergeschlagenheit meiner Kleinen. Außerdem ist sie ständig krank. Die Infekte geben sich die Hand, einer nach dem anderen.

Der Druck, den Deutsch- und Mathehausaufgaben bei ihr verursachen, frisst sie auf. Der Sportunterricht ist für sie eine höllische Tortur, weil Amalia immer die Langsamste beim Umziehen ist und manche sportlichen Aktivitäten für sie einfach nicht machbar sind. Amalia hat seit ihrer Geburt ein okulares Kolobom, eine „zerlaufene Iris". Ihr rechtes Auge gleicht einem Katzenauge. Durch dieses „Hindernis" und weil sie ihre Augen nicht richtig nach rechts oder links bewegen kann, hat sie Wahrnehmungsprobleme. Ballspiele oder sportliche Aktivitäten, bei denen die Kinder durcheinanderlaufen und schreien, gehen gar nicht für sie.

Der Trübsinn begann mit Amalias Einschulung. Meine Schlussfolgerung daraus ist: Eine andere Schule muss her, dann wird alles wieder gut. Schnell handeln – Idee umsetzen! Nach einem äußerst positiven

Gespräch mit einer ehemaligen Nachbarin, die an der hiesigen Waldorfschule als Lehrerin arbeitet, bin ich guten Mutes, dass unser Leben wieder schön werden könnte. Meine ganze Hoffnung lege ich in diese Vorstellung. Amalia muss wieder lachen können und losgelöst sein dürfen. Glücklich sein trotz Schule.

Der Plan steht. Nach Ferienende darf Amalia zum Probeunterricht in die erste Klasse, zwei Tage sind vorgesehen. Danach darf Amalia, sofern sie gut in die Klasse und in das Waldorfkonzept passt, direkt bleiben.

Die Wochen verfliegen. Im Moment halte ich nur telefonischen Kontakt mit meiner mir durch den Hospizverein anvertrauten Familie. Vor Monaten habe ich mich dafür entschieden, ehrenamtlich im ambulanten Hospizdienst zu arbeiten. Dieser Impuls kam aus dem Nichts. Dennoch bereitet mir mein freiwilliger Einsatz viel Freude. Bei der Mutter meines kleinen Klienten ist in jedem Gespräch wahres Interesse zu spüren. Obwohl sie noch mehr um die Ohren hat als ich, stärkt mich ihre Freundlichkeit und ihr entgegengebrachtes Mitgefühl: Die Frau weiß, wovon ich rede. Sie berichtet von Besuchen in verschiedenen Unikliniken. Das Schlafverhalten und die Atmung ihres Sohnes werden genau unter die Lupe genommen. Ihre Erzählungen hören sich nicht nach Vergnügen und Leichtigkeit an. Sie sagt, dass diese Besuche nervig und belastend seien. So ganz verstehe ich ihre Aussage nicht. Ich denke, dass das Krankenhauspersonal weiß, was es tut und besonders Acht auf ihre kleinen Patienten und deren besorgte Eltern gibt. Oder?

2014

Endlich zurück im Glück?

Der erste Tag in der Waldorfschule. Alles mit neuer Tagesorganisation. Die Nachmittagsbetreuung fällt weg, weil kein Kontingent für ein weiteres Kind im Waldorfhort vorhanden ist. Somit hat Amalia ab 12:30 Uhr Feierabend.

Wir tauchen ein in etwas uns bisher Unbekanntes. Das Unbekannte beinhaltet andere Moden im Umgang von Groß und Klein miteinander, ungewohnte Persönlichkeiten, die von extremer Entspanntheit bin hin zu Übersensibilität geprägt sind. Eine sehr neue, bunte Welt öffnet sich uns.

Amalias Lehrerin ist eine zierliche Frau mit Nerven aus Stahl, die uneingeschränkt dehnbar zu sein scheinen. Die ersten, sehr wichtigen Gespräche liegen hinter uns. Nun sind wir gespannt, ob Amalia sich wohlfühlt und in dieses schillernde, entspannte Konzept passt.

Der erste Vormittag ist ein riesiger Erfolg und trotz Lernen von fröhlicher Entspanntheit geprägt. Pure Freude schimmert aus dem glücklichen Gesicht meiner Tochter: „Mama, es hat so viel Spaß gemacht! Ich habe sogar gestrickt mit meinen Fingern!" Als Geschenk bekomme ich die erste Strickkette von Amalia um meinen Hals gelegt. Der zweite Probetag verläuft so positiv für alle, dass Amalias Lehrerin uns ein Willkommen an unserer neuen Schule ausspricht. Amalias Antwort darauf ist ein Freudentanz mit mir auf dem Schulgelände mit dem nochmaligen Nachfragen, ob sie jetzt wirklich für immer in ihre neue Schule gehen dürfe und es kein Zurück in die alte Schule geben würde. Ein toller Tag!

Das schulische Leben ist mit einem breiten Grinsen in unseren Herzen zurückgekehrt – darüber, dass der frustrierende, traurige Teil der Schulzeit ein Ende gefunden hat.

Der dritte Tag unseres neuen Lebens beginnt damit, dass ich Amalias Abmeldung an der staatlichen Grundschule einreiche. Während eines sehr freundlichen Gespräches mit der Schulsekretärin platzt Amalias ehemalige Lehrerin in das Büro. Sie platziert ihre katapultartige Empörung direkt in mein Gesicht, weil ich sie in unsere Umschulungsentscheidung nicht mit einbezogen habe. Ihr Abschlussfeuer lautet: „Das Einzige, was die Waldorfschule kann, ist glückliche Kinder!" Meine Antwort ist simpel und sehr ernst gemeint: „Ja, genau das möchte ich! Ein glückliches Kind!"

Beunruhigende Beobachtungen

Die neuen schulischen Erlebnisse haben wir in uns sortiert. Das Resümee erstreckt sich von angenehmen Überraschungen bis hin zu „Erst mal abwarten, wie sich dieses oder jenes entwickelt". Auch an einer Waldorfschule kann nicht alles perfekt sein.

Das glückliche Gefühl bei Amalia, gerne in die Schule zu gehen, bleibt. Sie findet neue Freunde, was mitunter in einer eingeschworenen Klassengemeinschaft, in der sich die Kinder teilweise aus der Kindergartenzeit kennen, kein einfaches Unterfangen ist. Amalia ist ein entscheidungsfreudiges, phantasievolles Kind mit durchaus festem eigenen Willen. Ihre Lehrerin berichtet, dass einige Kinder sehr gerne mit ihr die Pausenzeit verbringen. Diese Aussage spült Erleichterung in meine Seele: Amalia konnte in der Vergangenheit, oft aus körperlichen, koordinativen Gründen, mit anderen Kindern nicht mithalten, was sie mitunter auf dem Schulhof einsam machte.

Die Wochen vergehen. Mit dem neuen Schulrhythmus arbeite ich lediglich sporadisch für Claus' Praxis, was sich manchmal mit Stress bemerkbar macht. Die genervten und überforderten Ansagen an Amalia wie: „Schatz, bitte spiele noch eine Weile allein, ich muss noch für die Praxis unbedingt etwas fertig stellen!", würde ich noch bitter bereuen!

Amalia schnappt wieder Infekte auf. Ihre Erkältungsneigung scheint sich auszudehnen. Hinzu kommt eine beunruhigende Trägheit. Amalia wirkt ruhiger, liegt sehr oft auf ihrem Bett und hört Geschichten, statt diese selbst mit ihren Puppen zu kreieren und zu spielen. In ihrem seltener gewordenen freien Lachen spiegelt sich immer häufiger ein Hauch von Traurigkeit mit einer Spur von Besorgnis. Positive ergotherapeutische und logopädische Ergebnisse lassen immer noch auf sich warten. Verhaltensänderungen bei Amalia rücken mehr in mein Blickfeld.

Eines Tages fällt mir auf, dass Amalia mit äußerster Konzentration und immer mit einer Hand am Geländer die Treppen herabsteigt. Ihr Bewegungsdrang nimmt merklich ab. Sie begleitet mich beim Gassigehen mit Saba immer seltener. Des Weiteren fällt durch ihre Infekte ihr einmal in der Woche stattfindendes Tanzvergnügen aus. Außerdem beobachte ich, dass die sonst dagewesene Motivation, zum Tanztraining zu gehen, völlig weggezaubert ist. Beunruhigendes, zeitweise auftretendes Morgenerbrechen kommt zu Amalias Veränderungen hinzu. Nun sind wir Stammgäste bei Amalias Ärzten. Mein Rückschluss nach einigen Arztbesuchen und deren Aussagen ist, dass die Infekte Ursache der physischen und psychischen Kraftlosigkeit meiner Tochter sein müssen.

Nach mehreren Besuchen in einer HNO-Praxis steht ein OP-Termin für die Verkleinerung ihrer Mandeln an. Dies solle helfen, ihre Infekte zu minimieren. Bis zum OP-Termin haben wir noch mehrere Wochen Zeit, die wir für Amalias Gesundung und für die Beobachtung ihres Befindens nutzen wollen.

Schlaflos wälze ich mich von Nacht zu Nacht. Gedankengranaten schlagen in meinen Geist. Tagsüber versuche ich mir nichts anmerken zu lassen. Amalia braucht eine ausgeruhte, aufmerksame, ausgeglichene Mama. Diese Eigenschaften werden von mir für Amalia und vor meinem Mann perfekt geschauspielert. Die quälenden Todesvisionen werde ich nicht los. Ganz im Gegenteil. Jedes Arztgespräch setzt mein Inneres auf Alarmstufe Rot. Niemand auf dieser Welt vermag es, nur einen Hauch von Beruhigung in meine Seele zu zaubern. Doch die Ärzte sprechen nur von Erkältungsinfekten und dicken Mandeln. Warum also diese Panik?

Vor dem Schulgebäude sehen meine Augen eine herzzerreißende Szene: Alle Kinder rennen, von der Schulglocke motiviert, glücklich plappernd und schreiend auf den Schulhof, denn die letzte Unterrichtsstunde ist vorüber. Hinter diesem Pulk von bunt gekleideten, hüpfenden, kleinen Menschen kommt ein kleines, blondes Mädchen. Sie bewegt sich zeitlupenartig. Ihre Beine scheinen zu schwer, als dass das Mädchen sie bei jedem Schritt anheben könnte. Die Strickjacke verdreht, mit einer freien Schulter und falsch zusammengeknöpft. Ihre Schultasche muss die eines zwei Meter großen Bodybuilders sein, weil sie diese mit unglaublicher, übermenschlicher Anstrengung, auf dem Boden schleifend hinter sich herzieht. Aufmerksam versucht dieses kleine Wesen, ihren Weg zu finden, nicht fähig, ihre Augen vom Erdboden zu wenden, da diese sonst ihren Weg verlieren. Nun legt das kleine, hübsche Mädchen eine Pause ein, um auszuruhen und abzuschätzen, wie weit der Weg noch ist, bis jemand sie von ihrer Last befreit. Ihre blauen Diamantaugen glänzen mit der Sonne um die Wette, als diese mich erblicken. Die hinterhergezogene Tasche sowie die zum Anziehen zu schwere Jacke werden fallen gelassen. Ihre Beine erinnern sich ihrer Fähigkeit, rennen zu können. Über alle Maßen freudestrahlend lacht dieses Geschöpf mich an, nur, weil ich da bin. Und sie stürzt in meine Arme: „Mama!" „Amalia!" Soeben realisiert mein Verstand, was in meinem Mutterherzen bei diesen Eindrücken so schmerzt: Meine Tochter, die ich hier im Arm halte, ist aus unerklärlichen Gründen inzwischen völlig kraftlos.

Untersuchung an Amalias Augen

Der nächste Termin für Amalia bei unserer Augenärztin steht fest. In regelmäßigen Abständen gehe ich mit meinem Kind zur Sehschule. Amalias „Katzenauge" beschert ihr immer wieder gründliche Untersuchungen, weil sich hinter so einem Auge laut Aussage der Ärzte etwas „Schlimmeres" befinden oder dort wachsen könnte. Ich habe es nie für richtig gehalten, zu recherchieren, was dieses „Schlimmere" sein könnte.

Amalias immer deutlicher werdende koordinative Auffälligkeiten, begleitet von anderen gesundheitlichen Infekten und ihrer Wesensveränderung, lassen uns von Arzt zu Arzt wandern.

Amalia übergibt sich eines Tages auf dem Weg zur Schule im Auto und wir fahren auf direktem Wege ein weiteres Mal zu ihrem Kinderarzt. Er äußert, mit sehr bedrückenden, nach unten auf den Fußboden gerichteten Augen, dass, bei erneutem Auftreten von nüchternen Erbrächen, Amalia in ein Krankenhaus eingewiesen werden müsste.

Diese Szene spielt sich in einer Endlosschleife in meinem Inneren wieder, während ich Amalia im Kinderwartebereich der Praxis beim Malen beobachte.

Mein Herz antwortet mit Schwindel erregendem Tempo und lautem Hämmern, als die Augenspezialistin sagt: „Ihrem Kind geht es gar nicht gut! Ich veranlasse meine Mitarbeiterin, ihre Kontakte zur Uniklinik Köln zu nutzen, damit Amalia spätestens kommenden Dienstag dort augenärztlich untersucht wird. Es könnten aber noch andere Unternehmungen folgen, um eine Diagnose zu finden. Ich möchte Ihnen keine Angst machen, aber ich kenne eine Reihe von ähnlichen Fällen, die nicht gut ausgingen!"

Amalia hat schon immer Schwierigkeiten mit der Beweglichkeit ihrer Augen. Nun zeigt sich, dass sie besonders das rechte Auge nicht mehr nach rechts drehen kann. Beim linken Auge sieht es nicht viel besser aus. Manchmal bleibt für einen Moment die Pupille an ihrem Platz stehen, sodass Amalia schielt. Diese Fehlfunktionen führen dazu, dass ihr räumliches Sehen noch weiter eingeschränkt bis gar nicht mehr vorhanden ist. So erklären sich Amalias Bewegungsschwierigkeiten, ihre „komischen" Reaktionen und ihre eigenartigen Verhaltensmuster.

Eigentlich bin ich ganz gerne hier bei der Ärztin, die meine Augen untersucht. Sie hat leckere Bonbons und Schokopralinen zum Naschen für alle auf dem Tisch verteilt. Ich habe auch schon zwei probieren dürfen.

Heute bin ich nicht so gerne hier, weil ich müde bin. Aber ich möchte trotzdem alle Stifte, die da sind, ausprobieren. Mama freut sich immer über ein schönes Bild. Mama, die auch schön malen kann, sagt immer zu mir: „Du musst den Stift gar nicht so erdrücken. Du kannst ihn ganz sanft in deine Finger legen." Ich habe es wirklich probiert, aber meine Finger sind wohl anders. Sie krallen sich immer um den Stift. Ich würde ja so gerne auch so feine Sachen malen können wie meine Mama, aber ich schaffe es nicht. Es macht mich auch immer traurig, wenn die anderen Kinder zu meinem Gemälde sagen, dass es Krixelkraxel ist.

Irgendwie schaffe ich es heute nicht, die Ente auszumalen, ohne über die schwarzen Linien zu zeichnen. Ich höre jetzt auf, gehe zu Mama und warte mit ihr zusammen, bis ich an der Reihe bin. Vielleicht gibt es ja noch ein Schokobonbon.

Ja doch, ich strenge mich so sehr an. Ich soll meine Augen drehen. Von rechts nach links. Es geht nicht. Mir wird schlecht. Mir ist schwindelig. Müde, so müde bin ich. Ich sehe zu meiner Mama und spüre, dass es ihr wohl genauso geht wie mir, obwohl sie keine Untersuchungen machen muss.

Sie wird immer komischer zu mir. Manchmal schaut sie mich gaaaaanz lange an und ich fühle und sehe, dass sie traurig wird. Ich hoffe, dass es nicht so ist – dass ich sie traurig mache. So wie jetzt. Sie spricht mit der Ärztin und sieht dabei angestrengt zu mir. Es geht mir dann genauso. Wenn meine Mama nicht mehr lacht und kein glückliches Gesicht hat, können mein Gesicht und ich auch nicht mehr lachen.

Nach diesem beklemmenden Termin schlage ich Amalia vor, dass wir zum Bäcker gehen und unser Käffchen auswärts genießen könnten. Sie ist begeistert. Vielleicht hat Amalia Lust auf einen Spaziergang, nachdem sie ihr überdimensionales Puddingteilchen verdrückt hat. Ich habe keinen Hunger mehr. Damit Amalia sich nicht sorgt, sage ich, dass mir ein oder zwei Bissen von ihrem Kuchen genügen.

Mama hat mich gefragt, ob wir gleich die Zauberrunde um unseren See laufen. Sie sagt, dass es ihr viel Freude bringt und mir frische Luft guttun wird. Ich bereite meiner Mama sehr gerne eine Freude. Also werde ich mit ihr spazieren gehen.

Langsamer gehen, bitte! Ich überlege die ganze Zeit, warum ich nicht mehr rennen und hüpfen kann. Ich bin einfach zu müde und schlapp.

Jaaa, Balancieren – das liebe ich! Obwohl ich immer jemanden oder etwas zum Festhalten brauche, weil sich alles dreht oder weil alles wackelt. Der Baumstamm ist zu hoch. Ich komme da einfach nicht hoch. Ahhh, Mama hilft mir. Sie ist sehr stark und kann mich hochheben. Ich will wieder runter. Angst. Was ist nur mit dem Baumstamm los? Mamas besorgtes Gesicht lässt mich alles überwinden. Ich spüre, wie meine Finger sich in Mamas Hand eindrücken. So kann ich über den Stamm balancieren. Mama hält mich zusätzlich mit festem Druck unter meinem Arm. Mit ihrem Halt beruhigt sich alles bei mir. Mit Mama kann ich mich sicher fühlen.

Was ich sehe und fühle, lässt jeden meiner Nerven sich verknoten. Keine Tränen jetzt! Amalia darf meine Verwirrung, Beunruhigung und vor allem meine Angst nicht mitbekommen. Was ist da nur los? Sie schafft es nicht einmal mehr, einen abgesägten und auf dem Waldboden liegenden Baumstamm von zirka achzig, neunzig Zentimetern Durchmesser zu erklimmen.

Ein unglaublicher Kloß steckt in meiner Kehle. Tränen donnern hinter meine Augen. Ich zwinge all diese schmerzvollen Boten zur Disziplin, indem ich meine Unterlippe und meine Zähne über alle Maßen strapaziere. Das, was meine Augen wahrnehmen, versuchen zu realisieren, kostet meine gesamte Gehirnleistung: Amalia schafft es keinen Schritt vorwärts zu gehen, auf so einem breiten Baumstamm! Was sehen ihre Augen jetzt? Ich verstehe das nicht.

Ohhh ja! Da ist ein Elfen-Landeplatz. Ich schwebe da nun hin und schaue, ob noch andere Elfen unterwegs sind.

Nun stehe ich hier und mir wird ganz komisch. Die Gegend bewegt sich so, dass ich mich lieber hocke. Ich merke, wie die Angst sich um mich herum ausbreitet. Ich komme hier nicht mehr runter. Es ist zu hoch. Es wackelt. Alles dreht sich. Jetzt muss ich doch weinen. Ich wollte doch, dass Mama wieder lacht.

Vor mir steht mein kleines Mädchen auf einem abgesägten Baumstamm. Dieser ist nicht höher als dreißig Zentimeter. Amalia erklomm ihn mit dem Freudenschrei, einen Elfenlandeplatz entdeckt zu haben. Und nun? Geschockt sehe ich, wie sie hockend, den Tränen nahe, den Baumstamm mit ihren Händen nach einer Möglichkeit, dort wieder herunterzukommen, absucht. Unüberwindbare dreißig Zentimeter für ein siebenjähriges Mädchen? Meine Hand presst sich auf meinen Mund, damit keine hörbare Träne ihn verlässt. Mit der anderen Hand befreie ich meine Elfenprinzessin, deren Flügel irgendjemand gestohlen hat.

Muttertag

Es ist der 10.05.2014. Ein trüber Tag, für mich innerlich wie äußerlich. Die Informationsgranaten vom Freitag schlagen donnernd beständig tiefe Lecks in mein Herz. Meine Gedanken prägen einen festen, horrorähnlichen Ablauf kommender Momente. Gepaart mit den heimlichen Prophezeiungen, die ich innerlich, von woher auch immer, seit Monaten empfange, bilden sie einen zukünftigen Supergau. Begleitet werden diese Bilder von tiefen Atemzügen und Scharen von elektrischen Blitzen, die, durch meine Adrenalinausschüttungen angestachelt, in meinen Bauch jagen.

Mit all diesen Sinnesreizen stehe ich am Herd und backe Amalias Lieblingskuchen. Massen an Schokolade verarbeite ich in diesem Teig mit all meiner Liebe. Wieso denke ich, es könnte der letzte Kuchen für mein Mädchen sein? Ich bin verrückt geworden, oder?

Heute Morgen haben Claus und ich eine infektiöse Verschlechterung bei Amalia festgestellt. Sie hat einen „ordentlichen Rotz". Die Nase läuft, Husten bahnt sich seinen Weg und der letzte Rest von Amalias allgemeiner Munterkeit verabschiedet sich.

Mit gespitzten Ohren, den Kuchenteig wenig beachtend, höre ich trotz alledem ab und an akustische Signale aus dem Kinderzimmer, die mir sagen, dass Bruchstücke von Aktivsein vorhanden sind.

Stille. Auf einmal höre ich nichts mehr. Nein, es ist nichts! Ich will, dass NICHTS ist! Angewurzelt bleibe ich am Herd stehen. Nein, ich muss nicht weinen! Es gibt keinen Grund! Wieso höre ich Claus sagen, dass etwas nicht stimmt und dass es Amalia immer schlechter geht?

Ich höre Tränen. Ich höre schlürfende, schwerfällige Füße. Ich höre: „Mama, das ist für dich." Ich sehe mein kleines Mädchen mit triefender Nase, erkältetem Gesicht, schwankend, haltsuchend mit einem versuchten, freudigen Lächeln, mir mit zitternden Händen ein Gemälde überreichend.

Die Mamasoldatin greift nun ein! Herz verpacken, Verstand an die Front! Diese Botschaften reichen aus, um nicht mehr lange zu fackeln! Ich gebe kurze, knappe Befehle an meinen Mann: „Hol das Auto! Nimm Amalias Lieblingskuscheldecke, ein Kissen, ihr Lieblingskuscheltier und Geld mit! Wir fahren augenblicklich in die Uniklinik!"

Amalia liegt stöhnend, mit kurzen Schreien und sich übergebend in meinen Armen. Ich halte mein Mädchen so, dass ich möglichst die Bewegungen des Autos abfange. Schwindel und Kälte halten sie fest im Griff. Erbrechen, Stöhnen, Schreien… Angst! Ich fühle nackte Angst in mir. Diese wird mit sofortiger Instruktion gefangen genommen und exekutiert! Es ist nicht der richtige Zeitpunkt für diese Art von Reaktion! Ich benötige einhundert Prozent aufgeräumten Mamasoldatenverstand! Wir sind auf dem Weg zu einem Ort, der mich das Fürchten gelehrt hat, von Mitarbeitern sowie von hässlichen Gefühlseindrücken der Vergangenheit. Schlimme Erlebnisse aus meinem Vorleben haben diese Angst geprägt. Ärzte und Krankenhäuser waren mein individueller Kriegsschauplatz. Für mich gibt es kein schlimmeres Einsatzgebiet.

Gott sei Dank weiß ich zum jetzigen Zeitpunkt noch nicht, dass aus diesem Manöver ein unbarmherziger Feldzug auf Leben und Tod werden würde. Ebenfalls weiß ich nicht, dass es den Hauptbefehl, meine Angst in Schach zu halten, auf Dauer zu erfüllen gilt.

Was für ein Glück! Es ist genau vor der Kindernotaufnahme ein Parkplatz frei. Wir eilen schnellen Schrittes. Claus trägt Amalia in das Krankenhausgebäude. Ich rattere Amalias Daten an der Patientenanmeldung herunter. Uns wird sogleich ein Untersuchungsraum zugewiesen.

Nach einer Weile, Amalia liegt ganz ruhig auf der Untersuchungsliege, sagt sie, es gehe ihr ein wenig besser. Und ja! Ich sehe an ihrem Gesicht und an ihrer Körperhaltung, dass es so sein muss.

Uns begrüßt ein Arzt mittleren Alters. Seine dialektreiche Sprechweise und Stimme gepaart mit seinem sanften Stil sind angenehm „kölsch". Diese Haltung beruhigt mich. Amalia sitzt während der Unterhaltung mit dem Doktor auf meinem Schoß. Ihr Kopf ruht auf meiner Brust. Die Entspanntheit trügt. Ich weiß, dass sie jedes Wort verfolgt und verarbeitet.

Zuerst schildere ich den Infektverlauf der letzten Wochen und Monate mitsamt der medizinischen und verhaltensmäßigen Veränderungen, die Amalia erfahren hat. Des Weiteren erwähne ich den Termin für die Mandel-OP. Ausführlich berichte ich über die Vermutungen unserer Augenärztin. Sprechpause. Mir fällt auf, dass der Arzt aufgehört hat, mitzuschreiben. Nun schauen seine Augen im Wechsel eingehend zu Claus und zu mir. Er greift nach einem anderen Formblatt und sagt: „Amalia muss dringend NEUROLOGISCH untersucht werden. Die Infekte sind sekundär. Ich rate Ihnen eingehend, hier zu bleiben. Ich werde sofort eine Neurologin kontaktieren, die Amalia heute noch untersucht. Ihr Mädchen muss heute noch stationär aufgenommen werden."

Das Gesagte klingt, während wir den Schauplatz zum Krankenhaustrakt für „bleibende Gäste" wechseln, in meinen Ohren nach. Mein Mamasoldatenprogramm funktioniert sehr effektiv. Ich suche nach möglichen Risiken, die Amalias Herz angreifen könnten. Amalia hat seit ihrer Geburt einen VSD (Ventrikelseptumdefekt = mehrere Löcher im Herzen), der ihr bis jetzt keine Probleme bereitete. Sie hat ein sehr starkes Herz. Doch andere Ärzte haben mich darauf getrimmt, immer achtsam mit Keimen, Infektionskrankheiten und Ähnlichem zu sein, die wiederum Herzschwierigkeiten verursachen könnten. Ein Grund mehr, um jegliche Krankenhausarenen als Übel zu betrachten.

Vielleicht müssen wir ja doch nicht bleiben? Amalia plappert und spielt mit ihrem Papa auf der Behandlungsliege. Erst jetzt fällt mir auf, in was für einem Aufzug ich hier bin. Abgetragener roter Wollpullover mit einer „genauso schönen" grauen Baumwolljogginghose. Das ganze Outfit überdeckt von Mehl mit verschmierter Schokolade. Problemlos könnte man von mir die Zutaten für einen weiteren Kuchen „abschütteln".

Nun betritt eine gelockte, rothaarige Ärztin, zirka Mitte dreißig, den Raum. Wir erzählen wiederum alles, was wir ihren Kollegen vorab berichtet haben. Nach einem kurzen Telefonat zu unserem „kölschen" Arzt mit dem Ergebnis, dass es uns erlaubt ist, hier sein zu dürfen, wendet sich die Neurologin an uns. Nun fragt sie Amalia, wie sie heißt und wie sie sich fühlt. Klare Aussagen bestätigen das vorab geschilderte. Nun wird Amalia von der Ärztin untersucht. Diese nimmt neurologische Reflexzonen mit einem Hämmerchen unter die Lupe. Ihr Gesicht und die Worte, die ihren Mund salopp verlassen, vermitteln meinem Spürsinn, dass sie nichts Auffälliges festzustellen vermag. Mein Gefühl sagt mir: Das war's an Untersuchungen für die Kinderärztin. Mehr Licht für „unser Dunkel" benötigt sie offensichtlich nicht. Gleichzeitig nehme ich einen verkrampften, stechenden Blick wahr, den Claus der Krankenhausangestellten entgegenbringt. Er krallt die rechte Hand so in seinen Oberschenkel, dass die Fingerknochen weiß abstehen. Irgendetwas ist da im Busch. Claus ist Osteopath und kennt sich mit neurologischen Untersuchungen aus. Mimisch gesehen sieht Konzentration auf das „Fachchinesisch" einer Ärztin anders aus. Unterschwellige Wut nehme ich wahr. Aber warum? Claus sieht aus, als wollte er die Rothaarige gleich verschlingen.

Die Dame sagt schließlich: „Ich kann hier keine neuralen Ausfälle feststellen. Meine Tests, die ich gerade an ihrer Tochter durchgeführt habe, sind alle okay. Da müssen andere Untersuchungen stattf..." Weiter kommt sie nicht. Aus Claus sprudeln anatomische, neurologische Fachbegriffe und Untersuchungsmethoden, die die medizinische Fachkraft wohl „vergessen" hat. Diese Geschosse sitzen! Denn unsere „Spezialistin" wird blass und fragt verunsichert, ob Claus vom Fach sei. Dies kann sie so hervorragend, wie vorher festzustellen, dass nichts Auffälliges zu diagnostizieren wäre. Claus serviert ihr seine Berufsbezeichnung wie eine Visitenkarte, in einer Darbietung, die keinen Zweifel daran zulässt, dass weitere medizinische Diskussionen in einem ausgeglichenen Verhältnis stattfinden würden.

Ohne ein weiteres Wort geht die Ärztin schnellen Schrittes aus dem Raum. Claus erklärt mir, dass die Frau mehrere allgemeingültige und in so einem Fall gängige Reflexkontrollen nicht durchgeführt hat. Sprachlos und traurig macht mich so ein Verhalten. Sofort schießt mir ein Gedanke durch den Kopf: Was ist mit den Leuten, die keinen Fachmann griffbereit haben? Würden diese Menschen nach einer unvollständigen Untersuchung mit ihren Schwierigkeiten nach Hause geschickt werden?

Ich höre weiblich-männliches Stimmengewirr vor unserem Behandlungsraum. Ein großer, schlaksig wirkender, ebenfalls mit weißem Kittel bekleideter Mann betritt unser „Schlachtfeld". Wir hören an seinen Äußerungen, dass es sich offenbar um einen „höherrangigen Offizier der Gegenseite" handeln muss. Er ist zu „Friedensverhandlungen" bereit. Auf dem Weg zu uns hat er einen sofortigen CT-Termin für Amalia organisiert. Dass dieser Termin berechtigt ist, sieht der Arzt daran, dass ich Amalia, die in einem Rollstuhl sitzt, nur in äußerst langsamer Schrittgeschwindigkeit zur Röntgenabteilung fahren kann. Sie klagt über Schwindel und hat bei dieser Art Fortbewegung Brechreiz. Kaum ist sie in Bewegung, sackt ihr vorheriger, besserer Zustand in den Keller.

Ich halte das süße Gesicht meiner Tochter in den Händen. Vor ihr kniend erkläre ich ihr, was nun kommt. Amalia ist in solchen Situationen unglaublich erwachsen. Man erklärt ihr bestimmte Abläufe, gibt ihr einen Raum zum Reagieren. Wenn der vorab erklärte Zeitpunkt gekommen ist, führt Amalia alles so aus wie besprochen. Schon immer hat mich diese Eigenschaft an meiner Kleinen fasziniert. Nun folgt ihre erste Computertomographie. Ich warte im Bedienraum für das Gerät. Man sagt uns, dass wir im Wartebereich Platz nehmen sollen. Auf keinen Fall! Niemand in der Welt würde mich in diesem Augenblick von meinem Kind separieren können.

Dieser Anblick schafft mich. Mein kleiner, niedlicher, blonder Floh liegt still in einem gespenstisch wirkenden, überdimensionalen medizinischen Gerät. So unendlich tapfer erträgt Amalia diese Situation. Ich sage ihr durch ein Mikrophon, dass sie ganz tolle Fotos machen können, weil sie so schön ruhig liegen bleibt. Alles ist unwirklich. Ich stehe nicht real hier. Kneifen muss mich jedoch niemand! Ich weiß, dass es kein Traum ist, leider. In dieser Sekunde erkenne ich, dass mir dieser Moment bekannt vorkommt. Ich erinnere mich an unseren Weihnachtsurlaub. Genau so ein Bild habe ich vor mir gesehen, mit den dazu passenden Gefühlen der Verwirrung, garniert mit aufsteigender Panik. Inständig bete ich, dass die vielen anderen vor meinem inneren Auge gezeigten Visionen nicht wahr werden. „Wir sind fertig", höre ich. Augenblicklich stürze ich in den Raum, um Amalia zu befreien. Ihr geht es sehr schlecht. Sie sagt nichts, ich kann es sehen und fühlen.

Amalia sitzt eingesunken wieder im Rollstuhl, abfahrbereit für den Rückweg in die Kindernotfallambulanz. Claus und ich wechseln unterdessen kein Wort. Er ist genauso unfähig dazu wie ich. Zu dritt warten wir im Untersuchungsraum auf die Ergebnisse der CT-Untersuchung. Amalia liegt seitlich auf der Liege und schlummert. Bei dieser Beobachtung fällt mir wieder auf, dass Amalia seit Tagen ausschließlich auf der rechten Seite liegt! Wieso, das wussten die vorher aufgesuchten Ärzte auch nicht. Amalia hat mir ebenfalls keine verwendbare Antwort auf diese eindringlich und mehrfach gestellte Frage gegeben. Sie beantwortete dieses Rätsel nur mit „So kann ich besser liegen", mehr nicht.

Amalias Hand streichelnd, warte ich mit geschlossenen Lidern darauf, dass jemand sagt: „Alles halb so schlimm. Sie dürfen ALLE nach Hause gehen." Die Tür geht auf. Was nun folgt, ist grausam. Ich blicke in die sanften, freundlichen Augen unseres medizinischen Begleiters. Er holt Luft und sagt: „Würden Sie bitte für einen kurzen Moment mit mir kommen? Meine Kollegin bleibt bei Ihrer Tochter." Sofort hält mich Amalias Hand noch fester. Nase an Nase, Stirn an Stirn. Sanft halte ich Amalias Gesicht, schaue ihr dabei direkt in die Augen und sage: „Schatz, ich lasse die Tür auf, damit du uns hören kannst. Wir sind nicht weit weg! Ich lasse dich niemals allein, dass weißt du! Egal was kommt, ich bin bei dir!"

Meine Ohren scheinen ihre Funktion geändert zu haben. Meine Schritte und Bewegungen fühlen sich an, als kämen diese nicht von mir. Ich merke, wie Claus neben mir steht. Der Arzt fängt an, etwas zu sagen. Wessen Herz schlägt hier eigentlich so laut? Wessen Blut rauscht hier so lärmend? Wieso vibrieren diese Füße? Und seit wann sind diese Beine so steif? Ich nehme Arme wahr, die wie gelähmt herunterhängen. Da sind Fische in einem kleinen Aquarium. Sind die hinter der Glasscheibe im Wasser oder wir? Ich denke, wir sind es, denn die Fische beobachten uns. Von irgendwo her sagt irgendwer: „Es tut mir unendlich leid. Wir haben bei ihrer Tochter einen SEHR GROSSEN RAUMGREIFENDEN PROZESS im Stammhirn auf den CT-Bildern entdeckt. Fragen und Details der Fotos werden die Kollegen mit Ihnen auf Station besprechen."

Mein Ich hat sich aufgelöst. Dieses Wesen, das ich sein soll, steckt in einer Wolke mit Informationen, die nicht zu mir gehören können! Warum befindet sich ALLES hier drin? Gott sei Dank hat dieses Etwas, das sich in diesem grauen, undurchdringlichen Gas befindet, keine Gefühle!

Wie bin ich eigentlich hier hergekommen? Conchita Wurst bewegt lautlos ihre Lippen in dem „Kasten", Menschen jubeln ihr zu. In meinem „Kasten" herrscht Stille. Von ganz weit her bohren sich bestialische Laute in meinen Kopf. Erst leise und langsam. Nun wechselt der Rhythmus zu laut und schnell. Pulsierende Buchstaben ergeben Wörter, deren Bedeutung ich nicht wissen will: „SEHR GROSSER RAUMGREIFENDER PROZESS".

Meine Augen erblicken eine schlafende Amalia, deren Hand immer noch in meiner ruht. Ich sitze verdreht und unbequem neben meinem Schatz auf einem Stuhl. Amalia liegt in einem Krankenhausbett. Wir sind in einem Krankenhauszimmer. Wir befinden uns in einem Krankenhaus. Wieso sind wir hier? Ich besitze keinerlei Gefühle! Der graue Nebel hat sie verschlungen, genau wie meinen Verstand.

Irgendwann klopft es an unserer Tür. Nun bemerke ich, dass wir nicht alleine hier sind. Claus sitzt am Fenster. Eine Schwester tritt ein und sagt: „Die Kollegen sind nun soweit. Sie haben die Fotos der CT-Untersuchung vorliegen und möchten mit Ihnen alles Weitere besprechen. Ich werde solange bei Ihrer Tochter bleiben." Augenblicklich stehe ich auf und laufe Claus' Rücken hinterher. Wir landen in einem Büro. Zwei auf den ersten Blick unsympathisch wirkende Männer, die an Bildschirmen sitzen, begrüßen uns mit einem knappen „Ah hallo, da sind Sie ja." Wir gehen zu dem linken Schreibtisch mit dem dazugehörigen „weißen Kittel". Namen bekommen wir keine. Die Herren geben sich keine Mühe, zwischenmenschlich und mit einer minimalen Norm des Anstandes mit uns zu kommunizieren.

Linker, auf einem Bürostuhl sitzender „weißer Kittel": „Tja, wir haben hier eindeutige Fotos. Bei den Symptomen, die ihre Tochter zeigt, kann man mit Sicherheit vermuten, dass der Prozess im Kopf Ihrer Tochter sich im Kleinhirn befindet. Keine gute Position, um operieren zu können. Der Tumor ist zirka vier mal fünf Zentimeter groß. Ein Wunder, dass sie noch lebt und noch so wesentliche Funktionen abrufen kann!"

Claus ringt um seine Fassung und spricht medizinisch-anatomische Details mit ihnen durch. Er meint: „Die Symptome beschreiben eher eine Problematik im Stammhirn, oder?"

Nun erhebt sich der „Anzugträger", um die Position der Finger seines Kollegen am Bildschirm mit dem Gesagten zu kontrollieren. Er schwenkt um, von nun an ist die Rede vom „Prozess im Stammhirn". Ich habe den Eindruck, dass der Mann im Anzug seine Anatomiestunden vollständig absolviert hat.

Ich lehne mit dem Rücken taub an einer kalten Wand, abgefedert mit meinen Händen suche ich um Halt. Die Bürotür haben wir beim Eintreten offengelassen. „Maaaaama", höre ich Amalia panisch über den gesamten Stationsflur schreien. Claus schaut zu mir, gibt mir mit einer Berührung an der Schulter zu verstehen, dass er zu Amalia geht. Er spürt, dass die zwei Seelenkiller vermutlich „ganze Arbeit" geleistet haben.

Rechter, mit einer Hälfte seines Körpers auf dem Tisch seines Kollegen sitzender „Anzugträger" sieht mich an und klatscht mir sein Wissen mitten in mein ausblutendes Mutterherz: „Das ist der First Case!" Ich schleiche, ohne jedes Geräusch und ohne eine Gefühlsregung von mir preiszugeben, im Zeitraffer aus deren Folterkammer. Im Stationsflur presse ich mich an die erste Wand die ich finden kann. Mein für die beiden „Seelenkiller" nicht ersichtlicher Gefühlsausdruck lässt sie mich verfolgen. Jetzt stehen der „Anzugträger" und der „weiße Kittel" mir gegenüber und rücken immer näher. Sie donnern mir im Chor entgegen: „DAS IST DER FIRST CASE. In diesem Bereich kann man nicht operieren. Sie hat nur noch wenige Tage, wenn überhaupt." Die Wand wird zu Eis. Ich schrumpfe unter ihrem sadistisch ausgeführten Mitteilungsbeschuss. „Weißer Kittel", noch lauter: „Haben Sie verstanden?! DAS IST DER FIRST CASE. SIE WIRD STERBEN." Das Eis durchbricht meinen Rücken und verteilt sich in mein Inneres mit ihrem brutalen Geschrei.

Mein Atem geht tief. Ich kann ihn hören. Jedes einzelne Luftmolekül kann ich wahrnehmen, wie es schockgefroren seinen Weg in meine Lunge finden muss. Meine Augen können das ihnen gezeigte Programm nicht weiter ertragen, deshalb liefern sie mir ein Standbild vom Krankenhausbodenbelag. Ich bin von denen gefangen genommen worden. Ohne Chance, ihnen entkommen zu können, dreschen sie weiter auf ihr Opfer ein. Das Monsterduo fragt: „Sie zeigen keine Reaktion – haben Sie verstanden, was wir versucht haben, Ihnen mitzuteilen?"

Jemand greift nach meinem Handgelenk. Befreit mich. Zieht mich weg. Ich höre: „Komm, Amalia braucht dich dringend!" Claus' fester Händedruck und Amalias Rufen retten mich aus diesem zerbombten Gebiet.

Auf Station Kinderonkologie

Amalia schläft noch. Ich warte mit der Erkundung unserer neuen Umgebung, bis sie wach ist. Ich stelle fest, dass ich mich immer noch in einem mir unbekannten, tauben Modus befinde. Und bei dieser unfreundlichen Umgebung ist das auch gut so! Oder?

„Hallo meine Schnecke", begrüße ich Amalia, die gerade versucht, wach zu werden. An ihrer Ausdrucksweise merke ich, dass es ihr schlecht geht. Schwindel, keine Energie und vieles mehr. Ich brauche einen Kaffee! Normalerweise bin ich nicht suchtstoffbezogen. Es ist ALLES anders. Seit gestern sind wir auf einem anderen Planeten, wo niemand freiwillig „Hier, ich!" schreit.

Plötzlich geht die Tür auf und ein medizinischer Mitarbeiter kommt herein. Er reicht mir seine Hand und fängt sogleich mit der Formulierung seiner Anfrage an. Seine berufliche Wirkstätte sei die neurologische Abteilung und er bittet: „Ihre Tochter hat so äußerst typische Anzeichen neurologischer Ausfallerscheinungen und sie kann diese, wie ich gehört habe, auch noch beschreiben. Sie wäre die ideale Kandidatin für den Hörsaal. Meine Studenten müssen unbedingt praxisnahe Erfahrungen machen, um gute Ärzte zu werden."

Centweise, Wort für Wort, rieselt seine Bitte in mein Empfangs- und Übersetzungsprogramm. Sein Begehr ist unter diesen Umständen herzlos und unmenschlich. Für einen Moment kann ich es nicht fassen und bin sprachlos. Irgendwo hat meine „graue Wolke" Lücken bekommen, denn ich bin fähig, zu reagieren: „Meiner Tochter geht es sehr schlecht. Sie hat hier noch keine Therapie erfahren, es wurde noch nicht einmal eine eindeutige Diagnose erstellt! Und Sie wollen dieses siebenjährige Mädchen vor Ihren Studenten präsentieren? Dort ist die Tür! Verschwinden Sie schnell und wagen Sie nicht, mich das noch einmal zu fragen!"

Amalia: „Mama, komm, ich möchte nicht, dass du so aufgeregt bist. Meine Engel sind auch hier! Die beschützen uns!"

Ich beuge mich zu meinem Schatz, küsse ihr schönes Gesicht und sage, dass ich kurz nach draußen gehe, um etwas zu Trinken zu besorgen. Amalia ist einverstanden.

Ich komme mit Wasser und einer Tasse Automatenkaffee in unser Zimmer zurück. Der Raum ist schmucklos. Aufkleber und Reste von Malerei zieren das gardinenlose Fenster. Ein Minifernseher steht auf einem Schrank, in dem sich Utensilien für die Pflege, wie Verbandsmaterial, Nierenschalen, Bettwäsche und vieles andere befinden. Wir sind noch allein in diesem Zweibettzimmer. Das andere Krankenbett ist mit einer Plane bedeckt und einsatzbereit. Genächtigt habe ich auf einem Klappbett, welches extra für „Gäste" angeschafft wurde. Ich entdecke zwei abschließbare Einbauschränke. Dabei habe ich dort noch nichts zu verstauen. Ich trage immer noch dieselben „Kuchenback-Klamotten". Nachdem ich mein Äußeres betrachtet habe, fällt mein Blick auf die endlose Anzahl von Steckdosen und anderen Anschlüssen. Diese Technik befindet sich genau zwischen den Patientenbetten an der Wand. Ein kurzer Blick genügt, um Fragen über den Platz bei mir aufkommen zu lassen. Meine Gästekoje steht lückenlos an Amalias Bett. Ich bin über das Fußende von der Liege aufgestanden, weil rechts das Fenster ist und links mein Kind liegt. Wie soll dies bitteschön mit beispielsweise vier Menschen und zwei Infusionsständern aussehen? Und das Gepäck? Nichts darf im Raum stehen. Die Gästebetten sollen morgens schnellstmöglich in den Keller zum Lagern gebracht werden.

Abermals geht die Tür auf, es ist Claus. Gott sei Dank. Bis jetzt war ich immer die Macherin in unserem Hause. Eine, die alles gemanagt hat; eine, die den vollen Überblick hatte; eine, die konsequent für alle mitgedacht hat; eine, die gesagt hat, wo es langgeht – meine Fähigkeit, alles im Griff zu behalten, scheint sich aufgelöst zu haben. Ich bin teilschnittsgelähmt in grauem Nebel eingemummt. Claus übernimmt nun diesen verantwortungsvollen Part. Er wird mit dem medizinischen Personal allein reden müssen, denn NIEMAND könnte mich für längere Zeit von Amalia trennen!

Claus kehrt nach einiger Zeit zu uns zurück. Er hat eine Menge Informationen dabei. Diverse Untersuchungen stehen an. Amalia bekommt ein MRT. Diese Analyse soll dazu dienen, ihren „raumgreifenden Prozess" genauer zu lokalisieren. Des Weiteren kann so die Größe des Ganzen detaillierter bemessen werden. Claus sagt, dass es einer Gewebeentnahme bedarf, um herauszufinden, „wer der Feind ist". Das sind alles Informationen, die weder an mein Herz noch an meinen Verstand herankommen, dank der grauen Wolke. Ich nehme das, was Claus sagt, einfach hin und starre dabei meinen schlafenden Engel an. Alles, was hier passiert, kann nichts mit ihr und mir zu tun haben! Das darf nicht sein!

Meine Augen übermitteln mir, dass ich mich täusche. Sie zeigen einen Kinderarzt, der im Raum steht und bei unserem Kind einen Venenzugang legen möchte. Bitte nicht! Tut meinem Schatz bitte nicht weh!

Unsere tapfere Amalia liegt nach einer schmerzhaft-traurigen Prozedur schlafend in ihrem Bett, angeschlossen an eine Cortison-Infusion. Das Medikament soll die Wasseransammlung im Gehirn minimieren, damit der Druck nachlässt. Die Ärzte erhoffen sich, dass Schwindel, Erbrechen und dergleichen aufhören.

Es ist gegen Abend. Amalias Papa ist nach Hause gefahren. Unser Hund Saba muss versorgt werden. Claus wird alles organisieren und entscheiden müssen, was nicht mit diesem Kriegsschauplatz hier zu tun hat. Den Praxisalltag ändern, bestimmen, wer von unseren Verwandten und Freunden von „der Situation" erfahren darf sowie viele private und geschäftliche Dinge mehr erledigen.

Irgendjemand hat mich umgezogen. Ich schmecke einen trockenen Mund. Ich sehe einen schlafenden Engel. Ich fühle Amalias Hand in meiner liegen. Die andere Hand streichelt ihre Finger. Mein Blick liegt auf einer Einstichstelle mit einer Kanüle. Die Pflaster, die alles festhalten und verbergen. Amalia trägt ein schnödes, weißes, viel zu großes Krankenhaushemd. Mein Po schmerzt. Zu keiner anderen Bewegung fähig, weder körperlich noch geistig, sitze ich neben meinem Baby und verharre in „meinem Dunst", der nach diesem Tag die Farbe gewechselt hat – von grau zu schwarz. Ein Bild von heute Morgen gelangt in meinen Kopf: Claus mit verweintem Gesicht. Warum hat er geweint? Befindet er sich nicht in einem grauen oder schwarzen Vakuum? Das Bild mit der dazugehörigen Frage verschwindet. Was bleibt, ist regungslose Leere, die mich klebend an einen Stuhl gefangen hält, in einer unnatürlich krummen Haltung, die meinen Körper und meinen Geist taub zurücklassen.

Ein Klopfen an der Tür. Eine Schwester kommt in unsere vermeintlich stillstehende Welt: „Sie müssen umziehen, wir bekommen heute noch einen Iso-Fall." Gemeint ist, dass ein Kind mit einem für die anderen Patienten schwerwiegenden Keimverdacht eintrifft. Dieses muss wegen der Ansteckungsgefahr alleine mit einem Elternteil im Zimmer

untergebracht werden. Schnell werden unsere Sachen zusammenge-
packt. Claus hat sein Bestes gegeben und ein paar gewohnte Dinge zu
uns an die Front gebracht. Das Bett mitsamt dem schlafenden Engel
und die mobile Nachtkommode werden in ein anderes Zimmer gefahren, in dem bereits ein Bett belegt ist. Diesmal nehmen wir den Platz
vor der Badezimmertür ein.

Mein Engel wacht auf. Nach einer kurzen Beruhigung, dass alles in
Ordnung ist und ich immer bei meinem Schatz sein werde, schläft
Amalia weiter.

Ein Raum im Raum, das stellen meine Augen fest. Das Gebiet unserer
Zimmergefährtinnen sieht anders aus als unseres. Ihre Fensterseite
ist vollgestopft mit Taschen und Spielzeug. Ich sehe kein Bett für die
Mama des kleinen Mädchens. Meine visuelle Bestandsaufnahme wird
von „Hallo, ich bin Yasmin und dies ist Rana, meine Tochter" unterbrochen. Bunte Stoffe, die über dem Bettgitter angebracht sind, ver-
decken den Blick auf einen zweiten schlafenden Engel. „Ihr seid
die Neuen, richtig?", fragt Yasmin. Mein Kopf bewegt sich, in sich
schaukelnd und widerspenstig, in Richtung der Stimme. Gestartet
wird ein automatisches, in mir abrufbares Höflichkeitsprogramm.
Aufrichten, einen Schritt nach vorn, Hand zur entgegengebrachten
Hand ausstrecken und meine Kriegskameradin begrüßen. Ich stelle
uns vor. Yasmin trägt ein Kopftuch, ihre restliche Kleidung ist sehr
modern. Sie ist eine kleine, zerbrechlich wirkende Frau. Ihre Augen
sehen meinen entgegen. Mit der Berührung ihrer Hand und einem
gleichzeitigen Blick ihrer wunderschönen, dunklen, vor Verständnis
platzenden Augen in die meinen kommen durch mein Vakuum ver-
gessene Gefühle auf: Vertrauen, Freundlichkeit, Verstehen und die
Einsicht, dass es noch mehr von uns zu geben scheint. Ich taue auf.

Nach einem über die Maßen informativen Gespräch mit dieser mir
nun vertrauten Frontinsiderin kommt der Moment, in dem auch
die Soldatinnen schlafen gehen müssen. Ich habe das Gefühl, dass

Yasmin sich, wie ich auch, ungern zur Nachtruhe legt. Es könnten die nächsten Granaten- oder Bombenangriffe lauern. Yasmin kuschelt sich vorsichtig an das „rohe Ei" in ihrem Bett. Stille tritt ein. Die Masse an Mitteilungen von Yasmin aus dem soeben beendeten Gespräch hallen in meinem Geist nach. Meine Bestandsaufnahme lautet:

1. Es gibt ein Elternhaus. Dort kann man während der laufenden Therapie wohnen – viel schöner, humaner und diskreter als hier im Krankenhaus. Allerdings gibt es nur ein bescheidenes Kontingent an Räumlichkeiten. Vorher unbedingt anmelden! Das Elternhaus kommt nur in Frage, wenn der Patient mobil und stabil ist. Dort gibt es keine Hilfe bei der Beaufsichtigung der Kinder. Des Weiteren geht Yasmin während des Aufenthalts im Krankenhaus ausschließlich im Eltern-haus duschen, weil die Bäder hier so dreckig sind und stinken. Das ist eine Aussage, die ich bestätigen kann. Demnach scheint das Bad hier auch nicht sauberer zu sein als das in unserem ersten „Apartment".

2. Niemals einen Broviac-Anschluss legen lassen! Das ist ein offener Zugang zum Blutsystem im Brust- und Bauchbereich des Patienten. Rana hat sich diesen mehrfach herausgezogen. Es besteht erhöhte Infektionsgefahr. Kein Duschen oder Baden ist möglich und auch nur äußerst vorsichtiges Spielen, weil die Anschlüsse frei herabbaumeln. Sie sind zwar mit einem Pflaster befestigt, trotzdem bleibt ein hohes Risiko. Die Patienten werden damit in ihrer Lebensaktivität, die noch übrigbleibt, unmenschlich eingeschränkt. Jede Woche muss der An-schluss im Krankenhaus durchgespült werden. Rana hat depressiv auf diese weitere Dezimierung ihres Lebens reagiert. Zum Ausklang von Yasmins wertvollen Tipps wiederhallen ihre Aussagen in meinem Inneren als Refrain: „Lebt, was es zu leben gibt. Lasst, wenn es mög-lich ist, nichts aus! Höre auf Amalia, was sie möchte. Und vor allem, sei wachsam, was man euch als Therapie oder Ähnlichem vorschlägt!"

Yasmin hat mir aufgewühlt ihre Geschichte erzählt. Medizinisches Personal hat bei Rana nach der Diagnosestellung die falsche Chemotherapie durchgeführt. Es kam zu einer Verwechslung des Medikamentes. Ranas Zustand sank nach der „falschen Therapie" ins Bodenlose. Ihre Eltern reichten rechtlich Klage ein und müssen seither beweisen und rechtfertigen, dass die Vergangenheit genauso stattgefunden hat, wie sie behaupten, während sie um das Leben ihrer Tochter kämpfen. Seitdem kontrolliert Yasmin jede Handlung und jedes Etikett – ein Wahnsinn! Sind wir hier wirklich so ausgeliefert? Kann man sich auf niemanden verlassen? Ich kenne dieses Gefühl, an einem solchen Kriegsort jedem zu misstrauen, von Erlebnissen aus meiner Vergangenheit. Mein Kopf arbeitet auf Hochtouren. Amalias Hand hält die meine. Zum ersten Mal denke ich: Wer spendet hier eigentlich wem durch diese „Handverbindung" Kraft zum Durchhalten?

Granatenbeschuss! Nein, es muss eine Bombe sein! Die Splitter treffen uns bestialisch! Kein Schutz! In Deckung gehen gilt nicht! Kleine Finger krallen sich an das bunt behangene Gitter. Auf dem Antlitz der Kleinen zeigt sich ein mir das Herz zerfetzender Gesichtsausdruck des Grauens. Eine Elfe mit unsagbaren Schmerzen. Dieses kleine Wesen brüllt eine Liste sämtlicher mir bekannter und unbekannter Schmerzmedikamente in die Luft. Yasmin versucht alles gleichzeitig. Notsignal senden. Reden. Ablenken. Sich bei uns entschuldigen. Eine Schwester erscheint im Zimmer. Routiniert geht sie vor. Nachdem Rana schulmedizinische Hilfe erhalten hat, kommt eine weitere Unterstützung ihr zur Hilfe. Wie eine Sinnestäuschung nehme ich diese Geste des Mitgefühls entgegen. Amalia ist wach. Sie klammert sich mit ihrer letzten Kraft rechts an ihr Bettgitter und singt für Rana ein Kinderlied. Amalias Augen sind unnatürlich verdreht. Haltsuchend, weil alles in Bewegung scheint, schaut sie zu Rana und säuselt beruhigende Signale. Nach dieser Aktion braucht dieser liebende Engel selbst Hilfe. Amalia findet den Weg zurück zum Hinlegen nicht allein, aus Angst davor, aus dem Bett zu fallen, weil sie nicht mehr weiß, wo oben und unten ist. Ich lege ihren orientierungslosen, fremdgesteuerten Körper auf die linke Seite. Den nächsten Schutz bietet meine körperliche Nähe. Kuschelnd kauere ich hinter Amalia mit dem innigsten Wunsch meines Lebens: Bitte, lieber Gott, keine weiteren Geschosse, hol uns hier raus!

Amalia ist ermattet eingeschlafen. Der Platz in ihrem Bett ist für uns beide nicht ausreichend, weil ich sie mittig hingelegt habe. Ich hänge neben der Matratze auf einer Eisenstange. Nun gleite ich hinunter in mein Bett. Gleichzeitig dreht Amalia sich zu mir auf ihre rechte Seite. Unbehaglich verdreht liege ich eine Etage tiefer (die Gästebetten sind niedriger gebaut als die Patientenbetten auf ihrer kleinsten einstellbaren Stufe) mit der bewährten Handverbindung zu meiner Tochter. Niemals lasse ich sie los!

Bei Rana scheinen die Sedativa nicht anzuschlagen. Ihr werden in unrhythmischen Abständen weitere Schmerzmedikamente verabreicht. Rana fordert sie winselnd, mit ihrem von den Schmerzen resignierenden, tränenerstickten Stimmchen ein.

Augenblicklich zerplatzt mein schwarzes Vakuum, weil das gerade Stattfindende auch für uns ein mögliches Zukunftsszenario sein könnte. Ich spüre die Bombensplitter am und im ganzen Körper. Kleine, messerscharfe Teilchen schlitzen alles auf, was mit ihnen in Berührung kommt. Mein Herz machen sie zu einer lebenden Folterkammer. Jeder Blutstropfen hat sich mit einem gewaltsam eingedrungenen, zerstörenden Individuum verbunden und gelangt so an jede Stelle meines Inneren. Seelisch nehme ich Millimeter für Millimeter die Vernichtung wahr. Innerhalb einer unbekannten zeitlichen Definition verwandle ich mich von einer ALLES SCHAFFENDEN, SELBSTBEWUSSTEN, STARKEN FRAU zu einem winselnden, resignierenden, hoffnungslosen, schwachen, vor Weinkrämpfen zuckenden Trümmerhaufen. Nichts kann meine desolate Resignation stoppen. Mein Mund presst zerlegte, missgestaltete Laute durch meine Hand, welche eigentlich mein Gewinsel zurückhalten soll, damit für meine zwei kleinen Verletzten und meine Mitgefangene nicht noch ein beklemmender Faktor hinzukommt. In der Morgendämmerung stelle ich fest, dass keine Tränen meine Augen verlassen können, weil keine mehr da sind. Ich bin ein ausblutender Rest von etwas, das in dieser Nacht ausgelöscht wurde.

Die Orientierung wiederfinden

Das Cortison hält die auftretenden Symptome einigermaßen in Schach. Für Amalia stehen „Regeluntersuchungen" an: diverse Analysen ihres Gehirns, Herzchecks und die bekannten Augenfunktionstests. Die ersten Maßnahmen sind vereinbart. Die Besprechung für eine Gewebeentnahme steht unmittelbar bevor. Unser Terminplan ist rappelvoll. Die Fachkundigen, angefangen beim Anästhesisten, der eine OP-Regelaufklärung durchführt und die dazu genehmigenden Unterschriften einfordert, bis hin zum Ergotherapeuten, reichen sich die Klinke in die Hand. Amalia strengen diese vielen Gespräche und Untersuchungen sehr an.

Automatisch befolge ich die Befehle der Krankenhausangestellten. Alles geht ratzfatz. Routinierte Anweisungen nehme ich widerstandslos entgegen. Das Personal ist freundlich und verfolgt vorgegebene, automatisierte Instruktionen. Durch mein Heraustreten aus dem schwarzen Vakuum bemerke ich meine wiederkehrende Aufmerksamkeit. Seit heute Morgen an habe ich Amalia durch Massen an Untersuchungen zerren müssen, deren Nutzen mir nicht immer klar war. Röntgen, EEG, Augentests und so weiter. Diese Termine finden zum Teil außerhalb der Kinderklinik statt. Die Wege zu den Fachabteilungen sind für Amalia der reinste Horror. Weil Schwindel nun ihr Normalzustand ist, erreichen wir alle Stationen lediglich in Zeitlupe.

Mittagessen. Jetzt kann Amalia endlich verschnaufen. Ich bewundere sie, wie sie, ohne auch nur die kleinste Beschwerde zu äußern, ALLES über sich ergehen lässt. Amalia macht „meine Wege" einfach, weil sie unglaublich würdevoll ihren neuen Alltag annimmt. Ein neuer Eindruck, den ich versuche nicht zu bewerten, ist, dass ich Amalia beim Essen behilflich sein muss. Sie kann ihren Mund nicht mehr finden und ist zu schwach, ihre Arme ständig zu bewegen. Panisch verfolge ich jeden Löffel, denn Schluckbeschwerden sind zu ihren Symptomen hinzugekommen.

Die Tür geht gleichzeitig mit einem Klopfen auf. Eine Schwester spricht: „Sie sind jetzt dran für das EKG. Bitte beeilen Sie sich. Sie müssen rüber ins Herzzentrum." Augenblicklich verweigere ich diesen Befehl. Keine Ruhe für meine kleine Patientin, deren Gehirn obendrein von einem „raumgreifenden Prozess" traktiert wird. Die Termine werden theoretisch und ohne jegliches Bedenken oder Mitgefühl vergeben. Wenn etwas im System frei ist, wird ein Name eingetragen, ganz gleich ob der Mensch mit diesem Namen noch die Kraft besitzt, eine weitere Untersuchung zu überstehen. Die Schwester gibt mir zu verstehen, dass wir keine andere Chance hätten, als Amalia das Mittagessen zu „versauen" und sie ein weiteres Mal aus ihrem Bett zu reißen, um mit dem Rollstuhl zu einer Untersuchung zu fahren. Denn so sei nun mal der Ablauf!

Meine Augen blicken zu meiner Tochter. Ohne ein Wort von ihr zu hören, verstehe ich lautlos ihre Resignation. Amalias Kraft ist für heute aufgebraucht. Trotzdem motiviere ich sie für die Untersuchung, mit Wut im Bauch über so ein menschenunwürdiges, unflexibles Terminmanagement. Entgegen der Pläne der Krankenhaussoftware und des nicht hinterfragenden Bedienungspersonals lasse ich Amalia ihr Mittagessen in ihrer Geschwindigkeit fortsetzten. Diese stressfreien Minuten hat sie verdient!

Amalia kauert in einem übergroßen, alten Rollstuhl mit schlecht funktionierenden Bremsen. Das Kopfteil habe ich nach unten gestellt, damit Amalia auf „ihrer Seite" liegen kann. Sie ist umrahmt von Kissen und Decken, damit der Transport für sie erträglich ist.

Eine Gottesgabe, die ich besitze, macht mich heute abermals unendlich dankbar: mein unschlagbarer Orientierungssinn. Dieser ist in und um die Uniklinik Köln unabdingbar, um in einer Situation wie der unseren nicht durchzudrehen. Mein vom Krankenhaus gestelltes Equipment zum Erreichen unserer „Meetings" sieht wie folgt aus: Ich bekomme die Patienten-Akte meiner Tochter in die Hand gedrückt, dazu knappe Wegbeschreibungen und einen gelben Zettel, auf dem die Uhrzeiten unserer Termine aufgeschrieben sind.

Fuß hinter Fuß setzend und in Zeitlupe führe ich den Weg mit Amalia fort. Ich kippe den Rollstuhl so, dass die vorderen Stützräder in der Luft hängen. Stabilisieren kann ich diese Stellung ausschließlich mit meiner Kraft, denn diese Position lässt sich nur mit Druck auf die Handgriffe des Rollstuhls halten. Amalia hat in dieser Lage nun nicht mehr das Gefühl, aus dem Rollstuhl zu fallen. Weil die Handgriffe am Rollstuhl der Körpergröße des schiebenden Individuums nicht angepasst werden können, erreiche ich das Herzzentrum mit gebeugtem Rücken und eingeknickten Beinen. Weil Amalia und ich unsere eigene Fortbewegungsgeschwindigkeit haben müssen, können wir dem kleinen „Kinderonko-Grüppchen" nicht folgen. Es sind zwei weitere Patienten zur Untersuchung im Herzzentrum angemeldet. Ein Mädchen und ein Junge im Teenageralter gehen in dieselbe Richtung.

Übervolle Gänge und Wartebereiche begrüßen uns. Ich parke meinen wertvollen Schatz am Rande des Trubels. Lautes Geplapper anderer Patienten und Wartender erfüllen die Räume. Schnurstracks gehe ich zur Anmeldung.

Der Diensthabenden teile ich mit, wer wir sind und dass wir jetzt einen Termin haben.

Die Krankenhauskraft tut Folgendes vor meinen Sinnen:

Sie schaut auf ihren Plan.

Sie sagt: „Nehmen Sie Platz, es dauert zirka drei Stunden!"

Ich bin mir sicher, mich verhört zu haben, denn wir mussten uns unsäglich beeilen, weil wir angeblich JETZT einen Termin hätten.

Ich: „Bitte? Drei Stunden? Das geht nicht!"

Herrin des Terminplans: „Es ist übervoll. Sie müssen warten, es geht der Reihe nach."

Ich: „Ich komme von der Kinderonkologie. Man hat mich hierhergeschickt, weil wir einen vereinbarten Termin haben. Und zwar jetzt. Bitte schauen Sie nach, ob wir wirklich so lange warten müssen. Oder fragen Sie jemanden."

Herrin des Terminplans: „Das kommt nicht in Frage! Alle Ärzte sind beschäftigt!"

Ich: „Ein EKG dauert zirka zwanzig Minuten mit Besprechung. Also können Sie dazwischen jemanden fragen! Die Leute haben zweifellos nicht zeitlich synchron angefangen zu arbeiten, sodass zwischendurch bestimmt einer der Ärzte ein Ohr für unsere Bitte hat, wenn Sie dies nicht entscheiden können."

Verlorengegangen geglaubte Begabungen kehren zu mir zurück: schnelle Auffassungsgabe, Resümieren der Abläufe, Analysieren der Informationen und vor allem Kampfgeist, um meine Tochter zu beschützen, gepaart mit rhetorischer Wortgewandtheit, die ich augenblicklich abrufen kann.

Herrin des Terminplans: „Natürlich kann ICH ENTSCHEIDEN! Und Sie müssen warten!

Ich: „Kommen Sie, ich möchte Ihnen etwas zeigen!"

Die Angestellte mit dem Herzen aus Stein folgt mir in Richtung Amalia. Ich baue mich auf, strecke meinen Arm aus und zeige auf Amalia. Ihr Anblick lässt mich meine Worte herausschreien.

Ich: „Sieht so ein kleines Wesen aus, das noch locker drei Stunden warten kann?!"

Amalia liegt eingestürzt, mit geschlossenen, zusammengekniffenen Augen und einem aus dem Mund laufenden Speichelfaden im Rollstuhl. Sie versucht, sich ihre Ohren zuzuhalten. Wir gehen zu ihr. Ansprechbar ist sie kaum. Der Trubel und die Hektik treffen jeden ihrer Nerven.

Herrin des Terminplans: „Tja, das sieht ja mal nicht so gut aus, nicht wahr?!"

Wut, Aggression – am liebsten möchte ich sie schlagen, schütteln und anbrüllen. Stattdessen sage ich diplomatisch: „Nein, es sieht gar nicht gut aus! Dieses kleine Mädchen hat einen golfballgroßen raumgreifenden Prozess im Gehirn, da kann man nicht so locker drei Stunden in überfüllten, lauten Krankenhausgängen warten, wo auch noch jeder glotzt und mich fragt, was das kleine Mädchen hat! Also können Sie unsere Situation hier zeitlich berücksichtigen? Oder vielleicht können wir in einem separaten, ruhigeren Raum warten, wo es für meine Tochter erträglicher ist? Hier auf dem extrem belebten Gang hält sie es keine Sekunde länger aus."

Monster des Terminplans: „NEIN."

Diese Reaktion ist für mich ein Schlüsselmoment.

Das Zauberwort heißt EIGENVERANTWORTUNG. Darin bin ich sehr gut. Und nun werde ich diesen so wertvollen Schatz der Entscheidungsfreiheit auf Platz eins meines ureigenen, menschlichen und seelischen Daseins stellen. Es ist eine Entscheidung zwischen einem verstandslosen, seelenlosen, herzlosen, nicht hinterfragenden Befehlsempfänger und einem Wesen, das Mensch ist, das die Wahl hat, seine Möglichkeiten mit Verantwortung höchst selbst zu tragen und niemanden als Schuldempfänger benötigt!

Ich höchst selbst: „Dann streichen Sie uns! Wir gehen. Vielen Dank, dass Sie so eine herzliche Flexibilität an den Tag gelegt haben."

Monster des Terminplans: „Gut, ich streiche Sie! Aber SIE müssen dies verantworten!!!" Sprach es und zerknüllte unseren Terminzettel.

Ich höchst selbst: „Und ob ich dies verantworten kann! Aber können Sie es auch?"

Mein Schwur

Meine Wut und Entrüstung sind grenzenlos. Es brodelt und kocht in meinem Inneren. Am liebsten würde ich mein Kind nehmen und losrennen! Aber wohin? Für uns gibt es kein „Woanders". Tränen strömen über mein Gesicht. Die Blicke der Leute nehme ich durch Energiewellen wahr, denn meine Augen wachen über Amalia. Die Menschen sehen eine schluchzende Frau, sich in Zeitlupe fortbewegend mit einer Haltung, die diesem „modernen Rollstuhl" angepasst ist, in dem ein schlafendes Mädchen hängt. Ich sehe und fühle meinen größten Schatz mehr tot als lebend, zusammengesunken in diesem unbequemen Vehikel. Wohin mit diesen Gefühlen? Nichts und niemand kann uns helfen. Oder?

Auf dem Rückweg zur Kinderstation halte ich ein, bleibe stehen, hocke mich zu Amalia. Ich streichle ihr hauchzart über die Stirn. Durch die Berührung und die Menge an Empfindungen bahnt sich mir ein Durchbruch, eine Erleuchtung, die ich stumm, als Schwur, an mein Kind weiterreiche: „Wenn du, mein geliebtes Schneckchen, durch diese Krankheit sterben musst, werde ich dich auf diesem Weg beschützen und behüten. Ich werde dich niemals durch alles, was möglich scheint, zerren, um mein egoistisches Mutterherz zu befriedigen! Ich werde darauf achten, ich werde gegen mich und jeden kämpfen, damit du friedlich und würdevoll gehen darfst!" Bitte lieber Gott, bitte liebe Engel von Amalia – helft mir dabei!

Unser Erlebnis im Herzzentrum hat in mir Geist und Herz frei werden lassen. Dieses unerwartete Geschenk werde ich verteidigen, denn nur so verfügen wir über die Kraft, alles, was kommen wird, zu erkennen und mithilfe richtiger Entscheidungen zu bewältigen. Mein Herz hat in diesem Zentrum eine Therapie der anderen Art erhalten. Es ist nun so groß, dass ich dazu bereit bin, „das Loslassen auf höchsten Niveau" anzunehmen. Aus wahrer, unendlicher, unsterblicher Liebe zu diesem so heiligen Wesen, welches mir anvertraut wurde: meiner Tochter.

Als wir die „Anmeldefront" der Kinderonkologie passieren wollen, fragt eine Schwester kokett und gleichzeitig verwundert: „Oh, Sie sind schon wieder zurück?" Diese Reaktion auf unser „verfrühtes" Erscheinen lässt Raum für einen Gedanken. Weiß man hier von der unverschämten Wartezeit? Meine Reaktion fällt knapp und unmissverständlich aus: „Drei Stunden Wartezeit in einem überfüllten, bewegungsreichen, grellen und überlauten Krankenhausflur sind für meine Tochter unzumutbar! Ihr geht es immer schlechter!" Die Schwester sagt verdutzt: „Aha."

Nach diesem Ereignis versorge ich Amalia liebevoll mit Ruhe und einer angemessenen, angenehmen Lage in ihrem Bett. Sie liegt zu mir gewandt. Amalia schläft sehr tief. Ich hoffe, sie ist an einem schönen Ort! Nach einer für mich nicht definierbaren Zeit klopft es an unserer Tür. Ein hochgewachsener, schlanker, sportiver Mann betritt schwungvoll, doch mit ernstem Gesicht, unseren Raum. Ohne sich vorzustellen, resümiert der Mann im offen getragenen weißen Kittel, was ihm „zugetragen" wurde. Die Kollegen aus dem Herzzentrum hätten sich über „eine Irre, die die Therapie ihrer Tochter sabotiert" bei ihm beschwert. Ihm wurde dieses unverschämte, völlig zu missbilligende Verhalten berichtet. Von einem Bild, das im Flur der Kinderonkologie hängt, kommt mir der Mann bekannt vor. Leider konnte ich aus Gründen der Eile, die mich bei der Pflege meiner Tochter täglich begleitet, die Fotos mitsamt Namen der Angestellten bislang nicht studieren und auswendig lernen.

Ich suche nach einem Namensschild an seinem Kittel; keines ist zu sehen. Schade, denn offensichtlich ist hier jemand bei uns, der

„Befehlsgewalt" zu haben scheint. Egal! Ich werde strategisch im weiteren Gesprächsverlauf herausfinden, wer uns hier „besucht". Professionell und stark müssen seine Eindrücke von mir sein, denn
ich bin Amalias Body- und Seelenguard! Nach seiner freundlichen,
sachlichen Schilderung „unseres Falles" bestärkt mich eine Erkenntnis: Dies ist der Leiter der Kinderonkologie. Mir fehlt sein Name,
doch was mir zu meiner und unserer Verteidigung nicht fehlt, sind
die passenden Worte. Ich befinde mich in einem außerordentlichen
Wahrnehmungs- und Ausführungsmodus! Nun werde ich unseren
Fall schildern! Mit direktem Blickkontakt! Mit fester Stimme und ge-
schliffener, sachlicher, sehr direkter Ausdrucksweise berichte ich ihm
von dem unmenschlichen Untersuchungsgewirr und dem ignoranten
Verhalten der „Herrin des Terminplans". Unmissverständlich stelle
ich klar, dass so ein „Automaten-Konzept" meinen kleinen Patienten
noch kranker werden lässt und ich dieses Programm nicht weiter bil-
ligen werde. Mit einem Blick zu Amalia antwortet mir der Leiter: „So
ist nun mal das Vorgehen in so einem Fall. Es greifen dann die festge-
legten Abläufe – so ist es verlangt. Ich kann leider nichts dagegen tun.
Des Weiteren bin ich beruhigt, dass Sie die Lage so sachlich annehmen und mit mir ein gutes, argumentatives Gespräch führten. Ich bin
nun überzeugt, dass Sie gut auf ihre Tochter achten können und die
Situation angemessen begreifen." Ja, es war ein freundliches Gespräch.
Es lässt mich mit dem Eindruck zurück, dass sich der Professor ausschließlich ein Bild von meinem Geisteszustand machen wollte.

Mehr als gut ist, dass ich in der Unterhaltung mit dem Leiter eine
weitere Auseinandersetzung, die ich mit einer Schwester in der vergangenen Nacht hatte, zu unseren Gunsten klären kann: Seit unserer
Aufnahme untersuchen die Mediziner in der Nacht Amalias Augen.
Ihr wird im Dreißig-Minuten-Rhythmus mit einer Taschenlampe in
die Augen geleuchtet, egal ob sie schläft oder nicht. Dieses Vorgehen
dient zur Früherkennung eventueller Krampfanfälle im Gehirn –auch
so eine „individuelle" Regeluntersuchungsmethode. Aber in meiner
Welt ist so ein Verfahren barbarisch, denn dieser kleine Mensch

braucht Schlaf und Ruhe. Stattdessen wird er immer wieder aus dem Schlaf herausgerissen und mit Licht gefoltert. Vervollständigt wird das Ganze bei Tag mit einem weiteren Aufgebot an Regeldiagnoseverfahren. Außerdem habe ich gelesen, dass durch Lichtreize epileptische Anfälle ausgelöst werden können. Überdies, was will man mit der Information im Falle eines Falls anfangen? Verhindern kann man einen Krampfanfall nicht. Mir ist des Weiteren auch nicht klar, wie das Ergebnis auf dieser Waage erscheinen soll. Zum einen erfolgt hier Früherkennung von Eventualitäten mit grausamen Methoden, zum anderen werden gerade durch solche Methoden die Eventualitäten herausgefordert.

Der Professor lässt mit sich verhandeln. Aufgrund meiner eingehenden Argumentation ändert er den Rhythmus auf ein menschliches Maß. Den Verzicht auf diese Maßnahme kann ich ihm nicht abringen. Leider.

Amnesie

Gemeinsam mit den Ärzten haben wir die nächsten Schritte für Amalia besprochen. Uns stehen zur eindeutigen Diagnosestellung aufwendige Verfahren bevor. Darunter ein MRT, wobei Amalia narkotisiert werden muss, weil sie ausschließlich auf ihrer rechten oder linken Seite liegen kann. Für die MRT-Aufnahmen ist es jedoch erforderlich, dass sie bewegungslos auf dem Rücken liegt. Des Weiteren würden bei Amalia durch eine MRT-Untersuchung unweigerlich große Schreckensattacken herbeigeführt. Ihre Wahrnehmung ist durch den Tumor stark verändert. Lärm, Licht, die Angst vor solchen Untersuchungen und vieles andere würden Amalia zusätzlich quälen.

Heute ist es soweit. Mein Mädchen muss in die medizinische Diagnosefindungsmaschinerie. Zu jeder Zeit stehlen sich meine Gedanken davon. Ungefragt präsentieren sie mir die vergangene „Darbietung der zwei herzlosen Ärzte". Ob diese Herren jemals darüber nachgedacht haben, in welchem Stil sie einer Mutter eine solche Nachricht („Sie stirbt!") überbringen? Wie können Menschen, die durch ihre Berufung die Verpflichtung haben, mit Gefühl und Herz zu arbeiten, derartig „entgleisen"? Ich habe in meiner Vergangenheit mit Medizinern viel Negatives erfahren. Das neueste Erlebnis allerdings stellt alles andere mit Abstand in den Schatten! Was haben die beiden Männer sich mit ihrer Vorgehensweise gedacht, das Todesurteil der Tochter deren Mutter mehrfach entgegenzuschreien, bis diese womöglich die gewünschte Reaktion zeigt? Ich habe wenig Raum, um mit den Gefühlen, die mir alle meine Spürsinne liefern, fertig zu werden. Also schalte ich mein sehr spezielles Mamasoldatenprogramm an: Information entgegennehmen, Sortieren, Kontrollieren, Agieren oder Reagieren. Sobald die Auslese stattgefunden hat, werden Mitteilungen, die mit Schmerz und Tränen zu tun haben, eliminiert, indem ich sie so schlucke, dass ich nicht daran ersticke, weil mein Kind mich „aufgeräumt" braucht. Wohin diese Informationen mit ihren dazugehörigen Emotionen verschwinden, weiß ich nicht. Ich habe keine Zeit, mich mit ihrem Weg jenseits des Herunterwürgens zu beschäftigen.

In Amalias wenigen wachen Momenten sage ich ihr, wie tapfer sie ist, was für ein wunderschönes Mädchen sie ist. Vor allem lasse ich keinen Zeitpunkt vergehen, in dem ich ihr zeige und sage, wie sehr ich sie liebe und dass sie sich auf mich verlassen kann. Amalias Meinung und vor allem ihre Gefühle haben mich immer interessiert. Wir haben uns über alles austauschen können, weil Amalia so besonders ist. Das war, bevor wir auf diesen „Schreckensplaneten" gebeamt wurden. Denn nun habe ich nicht einmal den Mut, sie zu fragen, was sie von alldem hier hält, was sie für Eindrücke hat. Aber vor allem habe ich Angst, Amalia zu fragen: „Was ist deine Meinung, dein Gefühl, warum wir hier sind?" Ihre Blicke und ihr zärtliches Schweigen bestätigen mein Gefühl, dass sie mich spürt. Sie ahnt durch ihre „Kanäle", was mit uns hier passiert. Amalia hat die Gabe, „hypersensitiv" zu sein, sogar jetzt, zu diesem Zeitpunkt. Heute Morgen hat sie mich gefragt, warum ich so „liederlich" herumlaufe. Sie hat Recht. Mein Außenprogramm ist mit Katzenwäsche, Sekundenblick beim Zähneputzen in den Spiegel und dem Austauschen der Klamotten – vom Nachthemd zur Jogginghose und zurück – abgeschlossen. Kann es sein, dass mein Aussehen ihr eine Art „Aufgeben" signalisiert? Oh nein! Ich weiß, dass sie immer darauf achtet, sich anständig zu benehmen und hübsch ordentlich auszusehen. Erinnerung: Amalia bastelt Namensschilder für den Kaffeetisch. Sie deckt ein. Mit Serviette, feinem Geschirr und einer Sitzordnung. Amalia isst niemals ohne Stil! Wir haben immer bunte, geschmackvolle Mundtücher im Haus. Durch Amalia habe ich gelernt, Mahlzeiten und das ganze Zusammenleben mit Stil zu zelebrieren. Leider blieb für ihre Fantasie nicht immer die Zeit. Dramatischerweise hielt ich Dinge wie Schule, Praxis, Erwachsenenalltag, Erwachsenenweltbild und so weiter für wichtiger. Und nun? Wie schnell alles durch einen unerwarteten Kometeneinschlag verglühen kann!

Claus und ich begleiten Amalia in das Gebäude der Röntgenabteilung. Amalia hat uns zu verstehen gegeben, dass sie ständig Kontakt zu mir braucht. Der kürzeste wache Zeitpunkt ohne mich – undenkbar. Sofort würde ein panisches „MAMA!" ertönen. Trotzdem habe ich vor, Sachen, die wir benötigen, von zuhause zu holen. Claus hat über unseren Bedarf keinen richtigen Überblick. Nachdem Amalia narkotisiert auf der MRT-Liege schläft, mache ich mich auf den Weg nach Hause. Claus bleibt an ihrer Seite.

Die Bilder des Narkosevorgangs, wie Amalia auf einmal die Augen verdreht und mit einem aus dem Mund fließenden Speichelfaden zusammensackt, lassen mein „Schluckprogramm" an seine Grenzen kommen. Auf dem Weg zum Auto würge ich die letzten Fetzen herunter. Übelkeit steigt zum ersten Mal auf. Dafür habe ich keine Zeit! Ein in diesem Moment von meinem Inneren wiedergegebener Film, in dem gezeigt wird, wie Amalia „MAMA!" ruft, zwingt mich zur Eile. Wenn sie aufwacht, möchte ich bei ihr sein! Viel Zeit habe ich nicht. Weil ich so rase, gelingt es mir, mich ausschließlich dem Straßenverkehr zu widmen. Als ich den Schlüssel zu unserer Wohnung umdrehe, weiß ich nicht mehr, wie ich eigentlich nach Hause gefunden habe. Im Zeitraffermodus schnelle ich durch die Räume und schmeiße alles in die Koffer. Bloß nicht innehalten und sehen, wo ich bin! Keinen Raum, kein Kleidungsstück, keinen Gegenstand geistig erfassen! Alle Räume und Dinge sind anonym! Auf einmal werden meine Bewegungen langsamer, ohne dass ich dies befohlen habe. Meine Beine mitsamt meinen mir innerlich auferlegten Programmen verweigern ihren Befehl. Alles unterliegt einer schweren Kraft, die mich in die Knie zwingt. Ausgerechnet im Kinderzimmer! Nein, nein. Animalische Schreie kommen, ohne Rücksicht auf mich, aus mir heraus. Zerlaufend sieche ich auf Amalias Spielteppich dahin. Alles ist noch so, wie wir es verlassen haben. Amalias glitzernde Elfengesellschaft schaut zu, wie sich mein seelischer Schmerz in meinem Körper auftürmt und ihn tränenreich verlässt. Bevor alle Teile des Heruntergeschluckten aus mir herausbrechen, lässt mich irgendetwas bei meiner Qual innehalten. Was vernehme ich da?

„Wenn du, mein geliebtes Schneckchen, durch diese Krankheit sterben musst, werde ich dich auf diesem Weg beschützen und behüten. Ich werde dich niemals durch alles, was möglich scheint, zerren, um mein egoistisches Mutterherz zu befriedigen! Ich werde darauf achten, ich werde gegen mich und jeden kämpfen, damit du friedlich und würdevoll gehen darfst!"

Diese sehr reale Schwur-Wiedergabe meines Geistes lässt mich beten. Gott antwortet augenblicklich. Eine der stärksten Energien strömt durch mich. Ich fühle ein alchemistisches Wunder. Aus meiner Liebe entsteht die Kraft und die Klarheit, meinem Kind einen würdevollen, menschlichen Weg „nach Hause" zu ermöglichen. Bedingungslos werde ich ihr alles, was ich habe, schenken, denn dafür bin ich da:

Amalia bedingungslos zu lieben. Sie bedingungslos ihren Weg gehen zu lassen, egal wohin er führt. Möge Gott darüber wachen.

Nun stehe ich im Badezimmer und arrangiere mein Aussehen. Ich möchte Amalia durch mein von nun an wieder gepflegtes Ich signalisieren, dass ich sie niemals aufgeben werde und mich auch nicht! Gleichzeitig spüre ich in meine intuitiven Programme. Beeilung ist angesagt. Ich fühle, dass ich augenblicklich fahren muss!

Schwer nur kann ich meine Augen öffnen. Warum kippen die immer wieder zu? Naja, auch mit geschlossenen Augen kann ich versuchen, nachzuschauen, wo ich bin. Ahh, es kribbelt wie wild. Ein hübsches Gefühl. Überall kitzelt es. Mit dem Kitzeln schwebe ich. Ich fliege! Was das für ein Ort ist, von wo aus ich gestartet bin, weiß ich nicht. Mama hat es mir erklärt. Und mein Papa hat mich beschützt. Er hat gesagt, dass ich vielleicht meine Engel treffen werde. Ha, er ist komisch. Die sind auch ohne Kitzeln bei mir. Sie sind immer da. Darum habe ich keine Angst. Mama hat Angst. Und Papa. Ich kann es fühlen und sehen, obwohl sich in letzter Zeit alles dreht. Seit ein paar Tagen hält das Karussell manchmal an. Dann fühle ich, wie meine Mama leidet. Sie versucht es zu verstecken. Darin ist sie nicht gut. Sie hat keine schönen Sachen mehr an. Und kämmen tut sie sich auch nicht mehr. Eine vornehme Dame sieht anders aus! Hoffentlich bin ich nicht der Grund, warum alle so traurig sind. Ich habe es am liebsten bunt und lustig. Wenn alle sich wohl fühlen.

Ohhhh nein. Die kenne ich nicht. Wer sitzt da an meinem Bett? Jetzt habe ich doch große Angst. Niemand ist zu sehen. Meine Engel sind weg. Und da sitzen ein fremder Mann und eine Frau, die mich Schätzchen nennt. Ich schreie jetzt. Ich bin nicht dein Schatz! Hilfe! Hilfe! Warum kommt niemand und bringt mich zu meiner Mama? Bitte, bitte, ich will meine Mama!

Amalia kommt zu sich. Zumindest versucht sie es. Sie wacht wieder auf! Ein Stein fällt mir vom Herzen. Ich nehme ihre Hand und rede: „Schätzchen, wach auf. Es ist gut gelaufen und vorbei." Was passiert hier? Amalia kommt hoch, krabbelt in die hinterste Ecke ihres Bettes und schreit. Sie kauert zitternd und ihr kleiner Körper bebt vor Angst. Dieses Bild quält mich. Das Geschriene verwirrt mich. Niemand hat in der Narkoseaufklärung von Amnesie gesprochen. Oder? Sie erkennt uns nicht! Ich schaue Claus an. Seine Augen fangen an, feucht zu werden, mit einem Ausdruck unmenschlicher Bürde.

Amalia: „Geh weg, hau ab, du bist nicht mein Papa! Mein Papa hat einen Bart!"

Claus: „Schatz, ich bin dein Papa. Ich habe mir heute Morgen den Bart abrasiert – für dich, weil du gesagt hast, dass er dich kratzt, wenn ich dich küsse."

Amalia: „Nein, geh weg! Ihr wollt mich meiner Mama und meinem Papa wegnehmen."

Nun merke ich, dass Claus nicht mehr kann, ohne Tränen zu vergießen. Ein kurzer Blickkontakt reicht ihm, um zu wissen, dass ich hier solange alleine die „Stellung halte".

Ich: „Schneckchen, ich bin's wirklich, deine Mama. Schau mal, ich habe hier deinen Lieblingspudding. Schokolade, darin noch mehr Schokoladenstückchen. Schau, ich mache ihn jetzt auf und du probierst, ob dies wirklich „dein Pudding" ist. Vielleicht bringt der Geschmack dich zurück zu uns."

Die widersprüchlichen Informationen, die Amalia quälen, bringen mich fast um den Verstand. Sie bewegt sich wie ein verletztes Tier in seinem Revier, krabbelt hin und her. Ruhe bewahren. Für sie! Mit Geduld und Liebe kommt sie zurück. Claus höre ich auf dem Flur weinen. Die Tür steht offen. Hoffentlich hört Amalia ihn nicht. Ich spüre, wie mein Herz wieder auf eine harte Probe gestellt wird, um nicht zu zerspringen. Augenblicklich kommt wieder die Zauberalchemie zum Einsatz: Kraft! Ich habe Kraft für uns alle!

Ich weiß nicht, was diese Frau von mir will. Ich höre nicht, was sie sagt, weil ich so aufgeregt bin. Jetzt bringt sie mich doch zum Lachen. Kann die komisch gucken! Ohhh, und Schokoladenpudding hat sie dabei. Ich glaube sogar den goldrichtigen! Wenn ich jetzt probiere und es ist der goldrichtige Schokopudding, kann ich mir vorstellen, dass sie wirklich meine Mama ist. Ich lache sie jetzt mal an, denn sie scheint genauso viel Unruhe zu spüren wie ich. Außerdem traue ich mich, weil der fremde Mann weg ist.

Amalia versucht nun, den Pudding zu öffnen und zu essen, selbstständig. Ich gebe ihr Zeit, sodass sie herausfinden kann, ob dies wieder funktioniert. So gerne möchte ich einschreiten und ihr helfen. Da hockt dieses süße Wesen unter einer Bettdecke und versucht, seine Finger koordinativ zu beherrschen. Der Becher fällt Amalia wiederholt aus den Händen. Dabei schaut sie unendlich traurig immer wieder zu mir hoch.

Ich: „Weißt du noch, mein Schatz, dass du einen Hund namens Saba hast? Deine Lieblingsfarben sind lila und rosa. Malen kannst du unglaublich gut. Und du liebst es, zu basteln. Schau mal, hier habe ich deinen Kuschelhund. Sein Name ist Moppi. Ihn kannst du wunderbar als Kopfkissen benutzen, ohne dass er dabei zappelt!"

Ich nehme Zögern wahr. Sie ist nicht mehr so unruhig, sagt aber nichts. Claus kommt zurück. Er setzt sich in Zeitlupe nun wieder neben mich. Nun greift er nach Amalias Stofftier, den sie Herr Oben genannt hat. Herr Oben ist ein grün-blau-gestreifter, lang geschnittener Nilpferdwurm. Herr Unten, der genauso aussieht, nur dass er rot-gelbe Streifen hat, bleibt liegen. Claus erweckt Herrn Oben zum Leben.

Herr Oben: „Hallo Sie da! Sie haben meinen Pudding. Der gehört mir."

Amalia hört augenblicklich auf, den „fremden Mann" zu ignorieren und lacht ihn an. Der Puddingbecher sinkt ins Kissen. Schnell nehme ich ihn an mich und nutze die Gelegenheit, um ihn zu öffnen.

Ich: „Möchtest du deinen Pudding probieren? Darf ich dir dabei helfen, bevor dieser unverschämte Wurm hier zugreift?" An Herrn Oben gerichtet: „Also wirklich, Herr Oben! Sie versuchen sich immer Schokopudding zu ergaunern! Dies ist der Pudding für unsere Tochter!"

Herr Oben: „Dies ist eine Lüge! Ich habe mir den Pudding selber gekauft! Also muss ich ihn unbedingt alleine essen!"

Ich: „Das ist ja wohl die Höhe! Sie lügen, ohne rot zu werden! Und geizig sind sie obendrein! Alles alleine essen!"

Herr Oben: „Ich bin nicht geizig! Lügen tue ich auch nicht. Ich benötige jetzt unbedingt meinen Schokopudding, weil mir sonst meine Streifen fliegen gehen!"

Ich: „Schluss jetzt! Amalia wird entscheiden, ob du überhaupt einen Löffel bekommst – bei so viel Unsinn!"

Amalia lässt sich von mir helfen. Ich reiche ihr einen übervollen Löffel Pudding und hoffe, dass der Geschmack und unser Puppentheater sie uns wiederbringen. Noch ein Löffel. Nach dem vierten ein Innehalten. Amalia schaut abwechseln von Claus zu mir: „Du bist meine Mama." Endlich darf ich sie umarmen und halten. Über meine Schulter hinweg spüre ich Amalias Blicke zu ihrem Papa: „Papa? Du hast keinen Bart mehr!" Ihre Arme strecken sich einem überglücklichen Claus entgegen. Fest halten die beiden sich umschlungen. Nun sind meine Tränen an der Reihe.

Stereotaxie – Ein riskantes Unterfangen

Der Krankenhausalltag schleicht in seiner eigenen Zeit dahin. Irgendwie funktioniere ich dumpf und traurig vor mich hin. Für Amalia rufe ich ein Verhaltensmuster ab, das fest einprogrammiert wurde. Wer dies getan hat, weiß ich nicht. Ich kann sehr schnell erfassen und entscheiden, dabei behalte ich ausschließlich Amalias Wohl im Auge. Jeder Moment zeigt mir, dass ich meinen geliebten Schmetterling fliegen lassen muss, ohne ihm folgen zu dürfen. In meinem Leben musste ich bereits zwei geliebte Menschen „ziehen lassen". Damals habe ich mit sechzehn Jahren meine Oma „bis zum Schluss" gepflegt. Jahre später starb mein bester Freund mit dreiundvierzig Jahren nach einer unbarmherzigen Krebserkrankung. Amalias Patentante Ruth war seine Ehefrau und ist mein Fels in der Brandung. Ruth hat ihr eigenes Schicksalsmartyrium. Ihr zweiter Mann ist dieses Jahr ebenfalls an Krebs erkrankt. Sie pflegt ihn hingebungsvoll. Dass ihr Patenkind gegenwärtig ebenfalls todkrank mit einem Tumor im Kopf im Krankenhaus liegt, habe ich ihr noch nicht mitteilen können.

Seitdem wir hier sind, habe ich mit niemandem Kontakt aufgenommen. Ruth wird uns schon vermissen, denn wir telefonieren normalerweise täglich miteinander. Die Gedanken an meine liebe Freundin sind nicht alleine in meinem Kopf. Ebenfalls denke ich an meinen Glitzerprinzen und an seine Familie. Durch meinen „Seitenwechsel" von der ehrenamtlichen Hospiz-Betreuerin zur Betroffenen sehe ich nun vieles mit anderen Augen. Die Theorie und die Praxis des „Erlebens" können nicht weiter entfernt voneinander liegen. Die Aussage, die ich Liah, der Mama meines Glitzerprinzen, seinerzeit gegeben habe, dass ich nachvollziehen kann, wie sie sich fühlt, stimmt mit keinem Wort! Niemand kann auch nur annähernd nachvollziehen, wie Menschen sich in so einer Situation fühlen. Und dies ist auch gut so!

Ob Claus unserer Oma und unseren zwei Opas von der neuen Situation berichtet hat? Mit Grauen stelle ich mir dieses imaginäre Gespräch vor. Wir müssen in der Hölle gelandet sein!

Die Tür geht auf. Claus kommt mit Tobias, meinem Wahlbruder, ins Zimmer. Tobias umarmt mich mit all seiner Kraft. Sagen muss er nichts. Ich bin ihm dankbar, dass er für uns da ist. Er setzt sich zu Amalia. Tobias: „Na, meine Prinzessin? Wie geht es dir?" Gleichzeitig zieht er ein lustiges Zebra mit übergroßen, pinkfarbenen, glitzernden Kulleraugen aus seiner Tasche. Amalia sieht dem Zebra direkt in die Augen. Die übergroße Freude in ihrem Gesicht lässt mein Herz vor Dankbarkeit platzen. Amalia freut sich sehr über ihren Besuch.

Claus und ich haben einen Termin mit dem Professor der Kinderonkologie. Thema wird die entscheidende Operation zur Gewebeentnahme sein – eine Stereotaxie. Nach dieser Prozedur kann man die Tumorzellen bestimmen und feststellen, ob es eine Therapie geben kann. Tobias bleibt während unserer Abwesenheit bei Amalia.

Nach dem Termin mit unserem Professor und einem renommierten Neurochirurgen türmen sich weitere Ängste und Ungewissheiten in mir auf. Eine Stereotaxie im Bereich des Stammhirns ist ein gefährliches Unterfangen. Es wird mit einem langen Stab durch die Stirn und den oberen Kopfbereich bis zum Stammhirn gegangen, um ein Stück vom Tumor zu entnehmen. Das Besprochene formt Bilder in meinem Kopf, die mir Gänsehaut bereiten. Amalia wird nach diesem Eingriff auf die Intensivstation verlegt werden. Der Termin ist fix. Die Hölle hat viele Räume. Jeden Tag kommen für uns neue hinzu.

Nachdem Amalia und ich mit einem Krankenwagen zum OP-Trakt gefahren wurden, befinden wir uns im Vorraum zu den einzelnen Operationssälen, zu denen man durch Schleusen gelangt. Claus ist zu Fuß hierhergekommen. Amalia liegt ganz ruhig auf ihrer Seite in einem Bett. Ich habe ihr gestern die Kinderversion ihres Termins geschildert. Unsere Augen halten Kontakt, genauso wie unsere Hände. Wieder frage ich mich: Wer beruhigt und tröstet hier eigentlich wen?

Mit leisen Schritten kommt die Chefin der Anästhesie zu uns. Amalias Narkose wird einfühlsam von der Ärztin durchgeführt. Claus und ich halten, während das „Schlafmittel" seinen Weg sucht, unser Mädchen. Eine schlaffe Hand gibt mir zu verstehen, dass es Zeit ist, sie loszulassen. Die Anästhesistin verspricht, gut auf unser Mädchen aufzupassen. Claus hält mich an meinen Schultern. Meine Tränen versperren mir die Sicht auf mein Kind, das gerade durch ein stählernes, sich automatisch öffnendes Tor gefahren wird. Claus und ich bleiben noch lange schweigend mit unseren Tränen alleine vor dem geschlossenen OP-Zugang stehen. Er hält mich und das eingeschaltete Mobiltelefon in der Hand. Die Ärzte haben gesagt, dass sie uns kontaktieren, sobald Amalia im Aufwachraum ist. Ich halte Kullerauge, Amalias Zebra, im Arm und werde von Claus ins Freie geführt.

Draußen angekommen, laufen wir ziellos über das Unigelände, bis uns eine Parkbank aufnimmt. Die Blicke der vorbeilaufenden Menschen berühren uns äußerlich. Sie sehen ein weinendes Paar, dessen Tränen von einem großen Zebra mit pinkfarbenen Augen aufgenommen werden. Als keine Tränen mehr da sind, frage ich Claus, ob dies der Abschied für immer war, da die Operation sehr riskant ist. Er verneint vehement, „hält unsere Flagge oben". Optimistisch baut er mich auf. Er glaubt an Wunder und ich soll es auch! So viel Stärke strahlt er in diesem Moment aus, dass seine Hoffnung einen Weg in mein Herz findet. Lächelnd sage ich meinem Optimisten, dass diese Eigenschaft das Schönste an seinem Charakter ist und bedanke mich für sein wertvolles Geschenk mit einem Kuss bei ihm. Claus' Handy klingelt. So früh? Er reißt die Augen auf und geht ran. Nach ein paar Sekunden Telefonieren atmet er auf. Anscheinend hat man irgendwo eine Unterschrift auf dem OP-Formular vergessen. Diese muss unverzüglich nachgereicht werden. Claus stürmt zur Station. Ich bleibe mit seinem Telefon und Kullerauge auf der Parkbank sitzen.

Mein Kinn ruht auf Amalias Kuscheltier, das wiederum auf meinem Schoß sitzt. Ich beobachte die andere Seite der Welt. Leute, die wie aufgescheuchte Wiesel anscheinend einem Superziel entgegenrasen, ohne wirklich sich und ihre Umwelt wahrzunehmen. Gestresste Menschen, die meinen, keine Zeit zu haben und ihre Kinder hinter sich herzerren. Ich erkenne mich in ihnen wieder. Genauso unaufmerksam habe ich mich manchmal verhalten, als ich noch dachte, dass alles, was ich habe und alle Menschen, die mich begleiten, selbstverständlich seien. Diese Selbstverständlichkeit hat ab jetzt bei mir einen anderen Status. Ich werde von nun an achtsam mit mir, den Möglichkeiten des Lebens und vor allem den Menschen darin umgehen.

Die Operation ist gut verlaufen. Schlafend nehme ich mein Kind wieder in Empfang. Mein Mutterherz ist überglücklich, dass Amalia diese Prozedur lebend überstanden hat. Ihr Kopf zeigt die „Überreste" der Operation. Drei winzige Einstichlöcher bedeuten, dass der Chirurg vom Feind einen Teil zur Identifizierung gesichert hat. Die Gewebeprobe kommt sogleich in ein Labor zur Untersuchung. Nun müssen wir ein paar Tage bis zur endgültigen Diagnose warten.

Amalia und ich fahren zur Kinderintensivstation. Claus ist noch nicht zurück. Ich frage mich, wo er bleibt. Auf der Intensivstation werden wir hektisch in Empfang genommen. Amalia teilt mit einem Baby das Patientenzimmer. Ein weiteres Bett ist frei. Alle Mitarbeiter machen auf mich einen gestressten Eindruck. Dieser bestätigt sich, als eine Schwester Amalias Urinkatheter ziehen möchte, ohne vorher die Luft aus der Halteblase im Inneren zu lassen. Ich schreite vehement ein. Die junge Frau ist verdutzt, hält kurz inne und entschuldigt sich für das Vergessen. Sie sagt, es sind heute zu viele Neuzugänge und zu wenige Fachkräfte, die alles arrangieren. Dieser Mangel lässt Menschen Dinge tun, die sie selber in ein Gefühlschaos stürzen, weil sie ihre Arbeit ständig unter Stress ausführen müssen. Ich hege großes Mitgefühl für die Frauen und Männer, die versuchen, in so einem System die Fahne der Menschlichkeit aufrecht zu halten. Wieder einmal präsentieren sich mir Umstände, die schockierend sind und an denen dringend gearbeitet werden müsste.

Amalia schläft ruhig ihre Narkose aus. Ich muss den Raum für eine kurze Zeit verlassen, da ein neuer, kleiner Patient in das freie Bett neben Amalia gebracht wird. Nach einer für mich nervösen Ewigkeit darf ich wieder in das Patientenzimmer kommen. Amalia und ihr Nachbar werden von einem mobilen Blickschutz (Paravent) getrennt. Ich höre einen Vater, der tröstend mit seinem Sohn spricht. Dieses Gespräch geht mir unter die Haut. Der Mann verabschiedet sich, weil er nach Hause fahren muss. Sein Kind fleht ihn an, nicht zu gehen. Er tut es trotzdem. Ich hoffe inständig, dass der Vater des Jungen einen guten Grund für sein Verhalten hat. Mich kann niemand von Amalia trennen. Ich weiche nicht von ihrer Seite. Als der Mann gegangen ist, weint sein Sohn weiter. Unter Tränen und mit schmerzverzerrter Stimme ruft er nach jemandem, der für ihn da sein kann. Er schreit seine Angst hinaus. Die Schwestern sind mit der Vorbereitung eines weiteren „Intensivzugangs", der heute noch eintreffen wird, beschäftigt. Eine von ihnen kommt zum Bett des Jungen und sagt gestresst: „Marcel, du kennst das Ganze doch schon. Morgen kommen deine Eltern wieder. Nun sei still und tapfer!" Geschockt hält mich mein Stuhl fest. Ich kann nicht glauben, was ich gerade erlebe. Marcel wimmert nun sehr leise vor sich hin. Ich höre: „Lieber Gott, bitte lass mich nicht alleine. Alles tut weh. Ich kann nicht mehr."

Ich: „Marcel, du bist nicht alleine. Ich heiße Katja und sitze direkt neben dir hinter dem Vorhang."

Marcel: „Ich habe Angst."

Ich: „Das glaube ich dir. Ich bin mit meiner Tochter hier. Sie ist frisch operiert worden."

Marcel: „Ich auch. Ich kann mich nicht bewegen."

Herzzerreißend weint der Junge neben mir. Mir sind nun die Vorschriften egal. Ich schleiche zu Marcel. Amalia behalte ich dabei immer im Auge. Was ich sehe, verletzt mich zutiefst und lässt Unverständnis den Eltern des Jungen gegenüber aufkommen. Marcel ragen mehrere Schläuche oder Drähte aus seinem Kopf, die mit medizinischen Geräten verbunden sind. Er liegt angespannt auf seinem Bauch. Sein Kopf ruht auf der rechten Seite. Die Kabel lassen keine Bewegung zu.

Ich: „Marcel, ich berühre dich nun an deinem linken Fußgelenk. Darf ich?"

Marcel: „Ja, bitte"

Ich: „Wie alt bist du?"

Marcel: „Ich bin acht Jahre."

Ich: „Möchtest Du mich sehen? Dann komme ich etwas näher zu dir?"

Marcel: „Das wäre schön."

Ich hocke mich zu diesem außergewöhnlichen Kind. Seine Hände liegen immer noch über seinem Kopf zum Gebet gefaltet. Ein hübscher, sommersprossiger Junge mit aufgeweckten, freundlichen Augen sieht mich an.

Marcel: „Was hat deine Tochter?"

Ich: „Das wissen wir noch nicht."

Marcel: „Wenn sie hier sein muss, ist sie bestimmt sehr krank."

Ich: „Das kann sein. Warst du schon mal hier?"

Marcel: „Ja, aber ich kann nicht so tapfer sein."

Ich: „Ich finde, du bist sehr tapfer und ich kann dich sehr gut verstehen, dass du dich alleine fühlst. Soll ich dir was verraten, was Amalia – so heißt meine Tochter – immer sagt?"

Marcel: „Oh ja!"

Er lacht mich an. Nun würde ich ihn am liebsten in meinen Arm nehmen. Stattdessen reicht er mir seine Hand. Ich nehme sie ganz vorsichtig entgegen und halte sie, während ich ihm von Amalia erzähle.

Ich: „Amalia hat immer ein paar für mich unsichtbare Freunde um sich. Sie sagt, niemand wäre alleine. Schon gar keine Kinder. Die haben unglaublich schöne und sehr liebevolle Schutzengel um sich. Manchmal scheinen diese Wesen auch ein paar Späße zu machen, denn ich sehe Amalia oft nach stummer Diskussion lachen. Ich denke, dass du, Marcel, nicht alleine bist. Und bitte, ein Junge in deiner Situation darf weinen. Es ist völlig in Ordnung. Die Leute hier haben unglaublich viel zu tun und zu viele Patienten. Deswegen sind sie so. Ich habe das Gefühl, wenn sie mehr Zeit hätten, würden sie dir auch Gesellschaft leisten. Sie rasen draußen hin und her."

Marcel sieht mich schweigend an. Seine Tränen stoppen.

Marcel: „Danke, Katja."

Meine Ohren nehmen Amalias Gemurmel auf.

Ich: „Ich gehe jetzt zu Amalia. Du kannst dich jederzeit weiter mit mir unterhalten. Ich bin direkt hinter dem Vorhang und höre dich."

Amalia: „Was hat der Junge"? Erstaunt sehe ich meinem Schatz in die Augen und bin verblüfft, wie munter sie ist. Nun liefere ich ihr einen kurzen Bericht, was geschehen ist. Amalia schließt ihre Augen und flüstert nach einem Moment: „Ich kann sie fühlen. Sie sind alle da."

Katja: „Wer, mein Schatz?"

Amalia: „Sag, dass meine Engel sich mit Marcels Engeln und dem großen Engel des kleinen Mädchens unterhalten. Sie haben uns alle sehr lieb."

Ohne diese Aussage weiter zu hinterfragen, gebe ich die Botschaft an Marcel weiter. Ich bin zu sehr verwundert, was Amalia alles weiß und wie viel Verständnis sie für andere Menschen hat. Streichelnd übergebe ich Amalia ins Land der Träume. Ich nutze die Zeit, um nach Marcel zu sehen, weil es auf seiner Seite ruhig geworden ist. Ein friedliches Bild zeigt sich. Er ist ebenfalls abgetaucht. Ich hoffe, dass sie alle an einem schönen Ort sind.

Unterdessen kommt Claus mit einem sehr aufgelösten, verweinten Gesicht zu mir. Er berichtet von seiner Suche nach uns. Nachdem alle Formulare von ihm unterzeichnet waren, ist er sogleich wieder zum

OP-Trakt zurückgelaufen. Wir waren schon weg. Leider wusste das dortige Personal nicht, wohin wir gebracht wurden. Das ließ in ihm Panik aufsteigen. Er hat alle möglichen Orte aufgesucht, an denen er uns seiner Meinung nach hätte finden können. Seine Erleichterung ist deutlich zu spüren, als er Amalia und mich sieht.

Mittlerweile ist es draußen dunkel geworden. Schweren Herzens muss Claus nun wieder das Leben außerhalb des Krankenhauses aufnehmen. Wir verabschieden uns mit einer innigen Umarmung. Amalia bekommt von ihrem Papa einen zärtlichen, langen Kuss auf die verletzte Stirn. Claus dreht sich im Türrahmen noch einmal zu uns um. Glitzernde Augen verraten mir, dass er seine Tränen für uns zurückgehalten hat.

Der Tag verlässt die Bühne und macht der nun folgenden Nacht Platz. Meine Bühne hat er noch nicht verlassen. Alle Kinder schlafen und der Tumult in meinem Kopf und in meinem Herzen nimmt zu. Der Rückblick auf das heute Erlebte macht vieles mit mir. Wütend, traurig, aber vor allem hoffnungslos lässt dieser Tag mich zurück.

Eine Schwester kommt zu mir und fordert mich zum Gehen auf. Unmissverständlich gebe ich ihr zu verstehen, dass ich nirgendwohin ginge. Sogleich rennt sie hektisch davon. Eine zweite Frau taucht auf und füttert mich mit Erklärungen, warum ich jetzt gehen müsse. Ich werde noch deutlicher. Verständnis bei den Damen ist nicht zu spüren. Eine der beiden gibt mir zu verstehen: „Wir haben schon gehört, dass Sie nicht ganz einfach sind!" Diese für mich sehr informative Aussage lässt sie im Raum stehen und geht ohne jede weitere Äußerung.

Nach einiger Zeit kommen beide Schwestern zurück: „Nach telefonischer Rücksprache mit der Onko und den zuständigen Ärzten können Sie und Ihre Tochter wieder auf Station zurück." Gesagt, getan. Das fahrbare Bett wird über einen Zugang auf dem Dach in das Gebäude der Kinderonkologie gefahren. Es ist ein kurzer Weg, der die Aktion nicht lange dauern lässt. Friedlich schlafend wird Amalia von einer Mitarbeiterin der Intensivstation und mir in „unser Zimmer" auf der Kinderonkologie gefahren. Gott sei Dank sind wir allein, was auf der überbelegten Station an ein Wunder grenzt.

Meine Augen brennen. Unendliche Müdigkeit strömt durch meinen Körper. Jede Einstichstelle am Kopf meiner Kleinen bekommt einen behutsamen Kuss. Mein Inneres möchte glauben, dass diese Küsse alles augenblicklich heilen lassen. Erschöpft schlafe ich so nah es geht neben Amalia ein.

Mein Fels in der Brandung

Ich sehe eine friedlich schlafende Amalia. Meine Antennen sagen mir: „Ruf deine Freundin an!"

Ich lasse die Balkontür auf, um Amalia nicht aus meinem Blick und Wahrnehmungsfeld zu verlieren.

Angekommen auf dem Krankenhausbalkon, stelle ich fest: „Wir haben Sommer!" Die überraschende Wärme direkt vom Sonnenlicht tut mir gut. Trotzdem halte ich zitternd mein Telefon in der Hand. Ich starre auf das Display in der Hoffnung, diesen Anruf nicht wirklich tätigen zu müssen. Luft holen! Hände und Geist beruhigen! Ich darf nicht weinen. Fassung behalten aus Liebe zu meiner Freundin. Ich höre den Rufton. Ruth hebt ab.

Ich: „Hallo Ruth, ich bin es. Wie geht es dir und Bernie?"

Ruth: „Oh Katja, ich habe so oft angerufen! Wo hast du gesteckt? Ich bin nun mit Bernie wieder zuhause. Es sieht nicht gut aus, aber ich möchte ihm ermöglichen, zuhause zu sein. Er bekommt nun höhere Dosen Morphium. Gott sei Dank hat er keine Schmerzen mehr. Aber die Luft ist für ihn schwer zu bekommen. Wir sitzen im Wohnzimmer und schauen einen Film."

Pause. Ich hole zu tief und zu hörbar Luft. Dieses ungewohnte stille und gleichzeitig laute Verhalten lässt meine Freundin sofort mit ihren persönlichen Schicksalsschilderungen innehalten.

Ruth: „Was ist los? Wo bist du? Ist was mit Amalia?!"

Ich kann nicht antworten. Meine Hand presst zu stark gegen meinen Mund. Spürbar ruhig und geduldig wartet am anderen Ende der Leitung meine Freundin auf eine Erklärung. Irgendeine Kraft mobilisiert meinen Mund und ich schildere so einfühlsam und sachlich wie ich es vermag den Werdegang unserer letzten Tage. Langsam taste ich mich an den Grund, warum wir im Krankenhaus sind, heran. Angekommen bei meinen letzten, brutalen Worten komme ich mir vor, als würde ich meiner lieben Freundin persönlich das Herz herausreißen.

Ruth: „Was hat Amalia? Haben die Ärzte schon eine Diagnose gestellt? Warum seid ihr immer noch im Krankenhaus? Ist was mit ihrem Herzen, wegen der ständigen Infekte?"

Die entscheidenden Worte kommen zeitlupenartig und so, als würde jemand anderes die Lautstärke regeln, aus mir heraus.

Ich: „Nein, ihr Herz ist stark. Sie hat einen sehr großen Tumor im Kopf."

Ruth ist immer in ihrer Mitte. Sie trägt die Fassung einer Frau, die viel verkraften kann. Obwohl ihr Aussehen dem einer wunderhübschen, zierlichen Puppe ähnelt. Diese Nachricht wird von ihr mit einem markerschütternden „NEIN! OH GOTT, NEIN!"-Schrei beantwortet.

Tröstend versuche ich zu sagen, dass wir noch hoffen dürfen. Schon ihren ersten Mann, er hieß ebenfalls Bernd, hat Ruth an den „Feind Krebs" verloren. Ihr zweiter Mann steht kurz davor, denselben Kampf zu verlieren. Und nun scheint sich ihr kleines, geliebtes Patenkind der Reihe der Sterbenden anzuschließen.

Ruths krampfhaftes Schluchzen verrät mir, dass es für sie, meinen Fels in der Brandung, zu viel ist.

Unerwartet tritt der hörbare Schmerz in Stille über. Ruth stellt mir entschlossen eine Frage: „Möchtest du, dass ich komme"?

Kommst du mit, Mama?

Es sind mehrere Tage seit der riskanten Gewebeentnahme vergangen. Amalia hat die OP erstaunlich gut überwunden. Dank einer hohen Dosis Cortison ist ihr Blick sogar etwas klarer geworden und sie hat manchmal die Kraft, sich kurz mit mir zu unterhalten. Der kleinste kindliche Lebenshinweis lässt meine Blume der Hoffnung die herausgerissenen Blütenblätter wiedererlangen.

Die Sozialarbeiterin auf unserer Station hat mir mitgeteilt, dass wir heute einen Termin beim Professor haben, weil das Labor die Ergebnisse der Gewebeuntersuchung geliefert hat. Die Termindaten gebe ich sogleich an Claus weiter. Nervös schreitet der Tag voran. Claus ist mit Tobias aufgetaucht, der ein Schokoladeneis für seine Prinzessin dabeihat.

Tobias: „Ahhhh, hallo meine kleine Prinzessin!"

Mit der freien Hand haucht er Amalias Zebra „Kullerauge" Leben ein.

Kullerauge: „Suuuuuper, ein Eis für mich! Warum nur so ein kleines? Ich bin ein großes Zebra. Mir stehen große Eisbecher zu! Jawohl!!!!"

Tobias, der direkt mit dem Zebra „Auge um Auge" diskutiert: „Du verfressenes, undankbares Zebra! Außerdem ist das Eis gar nicht für dich! Sondern für meine…"

Nun schauen Kullerauge und Tobias direkt in Amalias Augen. Diese beginnt sofort, sich „grummelig" zu lachen.

Amalia: „Husch Kullerauge, geh schlafen. Das ist mein Eis von meinem Glitzerprinzen!"

Mit einem Blick gibt mir Tobias zu verstehen, dass er Amalia beim Eisverzehr helfen wird. Bei dieser gefühlsbetonten, verständnisvollen und mit unendlicher Liebe erfüllten Szene geht meine Seele im Licht spazieren.

Es ist soweit. Die Mitarbeiterin für Soziale Dienste holt uns zum Gespräch ab. Claus reicht mir seine Hand. Bleiern erhebe ich mich. Hand in Hand folgen wir „vier" der Krankenhausangestellten: Claus, gefolgt von seiner Angst und ich mit Panik im Genick an seiner Hand laufend. Wir betreten als Erste das Büro des „Wissenden". Der Professor begrüßt uns mit gefühlvoller Förmlichkeit. Ich bemerke, dass er mir nicht in die Augen blickt.

Professor: „Bitte nehmen Sie Platz."

Als ich sitze, habe ich das Gefühl, dass dieser Sessel mir für das, was kommt, keinen Halt geben kann. Claus sitzt zu meiner Rechten, der Professor zu meiner Linken. Die Mitarbeiterin sitzt im Hintergrund an einem Schreibtisch.

Professor: „Tja, wir haben die Analyse des Gewebes abgeschlossen."

Nun schaut er uns wirkungsvoll an. Erst Claus, dann mich.

Professor: „Ich werde nun ganz offen und direkt mit Ihnen sprechen, da ich weiß, dass Sie, Frau Pesch, professionelle Hospizmitarbeiterin sind."

Ich: „Nein, das bin ich nicht. Ich bin ehrenamtlich ambulant für Kinder und Jugendliche im Hospizverein Erftstadt tätig."

Professor: „Oh, da hat man mir etwas Falsches berichtet. Trotzdem kenne ich aus vorausgegangenen Gesprächen ihre Einstellung zu diesem Thema. Ihre Tochter ist schwer krank. Leider entspricht meine vermutete Diagnose der Wahrheit. Ihre Tochter hat ein Astrozytom Grad 3 im Stammhirn. Wir können nichts mehr für sie tun."

Nun sieht er mir direkt in meine Augen. Ich stelle fest, dass eine vermutete Wahrheit sich barbarisch anfühlt, wenn sie ausgesprochen wird. Mein Kopf denkt an alles gleichzeitig. Mein Versprechen, sie gehen zu lassen, sie niemals aus egoistischen Gründen zu halten, zu quälen. Nun ist der Moment gekommen, um zu sehen, wie wahrhaftig meine Liebe zu meinem Kind wirklich ist.

Niemand sagt etwas. Der Professor befreit seine weinenden Augen von seiner Brille.

Professor: „Es tut mir so leid. Bitte glauben Sie mir das."

Das tat ich.

Ich: „Wie lange geben sie Amalia noch?"

Professor: „Das kann ich nicht sagen, da dieser Tumor extrem selten bei Kindern auftritt. Wir haben in ganz Deutschland nur zirka fünf Fälle, vielleicht ein paar mehr dieser Art. Aber ich vermute, es sind nur Wochen."

Ich: „Ich möchte mein Kind auf keinen Fall hier im Krankenhaus sterben lassen. Sie soll zuhause sein! Und auf gar keinen Fall wünsche ich, dass sie durch jegliche Scheintherapien gequält wird!"

Claus: „Moment!!!"

Nun erhebt er sich und spricht energisch zum Professor: „Ich habe recherchiert! Es gibt Menschen, die noch Jahre leben können. Und es gibt diverse Methoden, die man noch versuchen kann. Es soll sogar Leute geben, die nach einer Bestrahlung wieder gesund geworden sind!"

Professor: „Herr Pesch, natürlich gibt es solche Menschen. Aber diese sind in einem früheren Stadium ihrer Krankheit therapiert worden."

Katja: „Claus, wir waren uns einig! Amalia wird kein Versuchskaninchen sein bis zu ihrem Tod! Zehn Meter human und liebevoll gesprungen sind wesentlich besser, menschlicher, als dreizehn Meter wie ein Tier gekrochen!"

Claus: „Nein!!! Ich lasse Amalia nicht ohne einen Versuch, ihr Leben zu retten, sterben!!! Was wird in so einem Fall getan, Herr Professor?"

Schmerzerfüllt sinke ich in mich zusammen. Ich will mein Kind ebenfalls nicht hergeben. Aber wie es scheint, liegt diese Entscheidung nicht mehr in unseren Händen. Warum will er dies nicht sehen?

Professor: „Das Standardprogramm für diese Krankheit sieht Bestrahlung mit paralleler Chemotherapie vor. Dazu werden noch hohe Dosen Cortison, Antibiotika und Fungizide verabreicht. Normalerweise muss ich auf eine Therapie bestehen, Frau Pesch. Ich kann diese sogar vor einem Gericht einklagen. Aber im Falle ihrer Tochter bin ich frei. IHRE Entscheidung wird durchgeführt."

Ich habe auch eine Entscheidung getroffen: „Claus, ich möchte nicht mit dir streiten. Meinst du nicht, dass Amalia ein Mitspracherecht hat? Schließlich geht es um sie."

Nach einer kurzen Absprache, dass wir dem Professor unsere Entscheidung so schnell wie möglich mitteilen werden, werden wir aus dem Raum entlassen. Im Krankenhausflur stehen wir uns weinend gegenüber. Claus überzeugt mich mit Zauberkräften und väterlichen Tränen, anhand von Geschichten Betroffener, gepaart mit Ergebnissen aus seinen medizinischen Recherchen, dass sich ein Kampf lohnen würde. Danach stelle ich ihm eine Frage: „Wer von uns redet mit Amalia?"

Mein Herz klopft. Meine Tränen stauen sich schmerzhaft aneinanderdrängend hinter meinen Augen. Sie dürfen nicht hinaus. Ich blicke auf die Pforte zum Grauen. Hinter der Tür liegt mein kleines Mädchen, der ich nun erklären muss, dass ihr Leben in wahrscheinlich sehr kurzer Zeit zu Ende gehen wird. Tief hole ich Luft, greife zur Türklinke. Ich denke an das soeben beendete Gespräch mit dem Leiter der Kinderonkologie. Ich höre seine Worte: „Ihre Tochter ist schwer krank. Leider entspricht meine vermutete Diagnose der Wahrheit. Ihre Tochter hat ein Astrozytom Grad 3 im Stammhirn. Wir können nichts mehr für sie tun."

Schweigend bitte ich Tobias, den Raum zu verlassen. Bis eben hatte ein lustiges Zebra hier das Sagen. Nun komme ich. Ein Monster oder eine Mutter, die zur höchsten Liebe fähig ist? Wie nur in aller Welt sagt man seinem eigenen Kind, dass es sterben muss? Welche Worte soll ich dafür nur wählen? Gibt es diese überhaupt? Der aufmunternde, von grenzenlosem Verständnis geprägte Blick meiner Tochter veranlasst die Todesschwadronen dazu, meinen Mund zu verlassen.

Ich: „Hallo mein Schatz." Jede Silbe beginnt, ihre Säure in meiner Kehle zu verspritzen. „Dein Papa und ich waren eben bei deinem Arzt."

Amalia: „Das weiß ich doch, Mama. Kullerauge hat mit mir gespielt und Tobias war auch dabei."

Dieses zauberhafte Wesen versucht, selbst in diesem Moment, mich zum Lachen zu bringen und mir zu sagen, dass alles gut ist. Amalia lacht mich an. Nun nimmt sie meine steinerne Hand und spricht: „Mama, was ist denn? Was hast du? Warum bist du so traurig?"

Ich: „Weil ich eine der schlimmsten Nachrichten bekommen habe, die eine Mama kriegen kann."

Amalia wartet und sieht mir geduldig in meine schmerzenden Augen.

„Schatz, kannst du dir erklären, warum dieses hier geschieht? Warum du von deinem Körper manchmal so geärgert wirst? Warum du so viele schmerzliche Untersuchungen ertragen musst?"

Amalia: „Weil ich krank bin. Ich bin hier, um wieder gesund zu werden. Oder, Mama?"

Ich: „Erinnerst du dich an das, was ich dir über meinen Glitzerprinzen erzählt habe? Die Familie, zu der ich manchmal gefahren bin, um zu helfen?"

Amalia: „Ja. Du hast mit ihm gespielt und bist mit ihm spazieren gefahren. Du hast gesagt, dass er sehr krank ist und deshalb wahrscheinlich als Kind schon nach Hause gehen muss."

Ich drohe zu ersticken an der Säure in meinem Hals. Ein Gedanke beherrscht meinen Kopf: Amalia hat es verdient, dass man ihr erklärt, warum sie hier so gequält wird! Deshalb rede ich weiter: „Der Doktor hat uns gesagt, dass du genauso schwer wie mein Glitzerprinz erkrankt bist." Ungeahntes Verstehen, Wort für Wort, in Amalias Augen? Sie sitzt regungslos vor mir, starrt mich an und hält weiterhin meine Hand.

Meine Ohren haben mir gerade mit Mamas Stimme gesagt, dass ich dolle krank bin, wie Mamas Glitzerprinz. Was meint sie damit? Ja, ich muss mich festhalten beim Sitzen. Ich kann auch nicht mehr so lange sitzen. In der Schule war ich auch schon lange nicht mehr. Meine Freunde habe ich ebenfalls lange nicht gesehen. Spielen geht auch nicht. Gegessen habe ich schon lange nicht mehr ohne Hilfe, obwohl ich ein großes Mädchen bin. Ich erinnere mich an Schmerzen und alles hat sich gedreht. Aber krank war ich doch nur, wenn ich Fieber hatte? Gehören diese Sachen hier vielleicht auch zur Grippe? Es gibt doch Medizin. Sie haben mich doch gepikst. Ich habe eine Nadel in meinem Handgelenk, darüber haben sie mir ganze Flaschen von Medizin gegeben. Ihre Tabletten schlucke ich jedes Mal brav hinunter, alle! Obwohl ich mich immer verschlucke. Und es gibt Geräte, die gesund machen. Das weiß ich von meinen Herzuntersuchungen. Mama hat es mir erklärt. Ich verstehe das nicht. Es macht mir Angst. Meine Augen und meine anderen Körperteile machen manchmal, was sie wollen, nicht, was ich will. Muss ich etwa weg? Weg von hier? Mama hat gesagt, die Kinder, denen sie hilft, sterben. Sie werden nicht groß. „Du bist genauso krank wie mein Glitzerprinz", hat sie gesagt. Nein! Ich kann noch nicht nach Hause gehen! Nein, nein, nein, nein...

Die Zeit steht still. Der Raum verändert sich surreal. Meine Tränen haben schon längst den Befehl verweigert und suchen sich ihren Weg über meine Wangen. Keinen Laut gibt es in oder außer mir, nicht einmal ein Atemgeräusch.

Amalia: „Muss ich etwa sterben?"

Ich: „Ja, mein Schatz. Diese Krankheit wird dein Leben beenden." Mit diesen Worten, die ich wie Giftpfeile empfinde, ist es amtlich. Ich fühle mich als Horrorausgeburt einer Arschlochmutter!

Bitte gib irgendein Zeichen. Schrei mich an, tu irgendetwas! Bitte! Amalia sitzt ruhig vor mir und scheint vertieft in ihrer Welt zu sein. Ich gebe dir die Zeit, die du brauchst, mein Schatz. Ich habe nicht das Recht, dich nun zu stören, geschweige denn Wunschreaktionen von dir zu fordern.

Amalia: „Mama, du kommst doch mit mir nach Hause in den Himmel, ja?"

Diese Frage gibt mir den Rest. Dieser Engel will, trotz der Giftpfeile, ihre Monstermama mitnehmen?!

Ich: „Ich werde dich niemals alleine lassen. In keiner Situation! Aber mitkommen kann ich jetzt noch nicht. Ich werde irgendwann nach Hause gehen."

Amalia scheint augenblicklich zu begreifen. Tränen schießen aus ihr heraus. Mit letzter Kraft springt sie auf meinen Schoß. Wimmernd klammert sich mein Kind an mich. Leider kann ich ihr in diesem Moment nicht mehr bieten, als sie zu halten. Tröstende Worte für einen abgeschossenen Schmetterling können mein Verstand und mein Mund nicht finden. Unsere Tränen vereinen sich mit unserem Schmerz. Meine Arme halten einen schluchzenden Engel, mit einem Gefühl, als ob ich ihm gerade beide Flügel zerfetzt hätte.

Ich will noch nicht von euch gehen!

Eine kleine Familie im Ausnahmezustand. Alle weinen. Jeder tröstet jeden. Über allen eine Blase der Hoffnungslosigkeit. Bis auf einmal eine Mädchenstimme sagt: „Ich wünsche mir so sehr, mit euch noch ein--mal an die Ostsee zu fahren! Einen schönen Urlaub zu machen. Wir alle zusammen. Mit Saba. Und Oma und Opa! Vorher gehe ich nicht nach Hause! Gibt es wirklich keine Medizin?" Claus und ich sehen unseren mutigen Schatz an, der die Stopptaste der Hoffnungslosigkeit gefunden hat. Mit Zuversicht schenkenden Augen sieht Amalia uns an. Sie hat Recht! Der Tod mag von alleine kommen, aber die Hoffnung können wir uns zurückholen, wann immer wir dazu bereit sind! Claus schildert die allgemeinmedizinisch einzige Therapiemöglichkeit. Sie beginnt mit dreißig aufeinanderfolgenden Bestrahlungen. Dazu kommt orale Chemotherapie. Es ist eine Behandlung für Erwachsene, weil diese Art Tumor in den meisten Fällen ältere Menschen trifft. Nichts lassen wir aus bei der Beschreibung einer eventuellen Behandlung.

Ich: „Mein Schatz, diese Therapie kann sehr wehtun. Du wirst unglaubliche Kraft brauchen, um so etwas durchzustehen. Manche Erwachsene schaffen dies nicht."

Amalia, ohne zu zögern: „Ich will es versuchen. Ich will noch nicht von euch gehen! Außerdem habe ich viel Kraft und bin nicht alleine!"

Ich: „Du bist so mutig, mein Schatz. Wir wollen alles versuchen, was möglich ist. Aber nur, wenn DU es auch wünschst!"

Amalia drückt ganz sanft meine Hand. Mit ihren Worten in meinem Ohr nachklingend glaube ich ebenfalls daran, dass sie Kraftreserven mobilisieren kann, die nicht von dieser Welt sind. Obwohl das, was ich sehe, ein anderes Signal an meinen Verstand sendet: Vor mir liegt mein völlig geschwächtes Kind, mit Augen, die sie kaum offenhalten kann, ihr Antlitz weiß vor Schwindel und mit einem völlig veränderten Körper aufgrund hoher Gaben Cortison.

Mit einem „Ich schaffe das, MAMA!" fliegt unser Schmetterling ins Reich der Träume. Ihre Entscheidung wird umgehend von Claus an den Professor überbracht. Dieser gibt sogleich „Marschbefehl": Die „Tumorvernichtungsmaschinerie" läuft an.

Ich bin gekommen, um dir zu zeigen, was Liebe ist!

Alles geht Schlag auf Schlag. Viele Entscheidungen müssen getroffen werden. Unter anderem den dauerhaften Venenzugang betreffend. Port- oder Broviac-Katheter? Ich erinnere mich an das Gespräch mit Yasmin in der zweiten Nacht hier auf Station. Ihr Rat war, bei Amalia lieber einen Port legen zu lassen. Eile ist mit jedem Schritt geboten!

Aufmerksam verfolge ich bei unserer Visite die mir wie eine „Werbeveranstaltung" für einen Broviac-Katheter erscheinende Beratung.

Arzt: „Glauben Sie uns, mit diesem Venenzugang hat ihr Kind keine großen Einschränkungen und vor allem muss es nicht jedes Mal die äußerst schmerzhafte Prozedur des Anstechens erleben, da die Schläuche so lange implantiert bleiben, bis die Therapie vorbei ist."

Yasmin widerlegte in unserem vor Tagen geführten Gespräch anschaulich die rhetorischen Floskeln der Mediziner. Sie informierte mich mit Erfahrungswerten aus ihrem alltäglichen Leben und erzählte mir, welche Nachteile ein Broviac-Zugang für das Kind haben kann. Deshalb frage ich die Ärzte mehrmals nach einzelnen Funktionen, die, wie mir scheinen, nicht so harmlos sind, wie hier von ihnen geschildert wird. Keiner von ihnen sagt etwas darüber, dass der Anschluss sehr empfindlich für das Eindringen von Bakterien ist, er einmal pro Woche im Krankenhaus durchgespült werden muss, weder Duschen noch Baden möglich sind und das Kind keine schnelleren, unbedachten Bewegungen machen darf, weil die Schläuche keine feste Verankerung in der Haut haben. Und wer weiß, was sonst noch sein kann! Solch eine Lebenseinschränkung für mein Kind kommt für mich nicht in Frage!

Durch meine Fragerei schlägt nun einer der Ärzte vor, dass ich mir einen Eindruck am „lebenden Objekt" verschaffen könne. Er empfiehlt mir, eine Etage tiefer zu gehen: Die dortige ambulante onkologische Tagesklinik habe bestimmt einen Patienten, bei dem ich einen hautnahen Eindruck bekommen könne. Es gibt dort wenig Personal und ich werde hektisch empfangen. Trotz der Betriebsamkeit hat die diensthabende Schwester für meine Bitte ein offenes und verständnisvolles Ohr. Sie möchte etwas organisieren und bittet mich, zu warten. Ein Arzt taucht mit einem „Plätzchenkasten" in den Händen auf. Er bittet um Entschuldigung, dass im Moment kein Patient anwesend sei, den er mir zeigen könne. Stattdessen möchte er mir anhand eines echten Broviac-Katheters erklären, wie so etwas aussieht und funktioniert. Ich freue mich, dass er mir verantwortungsvoll Zeit und professionelle Informationen geben möchte, damit wir Sicherheit für unsere Entscheidung bekommen können. Doch meine Begeisterung schlägt blitzartig in Fassungslosigkeit um! Der Mediziner öffnet die viereckige „Plätzchendose". Der Inhalt ist so „gut" sortiert, dass dieser Ähnlichkeit mit meiner „Klimbimdose" zuhause aufweist! Der Mann greift nach einem Schlauch und wühlt suchend nach einem passenden Stück, um das „Puzzle" im Ganzen präsentieren zu können. Ein krasser Fehlschlag! Nachdem er lächelnd seine überaus peinliche und über die Maßen unprofessionelle Präsentation bemerkt, schließt er überfordert die Dose und sagt: „Vielleicht ist auf Station ein Patient, der dazu bereit ist, seinen Anschluss herzuzeigen." Ich fühle Aggression aufsteigen. Wie viel Inkompetenz verträgt eine Mutter, die ihrem Kind eine menschenunwürdige Therapie erträglich gestalten möchte? Bohrend brennt sich mein Blick auf die menschliche Arzthülle. Dann entfliehe ich dieser herzlosen, geistfreien Substanz. Meine Tränen laufen mit meinen Beinen um die Wette die Treppe hinauf zu meinem Schmetterling. Oben angekommen, weiß ich, was zu tun ist.

Es ist Freitag. Eine externe Meinung muss her! Telefonisch möchte ich einen Termin bei der Kinderonkologie Bonn vereinbaren. Nachdem ich als Information „achtjähriges Mädchen, Astrozytom Grad 3" angegeben habe, bekomme ich direkt für den kommenden Sonntag einen Termin beim dortigen Chefarzt. Ich beende das Telefonat und stelle fest, dass unsere Entscheidung auf den „letzten Drücker" fallen wird, denn für den darauffolgenden Montag ist Amalias Operationstermin gebucht.

Mein Schmetterling schläft. Während ich meinen Körper an ihrem Bett auf einem Stuhl parke, stehlen sich meine Gedanken davon. Sie landen bei der Generalprobe zur Maskenanpassung für die anstehende Bestrahlungstherapie. Die aus einem weichen Kunststoff bestehende Maske wurde für Amalias Kopf angepasst (darauf wird mit markierten Kreuzen haargenau aufgezeichnet, wo die „Strahlenbomben" ihre Ladung verschießen sollen). Es war eine nervenaufreibende, kraftzehrende Prozedur für unseren mutigen Schatz. Amalia musste, wie bei allen strahlungstherapeutischen Handlungen, auf dem Rücken liegen. Allerdings verwehrt der Tumor Amalia jegliche Rückenlage. Er bereitet ihr ein unmenschliches Schwindelgefühl, sodass sie jedes Mal narkotisiert werden muss. Ich halte mein Mädchen bei jeder Untersuchung in meinen Armen. Wenn sie „eingeschlafen" ist, dürfen die Mediziner übernehmen. Bei diesen Bildern fragt sich mein Innerstes: „Wird sie so in meinen Armen sterben?" Weitere Sequenzen dieser Prozedur gelangen in meine Erinnerung. Auf diesen Moment zurückschauend muss ich gestehen: Wäre die Situation eine andere gewesen, ich würde mich nun kaputtlachen! Grund für diesen Gedanken ist die Begleitgeschichte zur Generalprobe, in Fachkreisen auch Simulation genannt:

Amalia, liegend im Rollstuhl, und ich kommen pünktlich im Bestrahlungszentrum an. Der Warteraum versprüht mit seinen die Wände schmückenden, laminierten DIN A4-Blättern geschmacklosen Charme. Auf jenen ist zu lesen, dass jeder Patient, wenn es an der Zeit ist, drankommen wird und er sich nicht bemühen sollte, extra Kontakt aufzunehmen. Diese Botschaft ist mit dicken Smileys garniert.

Die „Extrakontaktaufnahme" wird den Patienten durch gruseliges Raumdesign zusätzlich erschwert. Die Wände sind so gestaltet, dass man auf den ersten Blick keine Tür erkennen kann. In dem Raum gibt es auch keine Fenster und kein Fachpersonal. Schwerkranke warten darauf, dass sie von anonymen Lautsprechern aufgerufen werden. Amalia geht es durch den Rollstuhltransport sehr schlecht. In diesem Raum warten wir sehr lange. Die anderen Menschen werden durch unser schicksalhaftes Bild aufmerksam. Sie fragen mich, was dieser kleine Engel hat. Alle sind sehr schockiert über unsere Wahrheit. Je länger die Wartezeit dauert, umso mehr kommt bei allen Anwesenden Unzufriedenheit darüber auf, dass man uns warten lässt. Mein Schmetterling will wieder in „ihr" Bett. Alles ist für sie zu laut, zu schnell, zu schwindelerregend, zu überdimensional kraftaufreibend. Dann kommen die „weißen Herrschaften" von der Mittagspause. Eine vorher unsichtbare Tür öffnet sich und man teilt mir mit, dass Amalia jetzt keine Simulation bekäme, weil jemand anderes operiert werden müsse. Bumm! Leben oder Tod gegen einen Blinddarm? Ich fordere die „Fachdame" unmissverständlich und sehr laut auf, SOFORT ein neues Anästhesieteam anzufordern, weil ich mich sonst vergessen würde. Volksaufstand! Die anderen Patienten und deren Begleitpersonen unterstützen mich wortkräftig mit eindeutigen Aussagen, dass sie alle das so nicht hinnehmen würden! Mit positivem Ergebnis: Nach einigen weiteren Warteminuten begrüßt mich ein sehr verständnisvoller, junger Anästhesiemitarbeiter.

Der „sarkastische Schmunzelmoment" ist noch nicht vorüber, denn folgendes Bild liefert mir weiteres Kopfschütteln mit einem ordentlichen Schub Wut: Amalia liegt narkotisiert auf der Bestrahlungsliege. Man fordert mich auf, zu gehen. Das tue ich nicht. Missmutig nehmen es die Mediziner auf sich, dass ich hinter ihnen im Kontrollraum stehe und über mein Kind wache. Es stehen auf dem Schreibtisch zwei große Bildschirme, umringt von dazugehöriger Technik. Auf dem linken Bildschirm sehe ich eine Auswahl an weißen Sommerkleidern bei Zalando. Auf dem rechten Bildschirm sind die Aktivitäten einer simulierten Bestrahlungsbehandlung zu sehen. Im Rücken der medizinischen Mitarbeiterin stehend bemerke ich, dass das Programm des rechten Bildschirms nicht fesselnd genug zu sein scheint, um den Blick konzentriert darauf zu heften. Nein, die Sommerkleider sind zu schön! Warum soll hier also absolute Aufmerksamkeit einem todgeweihten Mädchen gelten, wenn Frau den Sommer spüren möchte? Ich bin kurz davor, einzuschreiten. Doch anscheinend trifft mein stummer, wütender und fassungsloser Schock den Rücken der „vom Sommer träumenden Frau": Sie wendet ihren Blick endlich zum anderen Bildschirm.

Gott sei Dank gibt es viele Menschen, die mit uns sind. In den letzten Tagen habe ich mehrere Telefonate geführt. Unter anderem habe ich meine Einsatzleiterin Annette vom Hospiz angerufen. In dem Gespräch zeigte sie sich gleichzeitig bestürzt und professionell. Alle meine Kolleginnen wurden informiert. Jede dieser Frauen steht uneingeschränkt hinter mir und meiner Familie. Abgesprochene Besuche und anderweitige Hilfe werden sie uns zuteilwerden lassen.

Claus ist zum Frühstück gekommen. Amalia lauscht seiner Stimme, die ihr „Aschenputtel" präsentiert. Die Zeit wird von mir genutzt, um Kaffee und Teller für die Köstlichkeiten zu holen, die Claus uns mitgebracht hat. Ich öffne die Tür und traue meinen Augen nicht! Liah, die Mama meines kleinen Glitzerprinzen, steht mit ihrem Mann und einem großen Blumenstrauß bei Amalia. Sofort legt sie die Blumen beiseite und nimmt mich in ihre wissenden, fühlenden Arme. Zwischen unseren Augen findet ohne jeglichen Ton ein Gefühlsaustausch statt. Sie nehmen sich extra Zeit für uns. Durch den kurzen Einblick in ihr Leben, den ich bei der Begleitung ihres Sohnes hatte, weiß ich, dass ihr „Zeitgeschenk" ein kostbares Gut ist.

Manchmal besuchen uns die Ergotherapeutin und die Kunsttherapeutin. Amalia darf entscheiden, ob sie deren liebevolles Programm annehmen möchte oder nicht. Im Moment zieht sie die Ruhe vor. Ich spüre, wie der Tumor sich durch ihre Kraft frisst. Sie liegt meistens auf ihrer rechten Seite und ist still, verschwunden in ihrer Welt. Gedanken fliegen in Massen über mein Erinnerungszentrum und werfen Bildsequenzen in meine Gefühlswelt, die mich zu zerreißen drohen. Sie zeigen ein lebendiges Mädchen, die die Steine unserer Terrasse mit Kreidemalereien verschönert. Dasselbe Mädchen, tanzend mit Zauberstab und Feengewand. Ein Backpinsel triefend vor Schokolade und eine gierige, niedliche Kinderzunge, die versucht, jeden Tropfen zu erhaschen, dazu ein schöner, lachender Mund. Nichts von alldem werde ich wiedersehen. Alles vorbei. Tränen rinnen sintflutartig über meine Wangen. Ganz stumm, ohne jedes Geräusch, fließen sie immer weiter. Meine Hand nimmt einen festen Druck wahr.

Amalia: „Nicht weinen, Mama. Mach dir keine Sorgen! Bitte weine nicht mehr!"

Ich: „Es tut mir leid, mein Schatz, ich kann gerade nicht anders. Es tut mir weh, dich so zu sehen. Ich habe gedacht, du schläfst."

Ich will mich wegdrehen, sodass Amalia mein verheultes Gesicht nicht sehen muss. Aber der Griff ihrer Hand ist erstaunlich stark. Nun blickt sie mir direkt in meine Augen.

Amalia: „Mama? Bist du froh, dass ich gekommen bin?"

Diese Frage, deren Sinn ich nur erahnen kann, lässt meine Tränen augenblicklich stoppen. Vergewissernd frage ich: „Wie meinst du das, mein Schatz?"

Amalia: „Na, dass ich hier auf die Erde zu dir gekommen bin!"

Ich: „Ohhhh, natürlich, mein Schneckchen. Nichts von dir würde ich jemals hergeben. Ich bin sooo unglaublich dankbar, dass du bei mir bist!"

Amalia: „Auch jetzt noch, wo ich so krank bin?"

Ich: „Natürlich! Anscheinend haben wir uns eine schwierige Lebensaufgabe ausgesucht. Ich habe keine Idee, warum. Aber ich weiß, egal was kommt: Ich bin dankbar für dich, für jeden einzelnen Moment mit dir, egal wie dieser aussieht!"

Amalia: „Weißt du, ich bin gekommen, um dir und anderen Menschen zu zeigen, was Liebe ist!"

Völlig wortlos und perplex starre ich dieses große Wesen an. Ihre Magie erfüllt den Raum und lässt mich staunend zurück.

ICH BIN GEKOMMEN, UM DIR ZU ZEIGEN, WAS LIEBE IST!

Diese Worte mit ihrer himmlischen Bedeutung verzaubern mich. Von nun an werde ich noch stärker sein! Wann immer Schwäche droht, wird die Bedeutung dieser Worte mich wieder aufrichten. Für immer!

Auf und Ab

Es ist Sonntag. Claus ist früh morgens mit Leckereien aus „unserer Bäckerei" zu uns gekommen. Ich verspüre keinen Deut Hunger, denn meine Gedanken resümieren unseren Fragenkatalog, mit dem ich mich an den Chefarzt der Bonner Onkologie wenden möchte.

Amalia bemerkt meine Geschäftigkeit: „Mama, ich möchte, dass wir alle zusammen frühstücken, bitte!" Ertappt! Ich hatte geschworen, jeden schönen Moment zu genießen. Und was tue ich? Mein Kopf hat die Kontrolle übernommen und vermittelt mir hektischen, theoretischen Unterricht, was ich zu tun habe! Herz einschalten: Genieße den Moment! Halte ein! Lächelnd sehe ich meinen Engel an und sage: „Du hast vollkommen recht! Jetzt werden wir gemütlich frühstücken! Ganz nah bei dir!" Claus und ich verwandeln Amalias Bettschränkchen in unsere Frühstückstafel. Nach dem Zähneputzen lasse ich die beiden zurück und begebe mich auf Orientierungssuche für die bevorstehende lebenswichtige Entscheidung.

Schmerz. So viel Schmerz spüre ich. Krampfartig übergießt er sich über mich. Ich sitze im Auto. Routiniert wollte ich nun nach Hause fahren und frische Sachen holen. Das Gesagte einfach sachlich behandeln, so wie es vom Chefarzt der Bonner Kinderonkologie vermittelt wurde. Kühlen Kopf bewahren? Ich kann nicht! Die Informationen des Gespräches donnern mit ihrer dahinterliegenden Bedeutung nun in meinen Verstand und malen die dazugehörigen Zukunftsszenen, die sogleich in mein Herz schneiden. Tränen kommen mir zur Hilfe und befreien mich. Die Entscheidung habe ich eigenverantwortlich gefällt. Das Rennen „Not gegen Elend" hat der Port-Anschluss gemacht. Die Argumente des Bonner Mediziners waren anschaulich, präzise und überzeugend. Die letzten Sätze hallen in meinem Kopf von Wand zu Wand: „Der Verlauf dieser Erkrankung ist immer tödlich. Die palliative Versorgung kann nur mit einem Portzugang gewährleistet werden. Im Endstadium wird dieser wichtige Funktionen erfüllen müssen. Die Patienten erfahren verschiedenste Lähmungen. Die Gabe von Schmerzmitteln kann so gewährleistet werden, weil der Schluckmechanismus von einer Lähmung betroffen sein könnte."

Nach weiteren Argumenten nahm ich sein Angebot, dass er mit „Köln" telefonieren könnte, an. Er organisiert Amalias OP-Plan um, sodass ich unsere Entscheidung bei den Kölner Ärzten nicht erstreiten muss.

Amalia übersteht die Operation für den Port gut. Allerdings zweifle ich nun an meiner Entscheidung. Die Prozedur des Anstechens ist für Amalia der reinste Kampf und für mich eine Zerreißprobe. Kurz nach der Einsetzung des Ports muss wiederum schnell gehandelt werden. Die Bestrahlungstermine stehen alle fest. Amalia ist jeden Tag die erste Patientin. Jeden Tag eine Narkose. Jeden Tag Chemo. Jeden Tag Bestrahlung. Dreißig Sätze. Am Wochenende wird pausiert. Amalias Wunde ist noch geschwollen. Der Port lag tief. Die Ärztin muss durch das zarte Gewebe genau zielen: auf einen Punkt mit nur zirka einem Zentimeter Durchmesser. Amalia muss dafür sitzen. Ich befinde mich hinter ihrem Rücken und halte sie fest. Das medizinische Personal legt sorgfältig alles Nötige in unsere unmittelbare Nähe. Ich versuche, Amalia mit beruhigenden Worten abzulenken. Oder gelten die

Worte mir selbst? Angst fühle ich mit jeder neuen Aktion. Die Ärztin wirkt sehr konzentriert und professionell. Nun hält sie eine Nadel, die mittig einen großen runden „Griff" hat, in der Hand. Die Nadel ist nicht lang, aber dick im Durchmesser. Sie sagt: „Bei drei werde ich loslegen!" Alles geht so schnell, dass ich die Luft anhalte. Was ich sehe, ist zum Ausflippen! Die Frau sticht atemberaubend schnell mit einem „Anlauf" von zirka 25 Zentimetern die Portnadel in das Fleisch meines Kindes. Das Aufschlagen ihrer Hand auf Amalias Haut macht ein klatschendes, markerschütterndes Geräusch. Amalia schreit aus Leibeskräften. Sie bleibt trotz ihrer sehr verständlichen Angst ganz ruhig in meinem Arm liegen und weint. Ihre Augen blicken weit aufgerissen in die meinen. Nun formt sich ein Schrei spürbar in meiner Kehle. Dieser muss mein Inneres nicht verlassen, da die Ärztin augenblicklich sagt: „Geschafft! Amalia, das hast du super gemacht!" Es ist vollbracht! Überschwänglich bedanke ich mich bei der medizinischen Künstlerin für ihr Können. Mein tapferer Schatz schläft direkt und über alle Maßen erschöpft ein. Zitternd bleibe ich neben ihrem Bett zurück. Nur allzu gerne würde ich meinem Engel in ihre Welt folgen. Leider verfolgt mich nun der Zweifel: So eine Prozedur? Jede Woche? Wir hätten es mit dem Broviac-Anschluss versuchen sollen, oder? Es würde sich jetzt gut anfühlen, aufzugeben. Nun, diese Option steht nicht für mich bereit.

Wir halten durch

Für mich verschwimmen die Tage und Wochen ineinander. Im Krankenhaus ist keine Ruhe zu finden. In den Zweibettzimmern herrscht eine Atmosphäre wie in einem überbelegten Ferienlager, nur ohne Ferien. Intimität und Erholung für schwerstkranke Kinder mitsamt ihrer Betreuung ist in diesen Räumen nicht vorgesehen. Die Nächte sind besonders anstrengend, weil die Enge keine Bewegung außerhalb des Bettes zulässt. Den Weg zur Toilette müssen wir hintereinander wie ein Tausendfüßler „krabbelnd" zurücklegen. Eines nachts, nach zirka vierzehn Pipiaktionen, habe ich keine Kraft mehr, Amalia mitsamt Infusionsständer aufs Klo zu tragen. Ich stolpere und falle hin. Gott sei Dank sind in mir letzte Kraftreserven, um Amalia aufzufangen. Der Schreck ist groß. Jede Nacht schleicht die Angst meinen Nacken empor, weil unsere Karawane (Amalia, der Infusionsständer und ich) auf dem Weg zur Toilette wieder stürzen könnten. Also will ich sie mit einem Überredungsversuch animieren, die Bettpfanne zu benutzen. Amalia sieht mich flehend an: „Bitte Mama, nimm mir DAS nicht auch noch." Ihre flehentliche Bitte geht mir so nahe, dass ich beim Pflegepersonal nachfrage: „Es muss doch andere Möglichkeiten geben?!" Das Personal bietet als einzige Lösung eine Bettpfanne oder einen Toilettenstuhl. Für meinen Schatz kommt beides nicht in Frage, weil sie bei ihrem „kleinen und großen Geschäft" alleine sein will. Für mich ist das verständlich, doch die Krankenhausmitarbeiter antworten gleichgültig: „Es ist dunkel, da merkt ihr Kind doch nicht, dass noch andere Leute im Raum sind!"

Pause vom Krankenhausalltag finden wir an den Wochenenden. Jeden Freitag holt uns ein Krankentransport ab. Amalia muss liegend transportiert werden. Die Ärzte rieten mir davon ab, das Krankenhaus zu verlassen, doch nach einem „verschwörerischem" Gespräch mit meinem Schmetterling beschlossen wir, dass „Zuhause-Sein" zu wagen. Amalia genießt die Zeit der Ruhe. Die meisten Stunden verbringt sie damit, ungestört zu schlafen. Besuch können wir beide nicht ertragen. Außerdem rennt uns die Zeit buchstäblich davon. Kaum haben wir unsere sicheren vier Wände betreten, da klingelt es auch schon für den sonntäglichen Abtransport zur Rückfahrt in die Kinderonkologie.

Amalias größte Hürde bei der Rückkehr in den Krankenhausalltag ist „das Anstechen" des Portzugangs. Für mich ist es jedes Mal eine Belastungsprobe, denn das Können der Ärzte ist überdimensional unterschiedlich. Ein Arzt braucht nur einen Versuch, um den Port zu treffen, andere wiederum benötigen drei. Mehr Versuche hatte ich einer Ärztin nicht gestattet. Allerdings darf ich mich durch meine Ängste nicht von meiner Aufmerksamkeit abbringen lassen, da fast jedes Mal ein fehlerhaftes Equipment für diesen medizinischen Akt bereitsteht. Das Personal hat beispielsweise, aus welchen Gründen auch immer, die falsche Größe der Infusionsnadel zurechtgelegt. Eine zum Beispiel zu kurze Nadel könnte eine Extraportion Anstechen zur Folge haben. Oder es liegt kein Spezialpflaster für Amalia bereit: Ihre Haut reagiert mit normalem Pflaster so stark, dass beim Ablösen die Stellen zu bluten anfangen. Nicht nur, dass kein hautfreundliches Pflaster vorbereitet ist, nein, ich muss immer vehement darauf beharren, dass es dann bitte geholt wird! Keiner der Mitarbeiter scheint jemals in Amalias Patientenakte zur Vorbereitung geschaut zu haben. Manches Mal wird sich bei mir erkundigt, was genau benötigt wird. In diesen Momenten frage ich mich immer, wie es jemandem ergeht, der Verständigungsprobleme hat oder sich bei diesen Dingen überfordert fühlt.

Das Gegenteilprogramm liefern einige Menschen, denen man anmerkt, dass ihr Beruf Berufung ist. Die Kunsttherapeuten zaubern immer ein Lächeln auf Amalias Gesicht. Es handelt sich um zwei Frauen, die sich um die schwerstkranken Kinder und ihre Eltern kümmern. Jeder auch noch so überkreative Wunsch wird von den Frauen verständnisvoll entgegengenommen und mit größter Geduld und Fantasie erfüllt.

In dieser Zeit bemerke ich einen innerlichen Wandel. Das Gefühl von seelischer Stärke nimmt mit jedem Tag zu. Licht kehrt in mein Inneres. Es wird manchmal von den Ängsten einer liebenden Mutter zurückgedrängt, aber es vermag, zu wachsen. Bei Amalia stelle ich dasselbe fest. Manchmal lacht sie wieder. Neuer Lebensmut beginnt, in ihrem Herzen zu glimmen, trotz harter Therapie und Lebensbehinderung durch den Tumor. Ich habe die Freude wiederentdeckt, hinausgehend über funktionales Mundwinkel-nach-oben-Ziehen für ein Gegenüber! Mein Herz lässt das goldene Licht des Lachens wieder zu. Die Tage scheinen wieder heller zu sein und die Nächte nicht ganz so finster. Claus bemerkt diese Veränderung. In einem ungestörten Moment gesteht er mir, dass er geistige Hilfe erbeten hat. Über „tausend Ecken" ist er mit unserem Schicksal bei einer Frau gelandet, die die Seele in die Heilung mit einbeziehen kann. Er gibt mir ihre Telefonnummer mit der Bitte, sie anzurufen. Bis jetzt hatte er dieser starken Heilerin telefonisch Bericht erstattet. Diese Frau zu sprechen will ich mir nicht entgehen lassen.

Die Stimme dieser unserer Begleiterin ist ruhig und sehr angenehm. Wir stellen blitzschnell fest, dass wir mehr als nur eine Wellenlänge miteinander teilen. Sie erklärt mir ihr geistiges Talent und wie sie es einsetzt. Kindern auf Seelenebene mit ihrer kraftvollen Methode zu helfen ist ihr Lebensinhalt. Sie nimmt Kontakt von Seele zu Seele auf und stellt eine Kommunikation her. Gefühle und Bilder werden ihr übermittelt. Die Frau berichtet mir, dass sie bis vor ein paar Tagen keine „lichtvollen" Resonanzen von Amalia empfing: „Amalia ließ keine Kommunikation an sich heran." Nun habe sich dies geändert. Eindrucksvoll schildert sie ihre Bilder. Eines wurde mir in diesem Moment klar: Wenn ich zulasse, dass mein Kopf die dunklen Bilder der Gegenwart und der Zukunft kreiert, verdunkeln sich nicht nur mein Herz und meine Seele! Es hat auch eine Wirkung auf unsere Situation. Meine Lichtschwester verspricht mir, uns weiter zu helfen. Wir würden weiterhin seelisch und irdisch, in Form von Telefonaten, verbunden sein.

Die Bestrahlung, große Dosen Cortison und die orale Chemotherapie – gepaart mit Amalias „Seelenbehandung" – scheinen zu wirken. Amalias Zustand ändert sich zusehends. Als wir ins Krankenhaus kamen, war sie mehr sterbend als lebend. Wir haben über die Hälfte der Therapiezeit überstanden. Während dieser Zeit haben sich zauberhafte Rituale gebildet. Zum Beispiel das wochenendliche Essengehen bei unserem Lieblingsitaliener. Die ganze „Restaurant-Familie" vergöttert Amalia und liest ihr jeden Wunsch von den Augen ab. Die Nebenwirkungen des Cortisons sind bei Amalia verheerend. Ihr Hungergefühl ist bestialisch. Nicht nur, dass ich im Krankenhaus ausschließlich zwischen der Küche und ihrem Bett hin- und hersprinte – nein, ihre Portionen beim Italiener würden eine kleine Familie satt bekommen! Manchmal ertappe ich mich bei einem bescheuerten, aber gleichzeitig hoffnungsgebenden Gedanken: Bekommen wir jemals ihr Gewicht und ihr Essverhalten wieder in den Griff? Diese Gedanken zeigen mir, dass irgendwo geheimnisvolle Hoffnungsboten lauern, die mir signalisieren, dass es eines Tages wieder ganz einfache, lapidare Probleme geben könnte. Amalia ist sehr schwer und rund geworden. In dem Augenblick eines so gemeinen Gedankenangriffs schlägt mein Herz diesen zurück! Es wird stattdessen erfüllt von Amalias überglücklichem, Pizza mampfendem, tomatenverschmiertem und gleichzeitig lachendem Genussgesicht.

Durch die explosionsartige Gewichtszunahme durch das Cortison wird Amalias Bestrahlungsmaske zu eng. Es bereitet dem Personal wachsende Schwierigkeiten, ihr die Maske anzuziehen. Außerdem besteht nun die Gefahr, dass die Tumorpunkte, die auf der Maske den Bestrahlungspunkt markieren, nicht mehr mit dem genauen Sitz des Tumors übereinstimmen. Des Weiteren bleiben Amalias Haare in dem Material der Maske hängen. Zudem können wir ihre Haare seit der Einlieferung ins Krankenhaus nicht waschen – wegen der Operationen und ihrer unvorstellbaren Empfindlichkeit am Kopf.

Im Zuge ihrer körperlichen Verbesserung schlage ich Amalia einen Kurzhaarschnitt vor. Sie nimmt meinen Vorschlag leichten Herzens entgegen: „Mama, das ist eine gute Idee! Ich möchte die Haare genauso tragen wie du!" An einem Freitag rufe ich meine Frisörin an. Sie ist bereit, für uns Überstunden zu machen. Vorab schildere ich ihr, dass Amalia krank sei und sie sich aufgrund dessen sehr verändert habe. Ich bitte sie, sich das bei unserem Besuch bitte – für Amalia – nicht anmerken zu lassen. Das Telefonat endet merkwürdig still.

Mit dem Einzug ins Krankenhaus hat es kein Spiegelbild für Amalia mehr gegeben. Jeden Tag nehme ich ihr Gesicht in meine Hände und sage ihr, wie schön sie ist. Ich habe dies seit Amalias Geburt zu jeder passenden Gelegenheit zelebriert. Denn sie ist das SCHÖNSTE, was mir je begegnet ist! Die Luft steht still um uns. Professionell und sehr liebenswürdig werden wir im Frisör-Salon von der Besitzerin begrüßt. Ich wuchte, so behutsam es meine Kraft erlaubt, mein Kind auf den Firsörstuhl. Nun bleibe ich vor Amalia stehen, sodass sie nicht in den Spiegel vor sich schauen kann. Der Tumor lässt nur wenig Kopfbewegung zu, daher sind die anderen Spiegel visuell für sie nicht zu erreichen. Jetzt bin ich dazu bereit, die Frisörin anzusehen. Glitzernde Augen, hinter denen die Tränen zurückgedrängt werden, schauen mich an. In dem Moment, als sich mein Mund öffnet, kommt Amalia mir zur Hilfe: „Ich möchte die Haare wie meine Mama. Die müssen nun kürzer werden wegen der Kackwurst!"

Die Frisör-Chefin fragt perplex: „Hallo Amalia. Was denn für eine Kackwurst?"

Hilfesuchend sieht sie mich an. Ich hatte ihr am Telefon nicht gesagt, was für eine Krankheit mein Kind hat. Vor einigen Wochen, als wir mit der Therapie begonnen haben, hat Amalia ihrem Tumor den Namen „Kackwurst" gegeben. Meiner Meinung nach mehr als passend.

Amalia: „Ich habe einen Tumor im Kopf. Also bitte mach ganz vorsichtig, ja?!"

So viel kindliche, vermeintliche Unbekümmertheit trifft unsere Frisörin unerwartet. Die Frau muss schwer schlucken. Ihre Tränen drohen zu entkommen. Unsere Blicke treffen sich. Meine Augen flehen sie um Fassung an. Nach einem weiteren tiefen Durchatmen gewehrt sie uns eine unbeschwerte, völlig kundenorientierte Fassade. Unausgesprochene Dankbarkeit lasse ich von meinem Herzen zu dem ihren fließen.

Amalia: „Mama du stehst im Weg. Ich möchte meine schöne Frisur sehen!"

Wer ist das? Die... das da... kann unmöglich ich sein. Der Spiegel muss verzaubert sein! Der will mich ärgern! Das Gesicht gehört mir nicht!

In dem Augenblick, als ich reflexartig Amalias Bitte Folge leiste, fühle ich, wie einer der schlimmsten Momente gekommen ist. Ungläubige Augen versuchen zu erfassen, was sie da zu sehen bekommen. Unbeholfen schüttelt sich ihr Körper. Verzweifelte Tränen türmen sich übereinander, um ins Draußen zu spritzen. Erstickt flüstert sie: „Das bin nicht ich! Die ist hässlich! Soo hässlich! Das ist ein Monster!" Vor ihr kniend presse ich meine Hände auf ihre vor Traurigkeit zuckenden Beine.

Ich: „Amalia, sieh mir bitte in meine Augen! Bitte schau mich an!"

Amalia schluchzend: „Du hast immer gesagt, wie schön ich bin. Kannst du mich überhaupt richtig sehen?"

Ich: „Ja, Amalia, und ob ich das tue. Ich sehe dich, was für ein schöner Schatz du bist. Natürlich sehe ich, dass du äußerlich verändert bist. Das ist die Medizin, die du nehmen musst. Sie lässt deinen Hunger wachsen. Weißt du, an wen du mich jetzt erinnerst? An die blonden Weihnachtsengel, die mit einem gütigen Lachen unsere Herzen erfreuen. Außerdem ist deine Veränderung nicht für immer!"

Amalia sieht ihr Spiegelbild nicht noch einmal an. Ihre tiefe Erschütterung geht ihr und mir durch Mark und Bein. Etwas in mir sagt mir, dass sie ein Recht hat, jetzt um ihre verlorene Gestalt zu trauern. Weitere tröstende Worte wollen und sollen mir wohl nicht einfallen. Es liegt nun in der Stärke meines Herzens, ihr die Kraft zu schenken, um auch diese brutale Hürde zu bewältigen. Ich kenne diese Überwindung im Kleinen. Irgendwann im meinem Leben hatte ich viel an Gewicht zugenommen. Das andere Ideal loszulassen, war harte seelische Arbeit. Wie soll ein siebenjähriges Mädchen dies bewältigen, das schon unzählige kindliche wie menschliche Dinge loslassen musste? Mir fällt in diesem Moment keine Lösung ein... außer: „Amalia? Was hältst du von Schokopudding, garniert mit Schokoladenstreuseln mit einer extragroßen Portion Aschenputtel? Und danach bestellen wir dir ein neues Prinzessinenkleid!" Ihre feinen Hände drücken die meinen. Nun werde ich umschlungen und geküsst. „Ja Mama, das wäre so schön!"

Mittlerweile ist unsere Tochter in medizinischen Dingen sehr versiert. Manche Untersuchungen oder zum Beispiel die anhaltenden Bestrahlungen mit der einhergehenden Narkose hatte ich mir als täglich zu überwindende Hürde ausgemalt. Stattdessen macht es unser kleiner-großer Schatz uns und den Medizinern überwältigend einfach. Amalia hat im Chef der Anästhesie einen neuen Freund gefunden. Die beiden verstehen sich herzzerreißend gut. Dieser Arzt spielt für Amalia ihren Assistenten. Sie sagt, was gereicht werden muss und was damit zu geschehen habe. Er bringt ihr bei, die Narkosespritze an ihrem Venenschlauch einzuführen. Unter seiner strengen Aufsicht erlaubt er ihr, das Mittel ganz langsam zu spritzen. Amalia liebt den Moment, wenn es an ihrem ganzen Körper zu kribbeln beginnt. Wenn dieser Zeitpunkt eintrifft, überlässt sie ihrem „Assistenten" den Rest, bis sie schlafend in meine Arme sinkt.

Manchmal beschließen wir beide, auswärts zu frühstücken. Gleich nachdem Amalia von der Narkose aufgewacht ist, kuschle ich sie in ihre Decken und Kissen und fahre langsam mit ihr zu einer nahegelegenen Uniklinikkantine. Mittlerweile habe ich mich an die Blicke der Menschen gewöhnt. Wir müssen nie lange Schlange stehen. Außerdem genießt es Amalia, unterwegs zu sein. Ganz zu schweigen davon, dass es zu so einem Frühstück immer ein leckeres Schokocroissant gibt.

Leider kann ich mich keineswegs an die verschiedenen Fahrvehikel der Tagesklinik in der Kinderonkologie gewöhnen. Bei Wochenbeginn beziehungsweise unserer Rückkehr zum Krankenhaus steht für uns nicht immer ein Rollstuhl zum Liegen parat. Oft wählen wir irgendeinen Stuhl aus, der Rollen hat. Die beste Wahl ist ein Behandlungsstuhl ohne Griffe und Bremsen. Das Bestrahlungszentrum befindet sich in einem Außengebäude, das man über einen etwa zwanzig Meter langen, nach oben führenden Zugang erreicht. Dieser Gang dient auch Besuchern und anderen Menschen dazu, den hinteren Teil der Uniklinik zu erreichen. Da stehen wir nun wieder mit unserem blauen Behandlungsstuhl. Ich lote unsere Möglichkeiten von oben aus. Wie bringe ich ohne Hilfe mein Kind unfallfrei nach unten in die Tagesklinik zurück? Sie den Weg hochzufahren, war schon eine Herausforderung, da dieses Gefährt sich auf Pflastersteinen nur schwer lenken lässt. Es herrscht reger Betrieb von Menschen, die den zirka zwei Meter breiten Gang auf- und abgehen. Der Gang ist zu schmal für zwei Parteien. Ich stehe da und warte auf jemanden, der uns den Platz überlässt und unten wartet. Keiner scheint dazu bereit zu sein. Nun gut. Ich bringe das „Auto" so in Position, dass ich zu Amalias Füßen stehe und den Stuhl an dem Polster festhalten kann. Rückwärts laufe ich in Zeitlupe den Hang hinunter. Weil der Stuhl keine Bremsen und Griffe besitzt, muss ich meinen ganzen Körper dagegenstemmen. Hinter mir warten schon einige Leute, die sich dieses Spektakel zwangsweise mitansehen müssen. Total verschwitzt unten angekommen, vergewissere ich mich bei meinem Schatz, dass mit ihr alles okay ist. Nun gilt es, eine scharfe Kurve zu nehmen, um in das Gebäude der Kinderklinik zu gelangen. Die Räder setzen sich immer wieder in den Rillen der Steine fest. Fassungslos fragt mich ein junger Vater, der mit seiner Frau und ihrem Baby an der Ecke steht, ob er mir helfen könne. Leider kommt er zu spät, aber ich freue mich über seine Bereitschaft. Dankend sage ich, dass wir es geschafft haben. Nun fragt er mich, zu Amalia blickend: „Was hat denn das kleine Mädchen?" Sofort treten Tränen in meine Augen. Ich sehe die kleine, glückliche Familie an. Mehr oder freundlichere Worte bringe ich nicht hervor, als: „Das wollen Sie nicht wissen, glauben Sie mir!"

Unglaublich, aber wahr: Mit den Wochen kehrt mehr als nur ein bisschen Leben zu uns zurück. Amalia macht wundersame Fortschritte. Sie nimmt am physiotherapeutischen Angebot teil. Es besteht aus gymnastischen Bettübungen und Gehtraining. Die Station ist so gebaut, dass man im Kreis gehen kann. Sie besitzt zwei Eingänge. Irgendwann sehe ich folgendes Bild: Ein Mädchen mit einem runden Engelsgesicht, strahlend, lachend, läuft ohne Hilfe die letzten Meter ein wenig schwankend, unbeholfen, dafür super süß und tapsig in meine Arme. Dabei ruft sie lachend und ganz laut: „Schau, Mama, schau, Maaaaaama, was ich wieder kann!!!" Worte kann ich für das Gefühl in mir nicht finden, außer FREUDIGE DANKBARKEIT. Am liebsten würde ich die Umarmung nie wieder lösen, würde ich diesen Moment für immer halten. Amalias Kraft gibt mir so viel Hoffnung! Strahlend sagt sie: „Bald, Mama, können wir noch einmal zusammen Urlaub machen und nach Damp fahren!"

Sogar ein bisschen Schule lässt Amalia zu. Ihr bereitet es Freude, wieder ein „normales" Kind sein zu dürfen. Die Lehrer auf Station geben ihr mit bekannten Aufgaben ein Gefühl von Selbstvertrauen. Mit all diesen Eindrücken gestatte ich meinem Herzen und sogar meinem Verstand, zu glauben, dass alles wieder gut werden kann. Dass Amalia gesund wird!

Überschattet wird unser Glück von einer rapiden Verschlechterung des Gesundheitszustandes von Bernie, dem Lebensgefährten meiner Freundin Ruth. Amalia liebt ihn über alle Maßen. Zu Ruth hatte sie – nicht nur einmal – gesagt, dass Ruth Bernie nicht so sehr lieben kann, wie sie es tut. Bernie liegt ebenfalls im Nachbargebäude der Uniklinik. Seine Lunge kann den Kampf gegen den Krebs nicht weiterführen. Eines Abends klingelt mein Telefon. Bernie sagt, mit hörbar ungeheurem Kraftaufwand: „Es tut mir so leid, das mit Amalia. Dass ihr so etwas erleben müsst!" Diese fühlbar ehrlich gemeinten Worte eines Sterbenden lassen mich wieder mit meinen Tränen kämpfen. Ich antworte mit einer für mich unglaublich wichtigen Frage: „Bernie, wenn das hier für uns schlecht ausgeht und Amalia doch weitergehen muss, würdest du sie bitte abholen?"

Bernie: „Natürlich werde ich das! Ich werde als ihr Pirat kommen. Wie damals zu Karneval, als ich Amalia kennenlernen durfte." Bernies letzte Luftreserve nutzt er feierlich: „Ich verspreche es!"

Nun ist es Wirklichkeit geworden: Die letzte Bestrahlung steht an. Dreißig Sätze in zwei Monaten waren überstanden. Amalia malt ihr Bild vom kommenden Wunschurlaub auf Leinwand. Ein kleines Ferienhaus am Meer mit Luftballons und einem silbergoldenen Stern am Himmel. Dieses Bild ist ein in die Materie gekommenes Wunder. Denn Amalia kann wieder sehen, einen Pinsel führen, laufen, aufstehen, sich setzen, spielen, selbstständig essen, sich anziehen, Zähneputzen und unendlich viele lebensbejahende Dinge mehr. Zudem hat sich ihre Art zu sprechen verändert: Zum ersten Mal in ihrem Leben spricht sie nicht nur fehlerfrei, sondern mit Formulierungen, die ihresgleichen suchen. Dieses Wesen steckt voller Wunder, die sie, so Gott will, noch sehr lange mit uns teilen wird.

Endlich Urlaub

Claus bucht das letzte freie Ferienhaus in Damp. Es ist ein gemütliches „Nur-Dach-Haus" auf zwei Etagen. Eine glückliche Fügung, wenn man bedenkt, dass Hauptsaison ist, genau während der deutschen Schulferien. Nachdem wir ankamen und unsere Sachen verstaut haben, gönnen wir uns einen Erkundungsspaziergang. Es ist eher eine Art Revision vergangener Besuche. Amalia legt großen Wert darauf, die Schau- und Aktivitätsplätze der kommenden zwei Wochen zu inspizieren: Ist noch alles am Platz? Oder sind gar neue, aufregende Dinge dazugekommen?

Wir füllen unsere Tage mit leckerem Essen, lustigen Touren zum Minigolfplatz, aufregenden Abenteuern auf „Wunschlos-glücklich-Spielplätzen" und vielem mehr.

Claus und ich staunen über „neue Fähigkeiten", die unser Schmetterling besitzt. Eine dieser Fähigkeiten ist, ohne jede Hilfe Treppenstufen herunterzulaufen. Für andere Menschen mit gesunden Kindern selbstverständlich, für uns ein Wunder.

Ich frage Amalia: „Amalia, wie kommt es, dass du nun jede Treppe allein heruntergehen, sogar springen kannst?"

Amalia: „Ich kann nun das Ende der Treppe sehen. Bis jetzt habe ich immer nur den oberen Teil der Treppe gesehen."

Ich: „Moment mal. Du willst mir sagen, dass du nie gesehen hast, wo deine Füße aufkommen?"

Amalia: „Ja, so war es. Deswegen wollte ich mich immer festhalten. Es ist soooo schön, nun alles sehen zu können."

Ich: „Wieso hast du uns nie etwas gesagt?"

Amalia: „Ich habe gedacht, dass es normal ist, so wie ich es gesehen habe!"

Ich bin völlig fassungslos. Mein inneres Gedankenkino liefert mir Szenen von Amalia in der Skischule im Winterurlaub oder bei ihrer Seepferdchen-Prüfung, wie sie mutig und ohne zu zögern vom Turm springt. Die Filme überlappen sich regelrecht und bringen mich aus meiner Mitte. Wieso wirft Amalia sich beim Ballspielen auf den Boden, wieso braucht sie zum Balancieren immer einen Extrahalt, wieso spricht sie die Wörter nicht richtig aus? Nun kommen die Antworten, nach denen Claus und ich immer gesucht haben.

Staunend dürfen wir mit ansehen, wie unsere Tochter alles zu Fuß zurücklegen will und es auch tut. Vehement hatte sie sich gegen die Mitnahme ihres Rollstuhls entschieden. Weinend und auch wütend schrie sie: „Niemand kriegt mich da mehr rein. Die sollen mich so nicht sehen!" Ihr Drang, ein „normales Kind" sein zu wollen und dies auch jedem zu zeigen, ist erstaunlich stark. Claus und ich respektierten ihren Wunsch, ohne auch nur einmal, wegen unserer Ängste, zu versuchen, sie umzustimmen.

Die letzten Wochen haben tiefe, messerscharfe Krater in mir hinterlassen. Ich habe Situationen erlebt, die ich, während sie geschahen, so hingenommen habe. Jetzt, in „meiner Zeit", wenn Claus mit Amalia etwas unternimmt, gehe ich laufen. Obwohl es meine Fitness ganz und gar nicht zulässt, ein hohes Tempo anzuschlagen, können meine Beine nicht anders, als alles, was von meinem Kopf und meinem Herzen kommt, in Bewegung umzusetzen. Ich renne und renne, bis die Tränen kommen, die mich auf meine Knie niedersinken lassen, um mit Winseln den Schmerz durch mich hindurchgehen zu lassen. Ja, wir haben es geschafft. Da sind wir. Im Urlaub. Amalia macht einen gesünderen Eindruck denn je. Ihr Tumor ist durch die Therapie und durch Gottes Wille kleiner geworden. Aus dem Krankenhaus sind wir entlassen worden, aber niemand entlässt uns in eine heile Welt, in ein Leben, in dem es heißt: „Sie leben alle gemeinsam glücklich bis an ihr Lebensende." Sind wir im Urlaub oder in einer kurzen Pause vor dem Showdown? Der allgemeinmedizinische Plan sieht eine mehrwöchige Chemopause vor. Danach soll die zweite Phase beginnen, mit einer „Giftdosis", die dreimal so hoch liegt wie in Phase eins. Das Ganze soll ambulant laufen. Diese Zukunftsaussichten bringen mich um den Verstand. Kein Tempo dieser Welt werden meine Beine hervorzaubern können, damit ich dem entfliehen könnte.

Amalias ausgelassene Energie schlängelt sich in jede meiner Zellen und graviert ihnen die Information „Lebensfreude jetzt!" mit ihrem Leuchtfeuer ein. Eines Nachmittags gehen wir trotz Nieselregen zur Strandpromenade. Dort steht eine Schaustellerin, die Trampoline mit Flugfunktion im Angebot hat. Hier ist der Zeitpunkt, in dem ich Amalia die Führung überlasse. Sie will fliegen: gewünscht, getan. Amalia passt gerade so in die Anschnallgurte. Mit jedem Sprung in luftige Höhen ruft sie von oben: „Mama, schau, ich fliiiiiege… Es ist soo schön!"

Ganz klar: Hier entsteht der schönste, anmutigste Film für mein Gedankenkino. Der Angst um Amalias zugeklebten Port, die bei mir allgegenwärtig ist, gebiete ich Einhalt. Sie wird nicht verletzt! Sie lebt – und fliegt!

Wir schenken Amalia viele neue Kleider. Ihre Cortisongaben wurden auf ein Minimum gesenkt. Die positive Auswirkung dessen ist, dass Amalia schnell abnimmt. Sie kehrt zu sich zurück, zumindest äußerlich. Für mich ist es mehr als ein Gefühl der Erleichterung, wenn Amalia vor uns und ihrem Spiegelbild eine Modenschau veranstaltet. Sie liebt es, neue Outfits zu kreieren und zu präsentieren.

Im Nachbarort gibt es eine Pferderanch, an der wir sehr oft vorbeigefahren sind. Nun sind der Zeitpunkt und der Wunsch gekommen, diesen Hof näher anzusehen.

Amalia: „Ich möchte auch wieder mal auf einem Pony reiten!"

Mein Verstand: „Oh weia. Auf einem Pony gibt es keinen Anschnallgurt und es besitzt auch keinen Aus-Knopf!"

Meine Augen senden an meinen Verstand und mein Herz: „Überglückliche, voller Glitzer funkelnde, blaue Kinderaugen. Positive Anspannung. Vor mir auf und ab wippende Amalia, die mit ihrem Elan gerade nicht weiß, wohin."

Mein Verstand: „Wenn sie auf den Port fällt… oder sich koordinativ nicht halten kann… oder, oder, oder."

Mein Herz: „Hol den Stock aus deinem Hintern, park deine Hubschrauber und lass deine Tochter atmen!"

Fritz ist super! Er hat auch kleine Gewichtsprobleme und ist deshalb nicht ganz so motiviert, schnell zu gehen. Vorteil für uns! Amalia hat das weiße Pony direkt in ihr Herz geschlossen. Gemütlich watscheln wir den Trampelpfad um die Pferdekoppeln herum.

Amalia: „He, Fritz, ich habe auch zu viel gegessen. Aber nur, weil ich böse Medizin bekommen habe, die mir Hunger gemacht hat. Ich hoffe, ich bin nicht zu schwer für deinen Rücken?"

Amalia ist überglücklich und genießt es, auf Fritz zu reiten. Ich führe das Pony an seinem Zügel den Weg entlang. Claus läuft neben Amalia her, um für unerwartete Gegebenheiten bereit zu sein. Ich habe zwar dem Ganzen zugestimmt, aber der Stock ist noch da. Ich fühle, wie er mich beim freien Gehen behindert. Er signalisiert übertriebene Aufmerksamkeit. Dadurch spanne ich alle meine Muskeln und Nerven zu sehr an, sodass ich nach der Runde kaputter bin als der dicke, alte Fritz.

Reiten ist in diesem Urlaub sehr angesagt. Claus entdeckt viele Kilometer weiter, an der Nordsee, die größte Eselsfarm Deutschlands. Das ist auch ein Highlight für mich, weil der Esel eins meiner Lieblingstiere ist. Nun sind wir durch das Erlebnis mit Fritz mutig genug, um Amalia die Zügel über die Eseldame Luise zu überlassen. Nach einer mündlich vorgetragenen, kurzen, strengen und disziplinierten Eselbedienungsanleitung geht es auf die „Rennstrecke". Wie schwer kann es schon sein, mit einem kleinen Esel spazieren zu gehen?!

Mutig und mit unserem gerade erworbenen „Eselsachverstand" stehen wir am nächsten Straßenrand. Luise hat sich entschlossen, stehen zu bleiben. Klug von ihr, einen Ort zu wählen, an dem keiner der Mitarbeiter uns helfen kann. Amalia lacht sich bei jedem „Nun geh doch endlich weiter"-Beschwörungsversuch „schimmelig". Weder Heck- noch Frontantrieb wollen funktionieren. Luise grast mittlerweile seelenruhig vor sich hin. Es gibt keine sanfte, friedliche „Weitergeh-Motivation" für das Tier. Amalia trägt diesen langen Moment mit lustiger Fassung. Ich hingegen verliere diese zunehmend. Schweiß steht mir auf der Stirn und noch mehr Klamotten kann ich nicht ausziehen, um nicht unangenehm aufzufallen. Noch weniger Hilfe bekomme ich von Claus. Der hält sich seinen nicht vorhandenen Bauch und krümmt sich rhythmisch vor Lachen. Luise kaut weiter unbeeindruckt vor sich hin. Wer ist hier der Esel? Claus bringt auch keinen anständigen Laut mehr heraus. Ich habe die Schnauze voll! Lieblingstiere hin, Lieblingstiere her! Claus versäumt es unterdessen nicht, mir Ratschläge für die Handhabung der Eseldame zu geben. Nun, jetzt kann er diese ja in die Praxis umsetzen! Ich überlasse die Zügel meinem Mann mit einer „Du wirst schon sehen"-Gebärde. Schon beim Wechsel der Zügel in die Hände meines Mannes hört die gefräßige Eselin auf, Gras zu rupfen und schaut zu Claus empor. Dieser tätschelt ihren Hintern mit der im „Set" enthaltenen Reitgerte und los geht's: Tatsächlich setzt sich Luise in Bewegung. Claus kann seinen Triumph nur wenige hundert Meter lang genießen, dann endet Luises Lauf ohne Grund mitten auf der Straße, wo wir abermals dumm herumstehen. Nun reden alle durcheinander auf Luise ein. Auch diese Methode motiviert die Eseldame nicht, weiterzugehen. Kurze Zeit später überholt uns ein Vater mit seinem Sohn, der auf einem schnelleren Model sitzt. Anscheinend besitzen auch Esel ein Ego, denn Luise setzt sich, so schnell sie stehen geblieben war, abrupt wieder in Bewegung. Windschattenlaufen ist dem anderen Esel auch zuwider, so wird die restliche Rennstrecke im erbitterten Zweikampf, Luise gegen Ludwig, mit wechselnder Führung zurückgelegt. Lustig ist mit anzusehen, dass viele Menschen, die auf diesem „Eselweg" unterwegs sind, im Straßengraben stehen oder die Führung der Eselkutsche völlig aufgaben. Unsere kleine Schadenfreude über die Mitstreiter wird sofort mit doppeltem Laufstreik geahndet. Luise und Ludwig stehen kurz vorm Ziel einvernehmlich und auch noch nebeneinander auf der Straße. Was tun, wenn nichts mehr geht, beziehungsweise, wenn kein Esel sich mehr bewegt? Amalia und ihr kleiner Sitznachbar können sich vor Lachen kaum auf ihren vierbeinigen, langohrigen Sitzplätzen halten. Claus und der andere Vater lassen nun ihre Muskeln spielen. Beide ziehen wie wild an ihrem jeweiligen Esel herum. So doof die Viecher sich auch anstellen mögen, dies kann ich nicht mit ansehen. Aufgebend und gedankenverloren klatsche ich auf die linke Seite von Luises Hintern. Bum! Dies ist wohl eine empfindliche Stelle, denn Luise setzt zum Schlusssprint an.

Unser Urlaub ist wunderschön. Er ist so anders als alle anderen zuvor. Natürlich bin ich durch und durch fertig vom Leben im Krankenhaus. Natürlich habe ich auch in dieser Zeit zum Teil sehr negative Gedanken. Des Weiteren kommt ein altes, aber dennoch neues Gefühl hinzu. Claus und ich waren ausschließlich mit unserer neuen Rolle, Amalias Weg so behutsam und achtsam zu gestalten, beschäftigt. Meine Gefühle für Claus mussten sehr weit hinten anstehen. Er war zuweilen genauso überfordert wie ich. Mit einem Unterschied, dass ich meiner Überforderung keinen Platz einräumen durfte und konnte. Ich bewundere ihn dafür, dass er sämtliche Flaggen oben hält. Zum Beispiel das Geldverdienen: Unsere Praxis existiert weiter, mitsamt der damit verbundenen Arbeit und Verantwortung. Claus erfüllt alle Aufgaben weiterhin mit äußerster Präzision und Achtung vor seinen Patienten. Meine Ängste, Visionen und Gefühle kann ich leider nicht mit ihm teilen. Auch das Erlebte im Krankenhaus hat bei ihm keinen Platz. Wegen seiner großen Hoffnung schiebe ich jedes „innere Wissen" beiseite. Ebenso den Eindruck, dass Claus lieber arbeitet, als mit uns zu sein.

In unserem Feriensommer setzen wir jeden Unterhaltungsgedanken in die Tat um. Keine Eisdiele ist vor uns sicher. Jede leckere Pizza wird „eingefangen" und mit zahntriefendem Genuss verspeist. Spielen, Spaziergänge im Feenreich, ausgelassenes Tanzen zu Cinderella-Musical-Liedern und viele Dinge leben wir mit einem Gefühl übertriebener Ekstase aus. Wir haben nicht vor, uns vom bekannten Alltag einholen zu lassen. In der heimatfernen Zeit gelingt es mir immer besser, das Erlebte in die hintersten Ecken meiner Psyche zu verstauen. Meine Sinnesorgane liefern mir die dazu nötigen Infos. Amalia blüht auf. Sie kommt sehr schnell wieder zu Kräften. Die inneren Bilder, die ich zu ihrem Tod empfangen habe, sind Lug und Trug! Amalia wird den Rest dieser tödlichen Bedrohung mit ihrer Liebe zu uns und zum Leben bezwingen! Warum nur sagt mir mein Bauch in Momenten der Offenheit etwas anderes?

Die Zeit zwischen der Zeit

Die zweite Phase der allgemein medizinischen Therapie steht uns nun, nach der Rückkehr aus „Nimmerland", unmittelbar bevor. Amalia schaudert es augenblicklich, als ich sie sonntags für den kommenden Montag auf den Besuch in der kinderonkologischen Tagesklinik Köln vorbereiten will.

Mama hat mir zwar erzählt, dass wir dorthin zurückmüssen, aber so schnell? Ich habe ALLES vergessen wollen. Wieso holt sie es zurück? Ich fühle in meinem Bauch ein Stechen. Mir geht's immer grummeliger, je mehr sie versucht, mich zu beruhigen. Obwohl meine Engel sagen, dass ich nichts zu befürchten habe, kehren nun alle schlimmen Dinge zu mir zurück und ich habe Angst. Sie geht nicht von alleine weg. Mama lacht mich an und hält mich fest, aber ich kann spüren, wie es in ihr drinnen zittert. Ich bin ein großes, starkes Mädchen und noch dazu nicht alleine! Ha, die kitzeln mich. Ich glaube ihnen ALLES! Alles ist gut, solange sie und meine Mama bei mir sind! Jetzt werde ich Mama kitzeln, wie meine Freunde es bei mir gemacht haben, indem ich ihr genau das sage und zeige!

Die Untersuchung verläuft erstaunlich gut. Amalias Stärke fasziniert mich, sie reißt mich mit, lullt mich liebevoll in Ruhe ein. Sie schenkt mir unvorstellbare Mengen an Hoffnung. Leider funkt ein unterkühltes, sachlich-medizinisches Gespräch dazwischen. Warum ist es für einen Arzt so schwer, ein Wunder zu erkennen und daran zu glauben? Warum kann er in unseren Zug der Hoffnung nicht mit einsteigen? Obwohl der Professor verlauten lässt, dass er so eine Genesung nach einem derartigen, todesähnlichen Zustand noch nicht erlebt hatte, soll Amalias Therapieplan nicht angepasst werden. Das Rezept für die Kapseln, in denen die nun dreifache Chemo-Menge enthalten sein würde, trage ich in meiner Tasche. Des Weiteren hat man uns Fungizide und vieles mehr verordnet.

Nach diesem nüchternen Erlebnis schlage ich Amalia einen Besuch in unserem Lieblingscafé vor. Wir kaufen uns die dicksten Schokoschnitten, die es gibt. Zuhause angekommen, zelebriert mein schöner Schmetterling ein altes Ritual: Sie deckt den Kaffeetisch. Nein, nicht einfach schnöde das Geschirr aufstellen! Dies kommt für meine Elfenprinzessin nicht in Frage. Jeder erhält ein selbst gebasteltes Namensschild mit passendem Platzdeckchen, Glitzerperlen werden verteilt und Kerzen bereitgestellt. Das Ganze wird abgerundet mit Engelsservietten. Ein Hochgefühl breitet sich in mir aus, weil die arbeitsamen Geräusche aus der Küche von meinem munteren Kind kommen. Alle Fähigkeiten, die ein Mensch für solche Aktivitäten benötigt, musste sie hergeben. Und nun sind diese von ihr zurückerkämpft worden. Jedes Klappern erfüllt mich mit Dankbarkeit.

Drei Tage von „Phase zwei" sind vergangen. Mehr und mehr zieht sich Amalia wieder zurück. Ihre Fröhlichkeit, Munterkeit, ihr Aktivsein, ihre Kraft mitsamt ihrer gesunden Gesichtsfarbe scheinen von den Chemo-Kapseln aufgefressen zu werden. Kummer und nackte Angst kehren in mein Herz zurück. Mein kleiner Schmetterling liegt nun wieder ohne Flügel und schwer krank auf unserer Wohnzimmercouch. Was noch als Schmerzkonfekt bereitgestellt wird, sind stumme Tränen, die mein Kind weint. Seit ich angefangen habe, Amalia täglich eine von diesen Giftkapseln in ihren Mund zu legen, kommen Gefühle des Verrats in mir auf. Was tue ich da?! Kapsel um Kapsel lege ich in den vertrauensseligen Mund meiner Tochter. Kein Wort des Vorwurfs oder der Beschwerde entkommt ihr, mit Ausnahme ihrer Augen: Sie blicken in die meinen und lassen in mir unmenschliche Zweifel aufkommen. Das glückliche Mädchen mit den rosigen Wangen aus dem Urlaub verabschiedet sich Stück für Stück. Blasse Haut, getrocknete Tränen und Augen, die, von dunkelgrauen Augenringen umzogen, schmerzhaft stumm und gerötet vor sich hinschauen.

Nun sitze ich mit einem Tablett vor Amalia, auf dem ich die vierte „Giftschleuder" und ihre gemeinen Freunde platziert habe. Übelkeit und tiefer Schmerz durchdringen mich, als ich die „schwarze Bombe" zum Abschuss in den Mund meiner Tochter legen möchte. Ich kämpfe um Ignoranz. Zeitlupenartig geht Amalias Mund auf. Im gleichen Rhythmus nähert sich meine Hand mit der „Medizin" und einem Glas Wasser.

Amalia: „Das nehme ich nur für dich, Mama."

Geschockt halte ich inne: „Was hast du da gesagt?"

Amalia: „Diese Tabletten nehme ich nur für dich."

Ich: „Ich sehe, dass es dir von Tag zu Tag schlechter geht mit diesem Zeug. Ich möchte das nicht!"

Amalia: „Jeder Tag wird schwärzer und schwärzer. Alles Schöne ist weg. Es gibt nur noch Dunkelheit."

Das reicht, um mich an mein Versprechen zu erinnern, das ich Amalia gegeben habe und um eigenmächtig und aus Liebe zu meinem Schmetterling einen sofortigen Entschluss zu fassen.

Ich: „Ich habe dir versprochen, dass wir gemeinsam entscheiden. Meine Gefühle sagen mir, dass das, was wir jetzt machen, nicht richtig ist. Wir nehmen das ganze Zeug und schmeißen es in den Müll!!!"

Der in meinem Herzen verankerte Grundsatz kommt mit dieser Verlautbarung meiner Gedanken wieder in meinem Gehirn an: Zehn Meter gehüpft sind besser als dreizehn Meter gekrochen! Unterstrichen wird dieser unumstößliche Codex durch das augenblickliche Eintreten von Leichtigkeit. Das Gefühl des Verrats ist ebenfalls verschwunden. Gekrönt wird dieser menschliche Moment von rosa Kinderwangen, die sich zu einem wertschätzenden Lachen erheben. Amalias Augen ändern sogleich ihr Signal. Vom Blick einer von Zerstörung bedrohten Kinderseele hin zu wieder in die sonnigen Lüfte aufsteigender Losgelöstheit mit einer großen Portion Glückseligkeit.

Amalia träumt mit all ihren Kuscheltieren, als Claus an diesem Abend nach Hause kommt. Als wir beim Abendessen sind, erstatte ich ihm Bericht vom heutigen Tag. Ich muss das Geschehene nicht ausschmücken, weil allein die sachliche Schilderung, wie Amalia triumphierend die Medikamente in den Müll befördert hat, seine Einwände bröckeln lassen. Damit seine eventuellen Anfechtungen keinen Halt finden, erinnere ich ihn an die Antwort des Professors auf unsere Frage, welche der Therapiemaßnahmen – Bestrahlung oder Chemo – den Tumor verkleinert hätte. Der Professor wusste keine explizite Antwort darauf. Er war sich anfangs nicht einmal sicher, ob sich überhaupt noch etwas „machen lässt". Niemand hat mit so einer Verbesserung ihres Zustandes gerechnet. Claus nimmt Amalias und meine Entscheidung schweigend hin. Als wir den Abend vorm Fernseher ausklingen lassen, nimmt er meine Hand und sagt: „Ich bekomme es auch nicht fertig, Amalia weiter dieses Gift nehmen zu lassen, das sie überirdisch quält." Mein Verständnis und meine Bewunderung küsse ich in ihn hinein. Verständnis, weil er selbst Mediziner ist und an diese Art der Heilung glaubt. Bewunderung, weil er Amalia fliegen lässt. Er geht in Akzeptanz und lässt seinen Anspruch auf sie los. Claus besitzt nicht dieses Seelenvertrauen wie ich, schon gar nicht wie Amalia, deswegen ist es für ihn eine überirdische Barriere, den in seinen Augen einzigen Halt der allgemeinmedizinischen Therapieform loszulassen.

Amalia verfolgt jedes Wort, das ich einen Tag nach ihrem Triumph telefonisch an die Mediziner weitergebe. Ich berichte mit pingeliger Detailgenauigkeit über Amalias körperlichen und seelischen Megaabsturz der letzten Chemo-Einnahmeperiode. Katapultartig befördere ich Wörter in die Leitung, die sich zu messerscharfen Argumenten gegen eine weitere medikamentöse Behandlung zusammensetzen. Die Reaktion auf der anderen Seite der Telefonleitung fällt kurz aus. Ohne Diskussion oder gar Anfechtung unserer Entscheidung nimmt man die Niederlage der Chemotherapie hin, da die Ärzteschaft keine andere Medizin für diese Art Tumor besitzt.

Wünsche werden wahr

Es ist kaum zu glauben, aber auch in so einer Lebenssituation tritt ein Alltag ein. Vieles, was ich nicht für möglich gehalten hätte, kommt zu uns zurück, Positives wie Negatives.

Bei mir kommt durch die wiedererlangte „Gesundheit" meiner Tochter eine alte Facette zum Vorschein: Perfektion. Eine perfekte Mutter mit makellosem Haushalt, sensible Überwachung aller anfallenden Dinge und sogar der Wiedereintritt in unser Praxisgeschäft. Sehr schnell bemerke ich aber, dass ich diese Arbeitswut nicht aufrechterhalten kann. Ein Erlebnis bringt den Stillstand. Daraus wird ein Zwiespalt in mir:

Claus bittet mich, ein paar Telefonate mit Praxisgegenstand zu führen. Ich befinde mich zuhause im Büro. Eingehend betrachte ich das Chaos auf unserem Schreibtisch. Gleichzeitig beginne ich, zu telefonieren. Das Auftauchen von Amalia lässt unterdessen nicht lange auf sich warten. In letzter Zeit fand für sie keine Lebenszeit ohne mich statt. Sie fragt mich: „Mama, spielst du etwas mit mir?"

Mit einem schlechtes Gewissen, der Arbeit am Ohr, dem vermüllten Schreibtisch vor mir, Amalias unbearbeiteten Krankenhausrechnungen, die bei mir zu einer Visualisierung erster Mahnungen führen, dem noch nicht vorbereiteten Mittagessen, der unaufgeräumten Küche, den wahrscheinlich auch noch nicht geputzten Zähnen und vielem mehr steuere ich in eine galaktische Überforderung. Das Telefonat ist erledigt und ich bin es auch! Nun bringt Amalia eine für mich in diesem Moment unfassbare Menge an Spielzeug ins Büro.

Amalia mit ihrem hoffnungsvollsten Gesichtsausdruck: „Bitte, Mama, ich möchte nur hier bei dir sein. Ich bin auch ganz still."

Ich: „Amalia, jetzt nicht! Ich muss arbeiten."

Unüberlegt schlage ich einen unliebsamen Ton an. Ganz klar, dies ist die Reaktion von einem stinkenden Riesenpups in meinem Kopf.

Nun gehen alle traurig davon: Amalia und ihre Kuscheltiere. Das Telefon klingelt, es ist Claus. Er will wissen, ob es Fortschritte gibt und ob ich ein paar hilfreiche Infos für ihn habe. Ja, ich habe eine Information für ihn, leider mit einem Haufen an Mehrorganisation und Mehrarbeit für ihn.

Ich: „Ich kann das nicht mehr! Überfordert bin ich. Mit allem!"

Claus, verdutzt: „Wieso? Was ist?"

Es wächst in mir der Eindruck, dass er ganz mit meiner Wiederherstellung gerechnet hatte. Seine Frau, „ganz die Alte"!

Ich: „Gerade habe ich Amalia eine Abfuhr verpasst, nur, weil sie sich Zeit mit mir wünscht. Es tut mir leid, ich kann dir mit der Praxis nicht mehr helfen!"

Nun gibt es zwei Katjas. Eine, die an alten Mustern festhängt und alles real betrachten und erledigen will. Das zweite Modell versucht auf Biegen und Brechen, Leichtigkeit in den neuen Alltag zu bringen. Beide sind sich spinnefeind und harmonieren nur oberflächlich.

Claus: „Okay. Nun, da werde ich noch mehr Zeit für die Praxis benötigen."

Wütend, gleichzeitig traurig und mich unverstanden fühlend beende ich das Telefonat. Mein Weg führt sogleich zu Amalia. Ein ganzes Feenland erwartet mich. Amalia hat die Zeit genutzt, um alle Sandspielfiguren aufzustellen und sich mit Elfengewand und Zauberstab ins Spiel hineinzubegeben. Glücklich strahlend sagt sie: „Mama, du bist ja doch gekommen". Spielen fällt mir immer schon sehr schwer. Basteln und malen ist eher mein Ding. Trotzdem versuche ich mein Bestes. Amalia hält verträumt eine Feentänzerin in der Hand. In der Zeit, die sie braucht, um zu träumen, entwickelt sich in mir Neugierde. Nach einer Weile darf die Tänzerin wieder festen Boden berühren. Amalia hält trotzdem weiter den Blick auf dieses Püppchen gerichtet.

Ich: „Amalia, was hast du?"

Amalia: „Ich würde auch so gerne wieder tanzen."

Ich: „Das kannst du doch! Musik hast du ja genug!"

Amalia: „Nein, nicht so. Ich wünsche mir auch, zum Ballettunterricht zu gehen, wie meine Freundin in der Schule."

Dieser Wunsch wird von der inneren „Katja eins" aufgenommen und analysiert: Amalia kann sich zwar wieder bewegen, aber ihre Koordination fürs Ballett wird wohl kaum ausreichen. Da sind Enttäuschungen nur vorprogrammiert. Die innere „Katja zwei" hält dagegen: Na klar kann sie mitmachen! Nur darum geht es. Dabei sein und Spaß haben.

Ich: „Komm, wir schauen mal im Internet, ob wir eine passende Ballettschule finden!"

Ich kann gar nicht mehr ruhig sitzen. Meine Füße tanzen jetzt schon unterm Tisch. Mama hat es wahrgemacht. Sie hat im Computer gesucht und eine Ballettschule gefunden. Die Schule ist sogar in unserer Nähe. Ich weiß jetzt schon, was ich anziehen werde: Mein schönstes Feenkostüm! Ich liebe rosa und goldenen Glitzerstoff. Meine Feenfühler werde ich mir auch aufsetzten. Und Schmuck werde ich tragen. Natürlich werde ich versuchen, meine Feenflügel nicht zu vergessen. Ich werde es gleich Mama sagen, damit sie's auch nicht vergisst!

So glücklich! Amalia schwebt schon den ganzen Tag durch unsere Wohnung. Heute ist es soweit. Ich habe vor ein paar Tagen mit einer jungen Ballettlehrerin telefoniert. Ihre Reaktion auf meine Schilderungen bezüglich Amalia und ihrer Krankheit hat mich verblüfft. Sie hat so gar nicht erschrocken und sich zurückziehend reagiert wie andere Menschen.

Ich: „Amalia hat eine schwere Therapie hinter sich. Der Tumor ist noch da, aber sie kann wieder geradeaus laufen, ohne zu stolpern. Ihre Kraft hält sich noch in Grenzen. Sie würden nicht nur mich überglücklich machen, wenn sie uns einen Versuch gestatten."

Ballettlehrerin, superfreundlich und geradeheraus: „Natürlich! Sie beide sind herzlich eingeladen! Sie kann direkt mit den Anfängermädchen mitmachen! Ich sehe mir Amalia an und danach entscheiden wir gemeinsam, wie es weitergeht!"

Ich liebe diese Frau schon jetzt. Sie pflückt einen Stern für meinen „kleinen Stern" vom Himmel.

Amalia scheint es in keiner Weise zu stören, dass sie das älteste und größte Mädchen in der Ballettgruppe ist. Das Alter der anderen kleinen Tänzerinnen liegt bei vier bis sechs Jahren. Das Schöne ist, dass sie eine kleine Tanzkollegin aus dieser Gruppe bereits kennt. Das kleine Mädchen ist die Schwester einer Klassenkameradin aus Amalias erster Schule. Die süße Maus lässt es sich nicht nehmen, Amalia alles zu erklären und zu zeigen. Darüber hinaus lässt sie Amalia spüren, dass sie eine neue Freundin hat.

Die Ballettlehrerin ist eine zierliche, durchtrainierte, engagierte junge Frau mit einer für eine Tänzerin üblichen beneidenswerten Körperhaltung. Unsere Begrüßung fällt herzlich aus. Die junge Frau lässt sich ihre Aufregung nicht anmerken.

Ich staune beeindruckt, wie mich meine kleine Tänzerin verzaubert. Die neurologischen Untersuchungen, die die Ärzte mit ihr unternahmen, fielen sehr wackelig aus. Beispielsweise sollte sie auf einem Bein stehend ihre Arme austrecken und diese Position für ein paar Sekunden halten. Sie bekam es bei den Untersuchungen gerade so hin. Aber nun, in diesem Augenblick, mit dieser wunderschönen Musik, gleitet sie durch den Raum. Sie schwebt anmutig über den Tanzboden, leistet jeder Tanzidee ihrer Ballettlehrerin Folge. Jede Drehung, jeder Schwung wird mit einem glückseligen Lächeln untermauert. Amalia beweist mir nun, dass man Musik sein kann. Sich in ihr befinden kann. Wozu einem die Musik verhelfen kann. Völlig verwandelt und dankbar, dieses Wunder miterleben zu dürfen, nehme ich nach der Stunde meine Ballerina in die Arme.

Hoooohhh, es war soooo schööööön. Ich liebe es, hier zu sein. Auch wenn ich jetzt ganz schön wackelige Füße habe. Ich bin nun eine Balletttänzerin. Ich habe versucht, alles so zu machen, wie die Lehrerin es gesagt hat. Ich finde sie sooo nett. Ich habe eine Idee. Ich werde die „Kackwurst" einfach wegtanzen! Mama hat gesagt, je mehr Licht zu der „Kackwurst" kommt, umso kleiner wird sie. Diese schöne Musik und dass ich eine Balletttänzerin sein darf, bringen gaaaanz viel Licht in mich hinein. Meinen Freunden gefällt mein Tanz auch! Sie waren alle dabei und haben mitgetanzt. Und was mich noch so freut: dass ich nun eine Freundin direkt hier in meiner Ballettgruppe habe. So schöne Überraschungen!

Nach der Stunde albert Amalia noch ein wenig mit ihrer neuen Freundin herum. Unterdessen nutzen die Ballettlehrerin und ich die Zeit für ein Gespräch.

Lehrerin: „Ich war sehr aufgeregt nach ihrer Schilderung am Telefon, muss ich zugeben. Ich hatte schlimme Vorstellungen im Kopf. Aber ihre Tochter hat mich sehr überrascht und verzaubert! Sie macht das alles sehr gut! Ich würde dennoch vorschlagen, sie in dieser Gruppe zu lassen. Die gleichaltrigen Mädchen sind sehr weit im Tanz fortgeschritten. Was meinen Sie?"

Ich: „Ich bin damit mehr als einverstanden. Sie sind eine sehr mutige junge Frau, dass sie uns in dieser Situation annehmen!"

Lehrerin: „Die Eltern müssen normalerweise das Studio verlassen während der Tanzstunde. Sie dürfen, wenn Sie möchten, bleiben!"

In diesem Moment trifft Amalia, außer Atem und überschwänglich, bei uns ein und sagt: „Nein, Mama! Du kannst ruhig gehen. Ich mach das schon! Ich bin doch ein großes Mädchen!"

Mit einem Blick von meinem Kind zur Ballettlehrerin stimme ich dem Ganzen glücklich und erstaunt zu.

Lehrerin: „Na dann, bis nächsten Donnerstag! Ich freue mich riesig auf dich, Amalia!"

Inklusion – gibt es sie wirklich?

Die Zeit vergeht und so langsam kehren weitere schöne, aber auch fragwürdige Verhaltensgewohnheiten zurück. Wenn mich jemand fragen würde, ob wir jeden Moment auskosten und uns anders verhalten wegen Amalias Todesbedrohung, würde ich ihm antworten, dass wir die bewussten Momente stets nutzen und genießen. Leider gibt es auch die anderen, unbewussten Momente, in denen unsere Reaktion tagesformabhängig ist und jene, in denen wir schlichtweg überfordert sind. Unsere Herzen sind aufmerksam, dennoch übernimmt so manches Mal unser Kopf das Kommando.

Rückwirkend würde ich sagen, dass dieser Ausgleich notwendig war, um Amalias Forderung nachzukommen, ein ganz normales Mädchen sein zu dürfen. Mit jedem Für und Wider. Wir waren in einer außergewöhnlichen Situation, dennoch konnten wir nicht immer außergewöhnlich sein.

Amalia geht es gut. So gut, dass sie anfängt, sich zu langweilen. Ständige Freizeit für ein siebenjähriges Mädchen, deren Freunde einem

schulischen Alltag nachgehen, ist anstrengend. In der Krankenhaus-
zeit hätte ich es nicht für möglich gehalten, dass wir uns diese Frage
jemals wieder stellen dürfen: Sollte Amalia stundenweise wieder in
ihre Schule gehen? Claus drängt vehement darauf. Er hält mir ständig Vorträge über seine Visionen, in denen Amalia „dumm" in ihre
Berufswelt starten würde. Er hat nie miterlebt, wie in der Vergangenheit Kinder und ebenso Lehrer mit unserem Kind umgegangen sind.
Er hat Amalias Traurigkeit nach der Schule, die sie mit Schweigen
kommentierte, nie mitbekommen. Kinder können schon sehr gemein
sein. Leider stehen manche „erwachsene" Pädagogen dem in nichts
nach.

Durch meine Vergangenheitsprägung und die Bedenken, in denen
kein positives „pro Schule"-Argument vorhanden ist, stehe ich dieser
Entscheidung ratlos gegenüber. Ich entschließe mich daher, Amalia
zu fragen, ob sie wieder in die Waldorfschule gehen möchte. Eines, so
dachte ich, kann man bestimmt in diesem alternativen Schulsystem
erwarten: Die hochgelobte und mit vollem Werbeeinsatz erwähnte
Inklusion!

Amalia entscheidet sich dazu, einen Besuch zu wagen. Sie freut sich sogar darauf, ihre Klassenkameraden wiederzusehen. Einige von ihnen
hatten ihr ins Krankenhaus Geschenke überbringen lassen. Über-
bringerin war Amalias Klassenlehrerin. Diese hält sporadisch Kontakt
mit uns. Als ich ihr telefonisch mitteile, dass Amalia eine schulische
Probe unternehmen möchte, ist sie hocherfreut. Der zuvor beantragte
Einzelunterricht, der jedem schwerkranken, schulpflichtigen Patienten in Deutschland zusteht, wurde von der Schulleitung nie mit festen,
aussagekräftigen Worten beantwortet. Dieser Antrag zog sich so bleiern und nervig dahin, dass er zu einem meiner Zweifel die Schule
betreffend hinzukam.

Der erste Schultag ist gekommen. Wir haben vereinbart, dass ich vor
dem Klassenraum auf Amalia warte. Mit einer Unterrichtsstunde

wollen wir beginnen. Doch am liebsten würde ich nun Hals über Kopf mit meinem Kind davonlaufen! Vor dem Klassenraum befindet sich die zirka zwei mal zwei Meter breite Garderobe, an der jedes Kind seine Sachen abzulegen hat und wo es die Schuhe wechseln soll. Chaos, wie immer. In diesem kleinen Radius quengeln Amalias Klassenkameraden ungezügelt herum, steigen über alles, was sich auf dem Boden befindet, klettern über Mitschüler, um ihre Lehrerin schneller mit Handschlag begrüßen zu können, schubsen sich gegenseitig, um irgendwohin zu gelangen und, und, und. Ein Zirkus voller wild gewordener, durcheinanderschreiender Affen. Keinen Moment bin ich geneigt, mein Kind hier alleine zu lassen, ohne Schutz. So dünn kann ich meinen Stock im Hintern gar nicht werden lassen, dass dieser flexibel genug ist, um das hier zu ertragen.

Ich hocke vor Amalia, die nun mein verkrampftes Gesicht in ihre Hände nimmt: „Mama, ich mach das schon. Ich kenne das noch von früher. Mir passiert nichts!" Im Gegensatz zu mir wirkt sie völlig entspannt. Die Ausgeglichenheit in Person! Da ist einer dieser blitzenden Funken, an denen man sofort erkennen kann, ein göttliches Geschenk erhalten zu haben! Amalia, sich in so einem Getöse sichtlich wohlfühlend und sich freuend, ein Teil von alldem zu sein, ist mehr als ein Wunder für mich.

Ich: „Schatz, ich warte hier vor dem Raum auf dich. Wenn irgendetwas mit dir ist, sag sofort deiner Lehrerin Bescheid, dann komme ich. Pass auf deinen Port auf. Ich habe es zwar deiner Lehrerin schon am Telefon gesagt, aber ich weiß nicht, wie deine Mitschüler damit umgehen. Falls du den Mut besitzt, kannst du ihnen auch deine Narbe zeigen, sodass sie sehen, dass alles wahr ist. Mir ist ganz schön flau im Magen, dich hier in dieses Chaos zu entlassen."

Amalia tätschelt mir meine Wange, gibt mir einen Kuss und schlängelt sich seelenruhig durch die wildgewordene Kulisse, um ihre Lehrerin zu begrüßen.

Es entstehen in der Schule viele schöne Augenblicke für mein Kind. Nach einer Eingewöhnungsphase verbringt Amalia mehrere Unterrichtsstunden in ihrer Klasse. Am liebsten mag sie die kunstbezogenen Fächer und jene, die Handarbeit beinhalten. Amalia hat eine große Freundin gefunden, die mehrere Jahre älter ist als sie. Die zwei Mädchen verbindet die gleiche magische Fantasie. Ihre Freundin ist sogleich ihre Beschützerin in den Pausen auf dem Schulhof. Da auch die Schulstunden gut klappen, will ich Amalias Wunsch erfüllen und sie alleine auf dem Schulgelände lassen. Traurigerweise wird nicht so gut aufgepasst wie versprochen. „Die wilden Jungs" sind so manches Mal zu wild und die Lehrer entweder zu unterbesetzt oder zu unachtsam, um manches, was auf dem Schulhof vor sich geht, zu sehen oder richtig einzuschätzen. In vielen Momenten wird Amalia sich selbst überlassen, ohne Chance auf Gesellschaft oder eine Möglichkeit, sich durchzusetzen oder mancher kindlichen Bosheit zu entkommen. Eines Tages kommt es zu einer sehr traurigen Situation. Amalia geht nur zeitweise zur Schule, deswegen ist das Schaukeln mit ihren Klassenkameraden so interessant für sie. Durch ihre körperlichen Benachteiligungen muss sie die Spielgeräte auf dem Schulhof den anderen Kindern mit ihrer hartnäckigen Schnelligkeit und Vereinnahmung weinend überlassen. Sie rennt aus Leibeskräften der großen Schulschaukel entgegen. Natürlich ist jedes andere, gesunde Kind schneller und besetzt alle interessanten Plätze. Amalia steht bittend und weinend daneben. Niemand hört sie, niemand hilft. Es gibt noch weitere, mehr traurige als ärgerliche Momente, die mir zeigen, dass es zu wahrer, gelebter Inklusion an Amalias Schule noch ein überdimensional langer Weg ist. Eine Maßeinheit, um den Fortschritt der Integration besonderer Kinder zu messen, wurde noch nicht erfunden. Auch gibt es hier keine wahrhaft ernstgemeinten Vorschläge dazu. An unserem Beispiel können wir erkennen, dass politische Vorgaben mit der Wirklichkeit nichts gemein haben.

Gott sei Dank gibt es für unser Kind auch die anderen, schimmernden Pausenmomente. Amalias Ritterin Svenja, mit lustigen Zöpfen und klugen, spitzfindigen Augen, stiftet sie zu immer ausgelasseneren, fantastischeren, lustigeren Kindereien an. Amalia beendet seit jeher ihren Kindergarten- oder Schulalltag mit perfekt sauberer Kleidung. Nie ist irgendetwas zerstört worden oder weggekommen. So ordentlich! Mit Svenja zieht luftige Lockerheit ein. Auf einmal sucht mein Kind mit ihrer Freundin nach tief im Sand vergrabener „Malkohle". Beide sehen hinterher aus wie Bergarbeiter ohne technisches Gerät, ausgestattet nur mit ihren Händen und Knien.

Andreas Bourani und seine kleine Prinzessin

Tage und Wochen vergehen, in denen unser Kind eine ungeahnte Selbstständigkeit entwickelt. Amalia will mit aller Kraft, die ihr das Universum zur Verfügung stellt, ein Kind sein, das lacht, glücklich mit ihren Freunden spielt, tobt, bockt und ihr Leben fantasiereich neu entdeckt und erfindet. Ihre Entwicklung lässt mich in ungeahnte Glückseligkeit hineinschlendern. Das Gegenprogramm dazu kommt leider so manches Mal unerwartet durch die Hintertür: elterliche Fürsorgepflicht sprich Erziehung. Es entstehen bekannte Momente, in denen sich mein Wesen in mehrere Bestandteile aufteilt: Liebende, sanfte Mutter auf der einen Seite schwenkt um zur schimpfenden, kritisierenden Facette bis hin zur selbstquälerischen Variante, die alles anzweifelt, was sie tut und tun soll. Ich trage nun bei jeder Entscheidung und Benimmfrage mein Kind betreffend eine neue, innerliche Waage mit mir herum. Auf der einen Seite der Waage steht: „Warst du jetzt nicht ein bisschen streng mit ihr? Schließlich befindet sich Amalia in einer Ausnahmesituation!" Auf der anderen Seite ist zu lesen: „Als Mutter hast du die Pflicht, Amalia für ihr Leben auszubilden und vorzubereiten." Je mehr Zeit vergeht, umso mehr streife ich dieses selbstzerstörerische und lebensbehindernde Waagen-Programm ab. Zumindest denke ich das.

Amalia hat vor Tagen ihre MRT-Regeluntersuchung – nach großer Aufregung und Bangen – meisterlich überstanden. Ich nicht.

Die Eindrücke von unserem erneuten Besuch in der ambulanten Tagesklinik hallen nach, mal mehr, mal weniger. Amalia hat nach diesem Ereignis viel Redebedarf. Egal, wie ich es drehe und wende, ich habe Angst vor dem Ergebnis. Dieses bekommt man erst Tage später, weil die Ärzte es zuvor gemeinsam auswerten wollen. Wieder gibt es zwei Stimmen in mir. Im Vordergrund ist meine Hoffnung, die ein euphorisches „Hallo" hinausposaunt, auf das weitere Schrumpfen der „Kackwurst". Im Hintergrund flüstert der Feind und macht die Hoffnung auf Sicherheit kaputt. Gemein säuselt er: „Sei vorsichtig und falle nicht auf die Hoffnung herein." Um noch andere medizinische Meinungen einzuholen, unternehmen wir weitere Schritte. Einer davon besteht darin, im anthroposophischen Sektor eine Möglichkeit zu suchen, die Amalia bei ihrem Heilungsprozess unterstützen könnte. Diese Aussicht verflüchtigt sich nach einem zähen, ernüchternden Gespräch. Leider bietet man uns im anthroposophischen Krankenhaus dieselbe Horror-Chemotherapie an. Andere Heilungsverfahren können die Mediziner dort offenbar auch nicht umsetzen. Erfreulicherweise kann die energetische Arbeit, die Amalia weiterhin bekommt, sie sehr unterstützen. Einen Besuch bei meiner Lichtschwester lassen wir uns nicht entgehen. Außerdem spürt Amalia diese hilfreiche Präsenz. Den Absender ihrer energetischen Geschenke will auch sie unbedingt kennenlernen.

Eine adrette, zierliche Frau mit einem modernen Kurzhaarschnitt öffnet Amalia, Claus und mir die Tür. Allein die freudige Begegnung unserer Augen reicht aus, um gegenseitiges „Sehen" zu signalisieren. Ein liebevolles, sanftes Erkennen auf anderer Ebene. Meine Lichtschwester ergreift dasselbe Gefühl. Mitgerissen umarmen wir uns im Hauseingang. Für Amalia ist dieser Besuch unendlich spannend und gleichzeitig beruhigend.

Unsere Gastgeberin führt uns in ihr Reich. Ihr Heilungstempel ist freundlich, hell und individuell künstlerisch gestaltet. Des Weiteren gibt es Klangschalen, Stimmgabeln, unendlich viele Bücher und andere Gegenstände, die ein Wesen zur Heilungsunterstützung gebrauchen kann. Über dem Ganzen wacht ein hübscher, selbstgemalter Engel, der übergroß eine Wand ziert. Amalia probiert intuitiv alle Stimmgabeln aus. Das Vibrieren bringt sie sichtlich in eine andere Dimension. Entspannt legt sie sich auf die im Raum befindliche Liege. Unser irdischer Heilungsengel fragt, ob Amalia eine direkte energetische Behandlung möchte. Sie bejaht das freundliche Angebot mit einem überschwänglichen „JUCHU".

Claus und ich beobachten leise das Geschehen. Stille, sanfte, energetische Übertragung göttlicher Energie. Meine Lichtschwester hat dabei einen für mich unvergesslichen, konzentrierten und gleichzeitig glückseligen und liebenden Gesichtsausdruck voller Hingabe. Amalia liegt entspannt in ihrer harmonischen Wolke. Obwohl keinerlei körperliche Berührung stattfindet, bekommt unser Mädchen eine rosige, gesunde Gesichtsfarbe mit einem Satz feuerroter Ohren. Claus flüstert mir medizinische Fachbegriffe zu, die Amalias physische Reaktion erklären. Für mich ist es ein Moment, der mir wieder einmal zeigt, dass wir Menschen weit größere Wesen sind, als es unsere Körper manchmal erahnen lassen. Eine wunderbare Kulisse, gefüllt mit knisternder Energie. Beim Abschied beteuert uns unsere Gastgeberin, dass sie Amalia weiterhin begleiten wird.

So schnell habe ich noch nie einen Briefumschlag aufgerissen. Ich muss aufpassen, dass unter meiner Neugier der Inhalt nicht kaputtgeht. Vor Wochen habe ich eine Mitarbeiterin der Sozialen Dienste auf der Kinderonkologie um einen Kontakt gebeten: den Kontakt zu einem gemeinnützigen Verein, der schwerkranken Kindern einen Wunsch erfüllt. „Wünsch dir was" ist der Name des Vereins. Dort hatte man sich Amalias Wunsch angenommen und wird ihn, wie ich nun schwarz auf weiß lesen darf, auch erfüllen! Amalia darf ihren Lieblingssänger und Megaschwarm Andreas Bourani treffen! Unser

Treppenhaus wiederholt mir meinen Freudenschrei als überlautes Echo. Mit dem Brief wedelnd laufe ich zu meinem Schmetterling.

Ich: „Amalia, Amalia du wirst es nicht glauben, ich habe eine Waaaah-hhhhhhhhnsinnns-Überraschung für dich!"

Hüpfend stehe ich nun im Türrahmen zum Kinderzimmer. Was folgt, ist ein Rollentausch.

Amalia: „Mama, beruhig dich doch erst mal! Ich kann sonst gar nichts verstehen von dem, was du sagst."

Mein Körper muss die positive Schwingung unbedingt mit zappeligen Bewegungen ausgleichen.

Ich: „Aber Amalia, ich habe so etwas Tolles für dich! Ganz heimlich habe ich dir ein Treffen mit einem sehr nett aussehenden, jungen Mann, der noch dazu unglaublich gut singen kann, organisiert."

Amalia, noch immer äußerst besonnen und gesittet: „Mama, hör doch mal auf zu zappeln und erklär mir einfach, worum es geht!"

Nun schmeiße ich mich vor die im Kinderzimmer aufgebauten Elfen- und Prinzessinnen-Parade und halte triumphierend den Brief mit unserer Einladung nach oben.

Ich: „Schatz, du darfst Andreas Bourani treffen!"

Schweigen. Amalia sieht mich mit großen Augen an. Ihrem Blick entnehme ich, dass die Bedeutung meiner Worte buchstabenweise an ihr Gehirn zur Übersetzung weitergeleitet wird. Es dauert eine ganze Weile, bis die Buchstabenkolonne ihr Ziel erreicht hat. Das Signal ihres Eintreffens am Bestimmungsort fällt überraschend aus: Amalia reißt sich von ihrer Gesellschaft aus Phantásien los, stellt sich ratlos in den Raum und sieht mich schweigend an.

Ich: „Was hast du denn, mein Schneckchen? Gefällt dir deine Überraschung nicht?"

Besorgt weicht mein Lachen nun Gesichtsverspannungen. Nun warte ich ab und halte mich mit Worten zurück. Amalia steht, immer noch entrückt, in der Mitte ihres Zimmers. Hockend beobachte ich ihre stumme Unterhaltung mit der Zimmerdecke. Nach einer gefühlten Ewigkeit tropft ihr Blick zu mir zurück.

Amalia: „Mama? Darf ich mein violettes Kleid anziehen, wenn wir zum Andreas fahren?"

Uff! Damit hätte ich nicht gerechnet! Mit allem, nur nicht mit einer so typisch femininen Klamottenfrage.

Ich: „Aber Schatz, wir haben Winter und außerdem, dieses Sommerkleidchen, was du meinst, da bist du schon rausgewachsen."

Wahnsinn, sie hat mehrere Spielfelder übersprungen. Tja, nicht nur große Mädchen haben, wenn's darauf ankommt, „nichts" mehr im Schrank. An dieser Stelle darf ich mal wieder feststellen, dass der Unterschied zwischen Groß und Klein manchmal nicht mehr zu erkennen ist.

Nun lässt sie auch noch traurig ihre Schultern sinken: „Mama, dann habe ich ja nichts Hübsches zum Anziehen!" Das ist kolossal übertrieben, denn ihr Kleiderschrank platzt aus allen Nähten.

Ich: „Komm, Schatz, wir schauen mal, was du so hast und worauf du Lust hättest, es an diesem Tag zu tragen!"

Jedes Kleidungsstück wird nun genauestens überprüft. Ungeahnte Kombinationen von Röckchen oder Hosen mit Sommertops und Elfenflügeln kommen zum Vorschein. Nichts, was sich hier mittlerweile vor dem Kleiderschrank häuft, hält Amalias strengen Kriterien stand. Halb nackt lässt sich mein unzufriedener Schmetterling auf ihrem Klamottenfriedhof nieder.

Amalia: „Ich möchte schön aussehen, aber auch nicht frieren!"

Ich: „Was hältst du von einem süßen Teddystoff-Winterkleidchen? Mit pinkfarbenen, bunten Trompetenärmeln wie bei einem Prinzessinnenkleid? Ich habe dir den Stoff schon mal gezeigt."

Ihre Mundwinkel heben sich gleichzeitig mit ihren Augenlidern nach oben. Glücklich hüpfend tanzt Amalia ihre Antwort hinaus: „Jaaaaaa, Mama! Ohhhh jaaaaa!"

Eifrig mache ich mich ans Schneidern. Diese fantasievolle Arbeit kommt mir sehr gelegen. Denn sie lenkt mich von meinen Gefühlen ab. Diese produzieren mit meiner Gedankenwelt alle Facetten des Grauens. Die Ärzte haben uns mitgeteilt, dass Amalias Tumor gewachsen ist. Geringfügig. Egal wie klein diese Vergrößerung geschildert wurde, ich kann nur daran denken, dass dieses Scheißding weiterhin existiert. Sehr wohl bemerke ich Amalias minimale Wesensveränderungen in den letzten Wochen. Dieselben Symptome kommen zurück: verschlechterte feine und grobe Koordination, zum Beispiel beim Basteln sowie eine veränderte Reaktion ihrer Augen, die Bruchteile von Sekunden stehen bleiben oder sich verdrehen, mehr Schlaf und Ruhe nach Spaß und spielerischen Aktivitäten und vieles mehr. Claus hypnotisiert mich Abend für Abend, weiter an die Genesung unseres Schmetterlings zu glauben. Eine Seite von mir tut das mit aller Kraft. Die andere, geheime Hälfte fühlt sich wegen des nahenden Hochverrats eingesperrt und schon jetzt zu tiefster Traurigkeit verdonnert. Ganz leise und kaum vernehmbar kehren nach Monaten die Visionen zu mir zurück. Ich will diesen Einblick in unser eventuelles Schicksal nicht haben. Also schlage ich mit voller Ignoranz zurück. Jeden Schub dieser „gemeinen Attacken" sperre ich in einen eigens dafür hergerichteten Raum ohne Fenster, ohne Tür, hermetisch abgeriegelt mit bewaffneten Wachposten. Keiner dieser angsteinflößenden Vorboten soll es bis in mein Herz schaffen! Ich darf diesem „Wissen" keine Aufmerksamkeit schenken. Denn dann würde ich durchdrehen und kapitulieren. Nicht nur mein Kind würde ich aufgeben, sondern auch mich. Keine Kraft könnte mich dann wieder aufrichten! Denn eines nehme ich diesen Visionen und Vorboten ab: Mein Mut muss sich, bis zum Tag X, übermenschlich entwickeln.

Zwei junge Mitarbeiterinnen des „Wünsch dir was"-Vereins nehmen uns in Aachen in Empfang. Die Vereinbarung ist, dass Amalia „ihren" Andreas vor dem Soundcheck treffen würde und ihm anschließend beim Proben lauschen dürfe. Bis der berühmte Star soweit ist, um uns zu treffen, gehen wir in ein Café. Eine der Frauen, die uns begleiten, telefoniert sporadisch mit dem Manager der Band. Mein kleiner Schatz ist so aufgeregt, dass ihm andauernd „kleine Patzer" passieren: Kleckern mit dem Kuchen und dem Getränk, stolpern, ungeduldiges Quengeln bis hin zum überspannten Weinanfall, weil ihre Klamotten nun fleckig vom Kuchen sind. In diesem Wettstreit der Gefühle macht, Gott sei Dank, die dicke Nussecke das Rennen. Der entscheidende Anruf kommt: Andreas Bourani ist nun für unser Treffen bereit. Amalia schlendert glücklich, Hand in Hand mit den zwei jungen Mitarbeiterinnen, zum Gebäude, in dem der Besuch stattfinden soll. Übernächtigt und angespannt folge ich den dreien. Amalia hat liebevoll ein Bild für ihren Sänger gemalt. Sie hat eine solch zärtliche Sorgfalt in das Gemälde hineingelegt, dass ich es am liebsten behalten würde. Ich habe beobachtet, wie ihre Hände mit der größten Akribie das Bild in ausgesuchtes Geschenkpapier hüllten. Amalia verlangte ungestüm nach einer Blume für ihr Präsent. Sie musste klein und lila sein. Im Winter eine Herausforderung, auf die Schnelle eine solche Blume zu arrangieren. Aber Amalias Erinnerung lieferte ihr die Lösung: In ihrem „Blätterbuch" wurden auch Sommerblumen gepresst und getrocknet. Dort wurde sie fündig.

Der Manager empfängt uns herzlich und wir alle warten im Aufenthaltsraum der Band und ihrer Mitarbeiter. Ich wünsche mir, dass Amalia einen beflügelnden, unbeschwerten Moment mit ihrem „Geschenk" erleben darf. Deswegen halte ich mich im Hintergrund und wache mit den Adleraugen einer Löwenmutter über mein Kind. Ich schäme mich ein wenig für mein Aussehen. Die Fürsorge lässt mir nicht viel zeitliche und nervliche Kapazität für Gedanken an Garderobe und Makeup. Kein freies Kontingent zum Haare waschen und stylen. Keine Zeit, um schicke Klamotten auszusuchen und so weiter. Gerade Zähneputzen und Anziehen ist für mich schon das Schönheitsprogramm. So entscheide ich mich, meine Strickschlupfmütze besser aufzulassen. Nervös stelle ich zudem fest, dass ich besser einen Gürtel um meine rutschende Hose gelegt hätte! Ein schönes Bild muss ich abgeben! Grauer Strickpulli, dazu passendes aschfahles, angestrengtes Gesicht, umrundet von einer übergroßen Mütze, „gehalten" von einer hängenden Jeans. Ich und mein Aussehen haben schon bessere Zeiten erlebt. Nun strebe ich einen unsichtbaren Zustand an. Alle Jacken und Taschen werden von mir auf einen Stuhl gelegt, sodass ich sprungbereit für mein Kind zur Verfügung stehen kann.

Amalia ist zu nervös, um ihre Aufmerksamkeit von der offenen Tür zu dem ihr angebotenen Getränk zu lenken. Sitzend hoch- und runterwippend starrt sie auf den Eingang. Ihr Geschenk für ihren Star hält sie fest in ihren schwitznassen Händchen. Beobachten kann ich, dass die zwei jungen Mädels mit ziemlicher Wahrscheinlichkeit genauso aufgeregt sind wie meine Tochter.

Dieser wunderschöne junge Mann ist nicht umsonst so erfolgreich. Begleitet von einem hinreißenden Lächeln und mit jugendlichem, schwungvollem Schritt betritt der Sänger „unsere Bühne". Auf unserer Welt wandeln Menschen mit unbeschreiblichem Charme, sie haben eine faszinierende Präsenz. Einer dieser Menschen ist Andreas Bourani. Er heißt uns völlig selbstverständlich auf seine reizende, lockere Art willkommen. Schnell merke ich: Er hat den Dreh raus, mit jeder Art von Mensch umzugehen. Er vermittelt mir Leichtigkeit. Alle Anspannung fällt von mir ab. Seine ganze Aufmerksamkeit schenkt er dem kleinen, blonden Mädchen, das ihm mit ausgestreckten Armen und einem anhimmelnden Lächeln sein Geschenk überreicht.

Mein Mutterherz wird mit unglaublichen Szenen beschenkt: Behutsames Auspacken des Geschenkes. Ankündigung eines Sonderplatzes für das Gemälde. Großes Lob für die Schönheit der Malerei und der lila Blume. Ich spüre, dass er sich wirklich über Amalias Geschenk und unseren Besuch freut. Er vermittelt mir, dass es keine Pflichtveranstaltung für ihn ist. Geduldig beantwortet er sämtliche Fragen.

Andreas Bourani: „Amalia, möchtest du denn auch ein Autogramm für deine Freunde und dich?"

Amalia sieht sich erst das Foto von ihm an. Daraufhin diktiert sie sogleich alle Leute, die damit beschenkt werden sollen.

Andreas Bourani: „Und du, Amalia? Möchtest du denn auch eins?"

Amalia, verdutzt und mit großen Augen heftigst nickend: „Ja natürlich, bitte!"

Das war typisch für mein Kind! Erst an alle anderen denken! Die zwei jungen Damen fragen, ob es in Ordnung sei, wenn sie Fotos machen würden. Andreas Bourani stimmt zu, nicht ohne professionelle Ideenweitergabe an sein kleines, blondes Fotomodell.

Andreas Bourani: „Du, Amalia, wenn du magst, kann ich dich auch in den Arm nehmen. Dafür müssten wir ein Stück zusammenrücken!"

Amalia sieht ihn von oben bis unten forschend an. Keck und mit großen Augen antwortet sie: „Du bist ein fremder Mann, das mache ich nicht! Da musst du erst zum TÜV!"

Andreas Bourani, lachend und noch um Ernsthaftigkeit bemüht: „Wo muss ich hin? Zum TÜV? Wo ist denn dein TÜV?"

Das war eine kluge Frage! Amalia beseitigt diese Unklarheit sehr selbstbewusst mit ausgestrecktem Arm in meine Richtung zeigend. Im hinteren Raum lassen sämtliche Mitanwesende ihre Tätigkeit ruhen und brechen in ausgelassenes Gelächter aus. Nun besitzt Amalia die gesamte Aufmerksamkeit.

Ich: „Naja, Amalia war immer schon sehr daran interessiert, wie es mit der Prinzessin und ihrem Prinzen sich verhält. Also habe ich ihr schon sehr früh beigebracht,…"

Amalia übernimmt losgelöst und überschwänglich, mit hocherhobenem Zeigefinger: „…dass sich eine Prinzessin von einem fremden Prinzen nicht von hinten antanzen lässt, so wie bei Dornröschen. Ich soll es lieber so machen wie das Schneewittchen. Wenn der Prinz kommt und sie ansingt, rennt sie in den ersten Stock und schließt die Tür hinter sich zu. Danach schaut sie zum Fenster nach unten und guckt, wer da gekommen ist. Mama hat mir gesagt, dass mein Prinz erst zu ihr zur Prüfung muss. Erst dann darf man sich drücken und küssen!"

Das war's! Mit dieser Schilderung wussten nun alle Bescheid. Die Ersthaftigkeit ihrer Darlegung des Kennenlern-Rituals von Mann und Frau unterstreicht Amalia mit entsprechend altklugem, lehrerhaftem Gesichtsausdruck. Ihre Augen überprüfen an den seinen, ob alles verstanden worden ist. Andreas Bourani beweist unglaubliche Körperbeherrschung. Statt ausgelassen mit uns anderen zu lachen, kniet er sich vor seinen kleinen Besuch, sodass Amalia nicht länger ihren Hals verrenken muss. Das Gesagte nimmt er ernst. Mit gebührendem Abstand zu „seiner kleinen Prinzessin" lächelt er Amalia herzallerliebst und sehr charmant an: „Oh ja, da hast du vollkommen recht! Es ist eine gute Entscheidung, deinen Prinzen von der Mama überprüfen zu lassen!"

Eine Woge der Dankbarkeit steigt in mir auf. Ich kann nicht ausmachen, ob der Manager oder der Künstler über Amalias Lebenszustand Bescheid wissen. Ihr Benehmen meinem Schatz gegenüber ist grandios. Dieses Erlebnis wird auf ewig mein inneres Fotoalbum zieren.

„Unser Sänger" ist gegangen, um sich für seinen Auftritt vorzubereiten. Nun werden wir eingeladen, in den Konzertsaal zu gehen, um der gesamten Band beim Proben zu lauschen. Andreas Bourani sagt zu Amalia beim Abschied, dass er gleich „nur für sie singen würde". Diese liebevolle Szene, als er ihre Hand hält und vor ihr kniet, sendet mir zusätzliche Wärme in mein Herz, sodass sich Freudentränen in meinen Augen sammeln.

Treppen führen uns hinab. Amalia stockt, je näher wir unserem Ziel kommen. Ich spüre, wie ihre Hände anfangen zu nässen. Anspannung tritt an die Stelle der Losgelöstheit. Die Musik lässt die gesamte Umgebung vibrieren. Als uns die Tür zum Saal geöffnet wird und wir hineingehen, passiert alles so blitzartig, dass ich intuitiv und rasend schnell handeln muss. Amalia reißt sich von meiner Hand los, schmeißt sich auf den Boden und schreit aus Leibeskräften, während sie sich ihre Ohren zuhält. Augenblicklich schnappe ich meinen verzweifelten, erschrockenen, weinerden Schatz und renne, so schnell ich es vermag, aus dem Saal. Draußen angekommen setze ich mich mit ihr auf den Boden und halte sie fest umschlungen. Amalia drückt ihr Gesicht mitsamt ihrem Körper in mich hinein. Beruhigend streichele ich ihren Kopf und Rücken. Während mein Körper ihr Schutz und Trost bietet, resümiert mein Verstand das Erlebte und sendet das Ergebnis ungebeten in mein Bewusstsein: Verschlimmerung der auditiven und körperlichen Wahrnehmung! Ein weiterer, unheilvoller, uns schon bekannter Vorbote, der die Rückkehr zum Überlebenskampf signalisiert. Stark sein! Sei stärker! Lass dich nicht überrumpeln! Ich nehme wiederum alle Signale gefangen und sperre sie unverzüglich in mein Hochsicherheitsgefängnis, mit dem Befehl, dass es den Inhaftierten nicht gestatten ist, weiteren Kontakt zu mir aufzunehmen.

Amalia und ich werden verständnisvoll verabschiedet. Als Geschenk darf sie eine CD mit allen neuen Liedern mitnehmen. Bevor mein Schmetterling erschöpft im Auto einschläft, fließen noch Tränen der Trauer, weil „ihr" Andreas nun keine Möglichkeit hat, für sie zu singen.

Ich: „Schatz, hör mal! Nun singt er doch für dich!"

Unbemerkt setze ich die neue CD in Gang. Die Musik lässt Amalias Tränen stoppen. Gleichzeitig bildet sich ein kleines Schmunzeln um ihren Mund. Mit dieser Freude dürfen ihre Augen sich zur Ruhe legen.

Meine Rückfahrt sieht anders aus. Irgendjemand lenkt unser Fahrzeug konzentriert nach Hause. Synchron steigen Wut und Trauer in mir auf, weil diese verdammte „Kackwurst" meinem Kind die schönsten Momente stiehlt.

Ich will hier nicht mehr sein!

Amalia pausiert mit den Besuchen an ihrer Schule. Claus ist damit nicht so richtig einverstanden. Allerdings kann er sich meinen Argumenten und auch seinen eigenen Beobachtungen nicht widersetzen. Ich habe das Gefühl, dass Amalias Schulbesuch für ihn eine Behelfsstrategie ist, um an ihre Genesung zu glauben. Nun muss er eine neue Taktik entwickeln, um die Hoffnung aufrechtzuerhalten.

Langeweile gibt es in dieser schulfreien Zeit für Amalia allerdings nicht, denn ich bekomme unglaubliche Unterstützung von meinen „Hospiz-Mädels". Sie wechseln sich zu dritt, später zu viert ab. Jede von ihnen wird von Amalia kategorisiert. Da ist zum einen Annette, meine ehemalige Einsatzleiterin vom Hospizverein. Sie bekommt den Titel „Blumenfreundin", denn Annette beschenkt uns bei jedem Besuch mit bunten Schönheiten aus der Natur. Denise wird unterdessen zur „vornehmen Freundin". Sie strahlt eine ruhige, zurückhaltende und galante Präsenz aus. Sie taucht immer geschmackvoll gekleidet, wie einem Modekatalog entsprungen, bei uns auf. Was sehr zur Freude meiner Tochter beiträgt, denn Amalia legt sehr großen Wert auf Etikette. Vollständig ist das Helfertrio zunächst mit Gerda. Amalia hält sie als „lustige Zusatzoma" für ungemein liebenswert. Zu einer späteren Zeit kommt uns noch ein helfender Engel zur Hilfe: Rosi.

Amalia bezeichnet sie als meine „große Schwester", immer darauf bedacht, dass es mir wirklich gut geht. Diesen Frauen verdanke ich einen Teil meiner Kraft. Sie spenden uns ihre Zeit, Geduld, Fantasie und ihr Verständnis. Es gibt keine Bitte, die nicht von ihnen mit Freude und Hingabe erfüllt wird. Annette lässt sich fortwährend in Sachen Feengeschäft und Märchenwelt weiterbilden. Denise „entführt" meine kleine Fee zu zauberhaften Sightseeing-Touren im Schlosspark mit anschließenden Kaffeekränzchen. Komplettiert wird diese bunte Erlebniswelt durch Gerda, die, zum „Untertan" erkoren, alle selbstgestalteten Kostüme anziehen darf. Es kommt nicht selten vor, dass „Untertan Gerda", von allen bunten Tüchern und Decken umhüllt, die sich in Amalias Besitz befinden, dem restlichen Volk (mir) präsentiert wird. Gerda kann zudem königlich backen. Sie spendiert uns zahlreiche, mannigfaltige Genussreisen durch ihr Kuchen- und Plätzchenuniversum. Diese Frauen übernehmen extrem wichtige Dinge, die ich meinem Kind immer seltener unbeschwert schenken kann. Sie spielen, malen, basteln, singen, lesen Geschichten vor und tanzen mit ausgelassener Freude und Leichtigkeit, bis Amalia zufrieden und erschöpft das Land der Träume aufsucht. Einen weiteren, für mich überlebenswichtigen Service schenken mir die „Drei Musketierinnen" zu jeder Zeit: ein offenes Ohr. Alles kann ich ihnen anvertrauen, ohne nur den Hauch von „persönlicher Einschätzung der Lage" spüren oder hören zu müssen. Völlig wertfrei geben sie sich meinen Worten hin und beschenken mich mit aufrichtiger Anteilnahme und Zuneigung.

Durch meine schlaflosen Nächte habe ich viel Zeit, um nachzudenken und zu lesen, was nicht selten in Grübelei ausartet. Meine gegenwärtige spirituelle Entwicklung findet zudem durch bedrucktes Papier statt. So denke ich zumindest. Denn ich lese viele Bücher über die Entwicklung unserer Seele, über die Liebe, über das Inkarnieren, über Lebenspläne, über das sogenannte Schicksal. Kreuz und quer bewege ich mich über den spirituellen Bücherhimmel. In vielem erkenne ich Parallelen. In einigem finde ich mögliche Erklärungen dafür, was hier mit meinen Lieben und mir passiert. Teilweise verwirren mich einige Texte. Andere wiederum erstaunen mich oder lassen Wut und Unverständnis aufkommen. Es gibt auch Bücher, deren Inhalt sich mir, selbst nach diszipliniertem, wiederholtem Lesen, nicht erschließen will. Solche „Papierhaufen" wandern unverstanden ins Nirwana meiner Bücherregale. Und ja, natürlich gibt es geniale Bücher, die mich mit ihrem Inhalt amüsieren, sodass kurzzeitig das eine oder andere Lachen über meine Grübelei siegt.

Heute würde ich sagen, ich erkannte den Wald vor lauter Bäumen nicht. Ich suchte im Bücherdschungel der Theorie nach Antworten, dabei befand ich mich praktisch auf dem „seelischen Entwicklungsschleudersitz für Fortgeschrittene".

Ich denke, wenn Menschen sich in so einer Lebenssituation wiederfinden, kommt unweigerlich die Frage nach dem Warum auf. Leider hält unser Leben nicht sofortige Antworten bereit. Mein Herz und mein Verstand flehen geradezu nach einer Antwort, mit der das Warum, das Wofür, gefolgt vom Für wen erklärt wird, damit ich alles besser verstehen und ertragen können würde.

Eines nachts, als die Zeit mit meiner Grübelei im Nichts verschwindet und ich gehetzt von inneren Bildern hin- und herlaufe, ergreift mich eine monströse Panik. Claus schläft. Es ist zu spät – oder zu früh – um telefonieren zu können. Mit wem nur soll ich mich austauschen? Wer hört mir jetzt zu? Tränen flüchten aus dem Sperrgebiet ins Freie. Trotz ihrer Flucht lässt mich die Vision des eventuellen „Hergebens meiner Tochter" zusammenfallen. Kauernd, weinend und buchstäblich auf dem Boden angekommen, automatisieren sich meine Hände. Zärtlich und zögernd schließt sich die linke an die rechte Hand: „Bitte, bitte, lieber Gott, hol mich hier raus! Hol uns hier raus! Hilf mir! Bitte!"

Mein Körper schüttelt krampfhaft jede Träne hinaus, die er zu diesem Zeitpunkt erwischen kann. Dann passiert es: Ich kauere noch immer auf dem Fußboden vor meinen Bücherregalen. Ganz langsam hieve ich mich hoch. Wenigstens sitze ich nun. Meine Augen finden keine Tränen mehr, die sie hätten rausschmeißen können. Dafür tropft nun meine Nase. Zu schwach und unmotiviert, aufzustehen, greife ich intuitiv ins Regal über mir. Da muss irgendwo eine Box mit Kosmetiktüchern stehen. Als ich diese blind hangelnd nicht erwischen kann, drehe ich mich ungelenk um. Mein Blick wird magisch von einer Reihe schwerer, großer Bücher mit blauem Einband angezogen. Die Bücher starren mich an und ich starre zurück. Unfähig, mich aus dem entstandenen Magnetfeld zu lösen, hole ich eines dieser Bücher zu mir. „Rückführungen nach Newton" steht auf dem Einband. Dieses Buch habe ich vor Jahren gelesen. Es hat mich fasziniert, wie der amerikanische Therapeut anhand von Rückführungen seinen Klienten helfen konnte. Er hat es sogar geschafft, durch „Zufall" eine Methode zu entwickeln, in denen er Menschen soweit zurückgeführt hat, dass diese zwischen ihren Leben gelandet sind. Sofort weiß ich, was zu tun ist! Mein Herz beantwortet die stumme Entscheidung zustimmend nickend mit aufgeregtem Auf- und Abhüpfen. Mein Resümee des gerade Geschehenen lässt in mir staunende und verdutzte Dankbarkeit, die sich richtig gut anfühlt, aufkommen.

Unser „Untertan Gerda" schlüpft aus ihrer Designertücher-Garderobe, die ihr „Ihre Königliche Hoheit Amalia" verpasst hat. Bevor sie geht, bemerkt sie: „Amalia grübelt über irgendetwas nach. Heute war sie nicht so ganz bei der Sache, dass konnte ich spüren."

Diese Worte veranlassen mich, nach dem die Tür ins Schloss fiel, sofort in Amalias Reich zu stürmen.

Ich: „Hallo mein Schatz, na? Was macht die Königliche Gesellschaft?"

Gerda hat Recht!

Amalia sitzt gedankenverloren inmitten ihrer Puppen und starrt vor sich hin. Ihr Gesichtsausdruck verrät mir, dass es da wirklich ein Thema gibt!

Amalia: „Mama? Ich möchte hier nicht mehr sein!"

Oh Gott! Was ist hier los? Sogleich zieht in meinem Herzen schlechtes Wetter auf. Ich hocke mich auf Amalias Spielteppich, ganz nah an sie heran, um sie schützend zu umarmen.

Ich: „Wie meinst du das, du möchtest hier nicht mehr sein?"

Amalia: „Ich möchte hier nicht mehr wohnen!"

Eine Katja in mir ist immens erleichtert, dass sich das Nicht-mehr-hier-sein-Wollen auf die Wohnung bezieht. Die andere Katja ist überhaupt nicht überrascht, was schon merkwürdig genug ist! Und eine ganz kleine Katja ist völlig perplex.

Vergewissernd frage ich noch einmal nach: „Schatz, ich bin ein bisschen verwirrt. Wir wohnen hier doch super schön. Du hast ein riesiges, schönes Zimmer. Wir haben einen Garten. Die ganze untere Etage gehört uns. Wir wohnen mitten im Grünen. Wieso kommt das jetzt so plötzlich?"

Amalia: „Mama, das ist nicht plötzlich! Ich weiß das schon länger!"

Ich: „Wie, du weißt das schon länger? Du hast mir immer den Eindruck vermittelt, dass du dich hier sehr wohl fühlst!"

Amalia: „Ich konnte es dir nicht sagen. Ich möchte hier nur nicht mehr sein!"

Ich: „Okay. Kannst du mir sagen, was du dir so vorstellst? Wo oder wie du wohnen möchtest?"

Amalia, von freudigem Eifer gepackt: „Jaaaaa, Mama! Ich weiß, wo! Ich weiß, wie es aussehen soll!"

Am Abend berichte ich Claus von Amalias Umzugswunsch. Er zeigt sich erst einmal überrascht, bevor die Überforderung übernimmt. Anerkennendes Mitgefühl kommt in mir auf, denn er ackert Tag für Tag, ist höchstwahrscheinlich neben seiner Arbeit und den Ansprüchen seiner Patienten und Mitarbeiter mit dem Lebenszustand unserer Tochter und Familie stumm beschäftigt. Und nun auch noch ein Umzug ins Ungewisse? Er sagt, er hält Amalias Wunsch für eine momentane Laune. Mein Innerstes sagt mir jedoch, dass es mit einer Laune nicht das Geringste zu tun hat. Amalia wusste schon sehr früh, was sie will und was ihr guttut. Sie vermag seit jeher, sich schnell zu entscheiden. Sie ist immer und zu jeder Zeit innerlich KLAR. Es gibt bei ihr nie ein „Rumgeeiere". Amalias für uns und andere Menschen oftmals ungewohnten Aussagen und seltsam scheinendem Benehmen liegen im Nachhinein immer klare, manchmal sogar tiefere Bedeutungen bei. Sie hat einen Vorteil: ein Wissen von einer anderen Warte aus. Woher diese Erkenntnisse kommen, darüber habe ich nur einen Hauch geringster Ahnung. Ich beschließe nun, zum Thema Umzug ein paar Tage zu warten.

Viel Zeit lasse ich Claus nicht, denn ich komme zu folgenden Einsichten: Amalia besitzt jedes Recht, ihre Tage dort zu verbringen, wo sie sein will. Meine Erfahrungen aus den letzten Monaten und Jahren kreuzen sich in einem Punkt der Erkenntnis: In meinen Augen sollte jeder Erdbewohner alles Mögliche in Bewegung setzen können und alle Mittel zur Verfügung stehen haben, sodass alle Menschen, die zwischen Leben und Tod balancieren, das Privileg besitzen, sich alles zu wünschen. Gekrönt sollte dies sein von einem einbetonierten Wissen, dass jeder Wunsch erfüllt wird! Anders formuliert: Jedem, der einen Sterbenden begleitet sowie dem Sterbenden selbst sollte der Hintern nachgetragen werden! Dazu sollten zum Beispiel gehören: die Art, wie wir miteinander umgehen, materielle Dinge, die das Leben verschönern und erleichtern, kurze oder keine Bürokratie, keine demutvollen Betteleien, Rechnereien und

Recherchen nach günstigen Preisen zum Pflegebedarf. Unzählige Wichtigkeiten fallen mir ein. Ein Konzept der Leichtigkeit sollte, meines Herzens nach, nicht nur für den „sterbenden Bereich" gelten! Das Wünschen allein reicht nicht aus! Ein Jeder sollte diesem Konzept eine Chance geben, es danach in sein Leben integrieren und bis zur Perfektion verwirklichen. Aber vor allem müssen sich die Menschen in Führungspositionen ändern! Ihre Gesetze und ihr Glaube an die Anhäufung von „bemaltem Papier" verhindern eine wahrhaft menschliche Gesellschaft.

Claus beantwortet meine Argumente mit der Teilnahme an unserer akribischen Suche nach einem neuen Zuhause für Amalia.

Amalia: „Dort gibt es viel Grün. Und hügelig ist es auch. Viele Häuser stehen da auch nicht rum. Einen riesigen Garten mit Wasser zum Spielen. Mein Zimmer ist heller und größer."

Das sind unter anderen ihre Angaben zum neuen Heim. Fest entschlossen, ihren Wunsch in die Tat umzusetzen, würde ich auch mit einem Schuhkarton vorliebnehmen. Eines weiß ich schon jetzt, dies wird eine ungewöhnliche und spannende Suche werden.

Mehrere Wochen lang besichtigen wir die unterschiedlichsten Häuser. Häufig vermittelt mir Amalia den Eindruck, dass der besichtigte Platz nicht der „richtige" ist. Nach einigen Führungen beobachte ich ein Muster in ihrem Verhalten. Es ist deutlich spürbar, dass sie eine detailgenaue Vorstellung davon besitzt, wie unsere Familienhochburg auszusehen hat. Nach einiger Zeit vereinbaren wir zwei Besichtigungstermine in ein und demselben Ort an einem Samstag. Irgendwie duftet die Luft am Morgen dieses Tages nach rätselhafter Entscheidung. Amalia ist in Hochform. Fröhlich mampft sie ihr Frühstück in sich hinein. Sie kann es bis zum ersten Termin gar nicht abwarten.

Das erste Haus ist zu klein. Es ist perfekt für zwei Menschen gebaut. Auf zum nächsten. Schon als unser Auto den Zielpunkt anrollt und ich den Mann am Eingang sehe, überfällt mich ein nicht analysierbares Gefühl. Auf mich wirkt der Mann künstlich ausstaffiert. Schwarzbraune Haare mit passender Bräunung, gestylte Augenbrauen, ausgesuchte, legere Bekleidung und teure Schuhe werden mit einem Verkäuferlächeln präsentiert. Nachdem unsere Hände sich begrüßt haben, bleibt mein innerer Kompass bei „nicht vertrauenswürdig" stehen. Seine Ausdrucksweise und sein Benehmen sind genauso geschliffen wie sein Äußeres. Die Tür des Bungalows wird von ihm mit einem Werbeslogan nach dem anderen geöffnet. Begleitet wird die Show von schimmeligem, feuchtem Mief im Inneren des Hauses. „Ein bisschen Geld müssen Sie schon investieren, aber dies lohnt sich bei so einem hochwertigen Objekt", vernehme ich aus seinem Mund. Wie bitte? Bin ich alleine hier auf einer „Insel der Fassungslosigkeit" gestrandet? Ein Blick zu Opa genügt, um zu wissen, dass er den Strand dieser Insel bald erreicht hat. Mein Vater, gelernter Handwerker und Restaurateur, bekommt Sehschwierigkeiten, weil seine Stirn sich darauf konzentriert, pro erkanntem Mangel eine Falte zu bilden.

Amalia zieht mit ihrem Papa durch den Garten. Kurz gehe ich zu unserer Immobilienexpertin, um festzustellen, ob es sich lohnt, ins Detail zu gehen. Amalia beantwortet die Frage wieder mit denselben Worten: „Hier ist es nicht richtig." Gott sei Dank!

Der Makler kommt auf mich zu: „Na, wie gefällt Ihnen das Anwesen?"

Ich: „Das ist nichts für uns! Zu viele Mängel, die der Überholung bedürfen! Dafür ist der Bau zu teuer!"

Der Mann beginnt, mich mit Argumenten zu überhäufen. Zeitdruck und steigendes Unbehagen zerwühlen meinen Kopf. Ich falle ihm ins Wort. Mit abwehrenden Händen und bohrendem Blick fixiere ich den Mann.

Ich: „Hören Sie, ich habe keine Zeit für weitere Argumente, die mit dem, was ich hier wahrnehme, nicht übereinstimmen. Wir suchen ein bestimmtes Objekt, das ausschließlich meiner Tochter gefallen muss. Dieses hier ist es nicht! Außerdem muss das Haus bezugsfertig sein!"

Verdutzt fehlen ihm, für den Bruchteil einer Sekunde, die Worte.

Der Makler, um professionelle, gläubige Fassung bemüht: „Ihre Tochter sucht das Haus aus?" Seinen Blick in diesem Moment interpretiere ich als „Die haben nicht mehr alle Latten am Zaun!" Um dies unangenehme Theater zu beenden, beschließe ich unbarmherzig, ihm die Wahrheit um seine Ohren zu hauen. Mit ausgestrecktem Arm zeigte ich in Amalias Richtung, die genügend Abstand zu uns hat, sodass sie diesen Gesprächsinhalt nicht mit anhören muss.

Ich: „Sehen sie dieses kleine Mädchen?"

Makler nickt und schaut verunsichert: „Ja."

Ich: „Sie hat einen der bösartigsten Gehirntumore. Wir haben keine Zeit und keine Nerven, Immobilienmaklerspiele zu spielen! Ich sage Ihnen, was bei uns möglich ist und sie sagen mir, was sie können!"

Bumm! Zwischen unseren Blicken ist kein Platz mehr.

Gedanklich schiebe ich ihm ein „Ja es gibt sie wirklich, die ANDEREN, die alles für ihre Lieben geben!" hinterher.

Makler: „Okay, packen wir ein. Ich habe noch andere Möglichkeiten!"

Am zweiten Haus, das er uns präsentiert, werden wir Zeuge von Amalias blitzschneller Entschlossenheit. Dies will sie gar nicht erst betreten.

Makler, nachdenklich sinnierend: „Tja, das war unser Angebot für diesen Ort. Allerdings...", er macht eine Pause, „habe ich noch ein Objekt, das vielleicht genau auf Sie zugeschnitten ist. Es liegt nur weiter in die Eifel hinein. Außerdem ist es noch nicht fertig. Wir restaurieren es gerade. Normalerweise wollte ich es erst zeigen, wenn es fertig ist."

Ich schaue in die Runde. Alles sind dafür, es sich wenigstens anzusehen. Opa, Amalia, Claus und ich folgen dem schicken, schwarzen Mercedes kreuz und quer durch die Eifel. Durch die vielen Kurven und kleinen Orte verliere ich zunehmend die Orientierung. Claus, der am Steuer sitzt, gluckst ab und an ein „Ja, kenn ich. Wieso jetzt hier lang?" heraus. Ich beschließe, seine Bemerkungen nicht weiter zu hinterfragen.

Geparkt wird mitten in einem winzigen Ort, der mir irgendwie bekannt vorkommt. Wir steuern auf ein altes Mehrfamilienhaus zu, das ein riesiges Tor zum Innengrundstück hat. Rechts neben dem Tor steht ein Stall im Fachwerkstil. Es sieht riesig aus. Meine Augen unterhalten sich mit meinem Gehirn.

Augen: „Zwei Stockwerke. Ein Hauseingang. Alles verdreckt und sehr alt. Haus liegt direkt an der Straße. Keinen Vorgarten."

Gehirn: „Viel zu groß! Nein, das wird es nicht sein. Fachwerk und Sandstein im Bruchbudenstil halten meine Nerven nicht aus!"

Unsere Gruppe bleibt kurz vor dem Gerüst zum Gebäude stehen.

Murmelnd flüstere ich zu Claus: „Was für eine riesige Bruchbude, auch noch mitten in der Pampa! Ich habe keine Ahnung, wo wir hier gelandet sind!"

Claus: „Das kannst du laut sagen! Aber du kennst den Ort! Wir sind hier früher immer mit dem Fahrrad durchgefahren!"

Der Makler bittet uns, ihn durch das Tor zu begleiten. Und da passiert es!

Amalia: „Jaaaa Mama, hier ist es richtig!"

Augen: „Auf der Stelle hüpfende Amalia. Triumphierend durchgestreckter Arm Richtung Garten."

Gehirn: „Oh nein, der Schuhkarton wäre mir lieber! Ich benötige weitere stichhaltige Beweise, um das Bild richtig übersetzten zu können!"

Ohren schalten sich ein: „Mama, das ist es! Hier ist es richtig! Das Haus kaufen wir!"

Mein inneres Übersetzungsprogramm arbeitet, doch meine Beine sind gelähmt. Sie wollen keinen Schritt weiter in dieses Grauen, bestehend aus uraltem Baumaterialienmix, hineingehen.

Opa: „Na das hat mal Charme!"

Das hat es, aber ausschließlich zum Betrachten von außen, wenn man im Auto sitzt und schnell vorbeifährt!, denke ich.

Wo ist mein Mut geblieben, mein Versprechen, dass, egal was kommt, Amalia entscheiden kann? Jetzt, wo es soweit ist und ich die Entscheidung meiner Tochter nicht nachvollziehen kann, sogar einhundertprozentig ablehne, schlottern mir nicht nur die Knie. Der Gedanke, „Ja" zu dem Haus zu sagen, lässt Übelkeit und Unbehagen in mir aufsteigen. Diese Gefühle sind jedoch zu der Vorstellung, das Versprechen an Amalia zu brechen, geradezu lächerlich. Unterbrochen werde ich von dem Griff einer kleinen Hand, die mich weiter durch das Tor zieht.

Amalia: „Schau mal, Mama, wie bezaubernd es hier ist"!

Augen: „Unglaublich großes Grundstück. Nicht einsehbar von den Nachbarn. Schöne Bäume. Ein kleiner Bach in der Mitte des Gartens. Freier Blick ins Grüne. Weitere Fachwerk-Nebengebäude."

Ohren: „Vogelgezwitscher, Wind und...?"

Gehirn: „...STILLE! Romantisches Wohnen erdenklich. Uneingeschränktes Spielen im Garten. Blühende Variationen möglich. Und, und, und!"

Amalia ist nicht zu bändigen. Der Makler lädt uns ins Innere des grauenhaften Gebäudes ein. Von innen sieht es noch schlimmer aus als von außen. Dunkel runtergewohntes Ambiente würde nicht annähernd das zerstörte Vorhandene beschreiben.

Makler: „Wir restaurieren ALLES! Es wird bezugsfertig sein. Aus diesem Zweifamilienhaus konstruieren wir eins. Neue Böden, neue

Heizung, neues Bad und vieles mehr. Wenn Sie sich für dieses Objekt entscheiden, haben Sie die Möglichkeit, jetzt noch mitzubestimmen. Zurzeit reißen wir das ganze alte Zeug noch raus!"

Meine Fantasie nimmt das Beschriebene auf und setzt es in Bilder um. Ich besitze die Gabe eines sehr guten räumlichen Vorstellungsvermögens, das nun, Gott sei Dank, im richtigen Moment zu mir zurückfindet. Die Führung neigt sich dem Ende. Amalia hat jedem Raum bereits seine Funktion zugeteilt. Sie vermittelt mir das Gefühl, schon hier zu wohnen. Auf dem Weg nach draußen vergewissere ich mich gefühlte tausend Mal bei Amalia, ob das hier ihr Familien-schloss sein soll. Felsenfeste Glückseligkeit antwortet mir auf jede der tausend Fragen. Opa hat recht! Unserer angeschlagenen Familie, zusammen mit diesem Mini-Bruchbuden-Bauernhof, einen Neuanfang zu gönnen, das besitzt wirklich extravaganten Charme, den Claus und ich mit einem „Nein" nicht kaputtmachen wollen.

Rückkehr

Die Eingebung, die ich zusammengesunken vor unserem Bücherregal eines Nachts erhalten habe, nach einer Antwort in einer Rückführungszeremonie zu suchen, ist fest in mir verankert. In meiner freien Zeit gönne ich mir immer wieder einen Blick in das Buch, das mir den Impuls zum Trost gegeben hat.

Alles läuft wie bestellt. Nach einer sehr kurzen Recherche finde ich eine Rückführungstherapeutin, die nach der Newton-Methode ausgebildet ist und damit arbeitet. Als Sahnehäubchen gibt es den Standort dieser Frau obendrauf. Sie wohnt und praktiziert im Bergischen, also nicht weit von unserem Wohnort entfernt. Ich nehme sofort telefonisch Kontakt zu ihr auf. Die Stimme eines Menschen sowie die Wahl seiner Worte im Einklang mit Sprechrhythmus und Lautstärke sind wichtig für mich. Dies alles vermittelt mir, ob es zwischen uns eine Sympathie gibt. Auf ihrem Anrufbeantworter hinterlasse ich eine

Nachricht mit der Bitte um Rückmeldung. Es dauert nicht lange, bis ich zurückgerufen werde.

Ich: „Ich interessiere mich für Ihr „großes Angebot", welches die zwei Rückführungssitzungen und eine Rückführung zwischen die Inkarnationen beinhaltet. Wie kann ich mir dies in der Praxis vorstellen?"

Rückführungstherapeutin: „Wir vereinbaren alle drei Termine. Die Sitzungen dauern unterschiedlich lange. Ich werde Sie vor dem Beginn noch einmal ganz genau Schritt für Schritt abholen. Nach unserem Gespräch sende ich Ihnen weitere detaillierte Informationen zu sowie eine freie Terminliste, in der Sie Ihre drei Wunschdaten eintragen können."

Sie nimmt sich in aller Ruhe Zeit für meine Fragen. Eine sehr angenehme, ruhige, wohlklingende Stimme besitzt sie ebenfalls, sodass ich mir sehr schnell vorstellen kann, mit ihr diesen intimen Schritt zu wagen. Alle diese Eindrücke werden von ihrem Foto komplettiert, das ich während des Telefonats auf ihrer Internetseite betrachte. Es zeigt eine Frau, deren Alter ich schwer schätzen kann, mit einem ebenmäßigen, schönen Gesicht und vertrauenswürdigen Augen.

Wie versprochen bekomme ich eine Reihe von Unterlagen via E-Mail zugesandt. Darunter Informationen zur Arbeitsweise und Vorbereitung, eine Preisliste, ein Blatt, auf dem ich kurze, prägnante Fragen, die ich in meinen Rückführungssitzungen anzusprechen wünsche, notieren kann und eine Kalenderliste mit noch freien Tagen, aus denen ich mir meine drei Termine aussuchen darf.

An diesem Abend gibt es für mich, neben dem täglichen „Amalia-Bericht" an meinen Mann, nur ein Gesprächsthema. Der Drang, alles mit ihm zu besprechen und ihn nach seiner Meinung zu fragen, ist in meinem Inneren sehr einnehmend. Nach meinen Schilderungen über meinen Wunsch, eine Rückführung zu zelebrieren, frage ich Claus, was er davon hält.

Claus: „Wenn du das Gefühl hast, dass dir so etwas weiterhilft, dann mach es!"

Nach seiner „Segnung" schnappe ich mir sogleich meinen Laptop und buche drei Termine bei „meiner" Rückführungstherapeutin! Die ersten beiden Termine lege ich auf aufeinanderfolgende Tage. Die Therapeutin erwähnte bei unserem Telefonat, dass ich mir für die Momente nach der Rückführung Zeit einräumen soll, um das Ganze wirken zu lassen. Diese Information bringt meinen lieben Claus dazu, mir vorzuschlagen, dass ich mir eine Übernachtungsmöglichkeit vor Ort suchen könnte, um für mich zu sein. Allein, dass er diesen Vorschlag einbringt, macht mich zu einer beträchtlich beschenkten Ehefrau, denn mein Präsent beinhaltet eine große und zusätzliche Herausforderung für ihn: die Betreuung unserer Tochter zu übernehmen, eine Koordination der Arbeit für seine Praxis zu finden und zu organisieren plus seinen „Ausfall" finanziell abzudecken. Claus leistet mir bei meinen Vorbereitungen Gesellschaft. Er schaut mit mir die Liste der Hotelangebote durch. An diesem Abend bringe ich mein Projekt „Rückführung" mit allem Drum und Dran zum organisatorischen Abschluss.

Nachdem sich meine Aufregung gelegt hat, kuschle ich mich an meinen Claus. Schweigend sinnieren wir vor uns hin. Meine Sinne beschäftigen sich mit seiner Großzügigkeit.

Ich: „Claus? Ich bin dir sehr dankbar, dass du mir diese Chance einräumst und ermöglichst!"

Unterstrichen werden diese Worte mit einem innigen Kuss und einer liebenden Umarmung. Meine Tränen der Freude und der Dankbarkeit kann ich in diesem zauberhaften Moment der Nähe nicht zurückhalten.

Wochen vergehen. Die Theorie ist abgeschlossen. Nun sitze ich mit einem vollgestopften Kopf im Auto. In mir schwankt es fließend von Aufregung zu Coolness und zurück. Immer dann, wenn es mir zu viel wird, schiebt mein Herz liebliche Bilder von Amalia und Claus dazwischen. Es zeigt die beiden bei unserem Abschied: Claus hockt auf dem Boden neben Amalia und beißt ihr immer wieder ins Ohr, während er gleichzeitig „Huiiii, ich bin jetzt mit dir alleine" hineinraunt. Amalia kitzelt das Ganze so sehr, dass sie keinen verständlichen Laut mehr aus sich herausbringen kann. Beide machen mir meinen Aufbruch so leicht, dass mir nichts auf dieser Welt ein schlechtes Gewissen einhauchen kann. Ein weiteres, grandioses Geschenk!

Glitzernder Schnee, strahlend blauer Himmel, dazu eine wärmende Sonne sind Teil meiner Kulisse am Zielort. Pünktlich auf die Sekunde drücke ich in einer körperlichen Phase der Coolness den Klingelknopf. Geöffnet wird mir von einer Frau, deren Gesicht ich wiedererkenne. Das Original sieht genauso aus wie das Foto auf ihrer Internetseite. Doch womit ich nicht gerechnet habe: mit ihrer Größe. Ich bin zirka 1,68 m groß. Um meine freundliche Gastgeberin anschauen zu können, muss ich meinen Kopf ganz schön in den Nacken legen! Das lebende Gesamtbild dieser Frau lässt sich als geheimnisvoll beschreiben. Sie hat eine sehr schlanke Gestalt und bewegt sich bedächtig und mit eleganten, höflichen Gesten durch ihre Räumlichkeiten. Mein „Austragungsort" könnte nicht besser eingerichtet sein: ein Traum in Weiß! Alle Möbel sind zu einem geschmackvollen, hellen und einladend-gemütlichen Ambiente zusammengefügt. Bei einem Glas Wasser werde ich auf meine bevorstehende Sitzung eingestimmt. Ein bisschen erinnert sie mich nun an Flugbegleiterinnen im Flugzeug, die mir nun in Gedanken ihre Flugsicherheits-Show für den seelischen Trip in die Vergangenheit darbieten:

Sicherheitshinweis für die geübte Seele: „Erwarten Sie nicht, dass Sie direkt bei den ersten Versuchen abheben. Um seelisch fliegen zu können, bedarf es mehrerer vorab geleisteter Flugstunden. Wenn Sie diese bereits verbuchen können, dürfen Sie direkt abheben. Folgen Sie dem bekannten Weg, achten Sie dabei auf Ihr persönliches Flugpersonal. Der Sticker „Seelenführer" prangt direkt an der imaginären Brust

Ihres Begleiters. Dieser wird sich individuell während des Fluges – unmöglich, vorab zu sagen, wann es soweit ist – bei Ihnen melden. Da Sie ein geübter Passagier sind, kennen Sie diese Auflagen bereits und sollten im Falle einer Eventualität nicht nervös werden. Bitte verlassen Sie niemals die vorgegebene Flugroute! Sollten fragwürdige Energien ihre Koordinaten stören, so bleiben Sie gelassen und folgen Sie weiter den Anweisungen ihres Seelenflug-Personals. Wir wünschen Ihnen einen äußerst angenehmen und vor allem seelenruhigen Flug!"

Sicherheitshinweis für alle Anfänger: „Oh weh! Nun vergessen Sie mal, was Sie bis jetzt alles gelesen, gehört, fantasiert oder geträumt und in Ihrer inneren Bibliothek als Fastwissen abgespeichert haben! Alles Theorie! Bitte schnallen Sie sich an. Unbedingt darauf achten, dass sich keines Ihrer äußerlichen und innerlichen Körperteile verspannt. Atmen Sie und bleiben Sie unbedingt aufmerksam, auch wenn Sie das Kabinenprogramm langweilen sollte! Turbulenzen können schlagartig auftreten. Zum Beispiel bei unmittelbarem Wechsel des Seelenkinoprogamms von FSK 0 auf FSK 18. Die Vorlage Ihres Personalausweises ist nicht erforderlich, da Ihre Seelen-Datenbank einer göttlichen Automatisierung und Programmierung unterworfen ist. Falls Ihr persönlicher Kabinendruck bei so einem Erlebnis abfällt, verlassen Sie zu keiner Zeit Ihren Sitzplatz! Wir empfehlen die Extraportion Adrenalin schnellstmöglich zu veratmen. Sobald Sie Ihre imaginären Einzelteile vollständig zusammengefügt haben, kehren Sie umgehend zur Seelenruhe zurück. Für Sie haben wir die besten Flugbegleiter engagiert. Sie sind ausnahmslos göttlich getestet, kostenlos und unbedingt vertrauenswürdig."

Die Wahrheit sieht folgendermaßen aus: Meine Rückführungstherapeutin überrascht mich mit folgender Aussage: „Da Sie noch keinerlei Erfahrungen besitzen, kann es sein, dass es nicht funktioniert. Die Menschen, deren aufgezeichnete Erinnerungen Sie aus den Büchern, die Sie gelesen haben, kennen, besitzen Übung darin, weil sie schon mehrere Rückführungen absolviert haben. Sie sind darin geschult, ihren Geist zu entspannen, loszulassen und sie können diesen in die Führung ihres Geistführers und Höheren Selbst übergeben. Bitte geben Sie Ihre Erwartungen auf und wir werden sehen, wie weit wir gemeinsam kommen. Versprechungen an dieser Stelle wären mehr als unseriös."

Es wäre gelogen, wenn ich behaupten würde, dass ich keinerlei Erwartungen habe! Aber im Loslassen bin ich eine Meisterin, zumindest bei anderen Dingen, die das Leben betrifft. Nun ist für mich ein neuer Lernmoment gekommen. Durch diesen Impuls setze ich meine Erwartungen auf eine weiterziehende Wolke und nehme stattdessen den Bus der Hoffnung. Ganz tief in mir weiß jemand, dass ich mich erinnern würde! Meine Rückführungstherapeutin bereitet mir einen himmlischen Liegeplatz. Ganz nah an meinem Lager steht ein Aufnahmegerät. Nach den Terminen würde ich alles abgespeichert mitnehmen dürfen.

In tiefer Trance darf ich das vollständige Programm wahrnehmen. Ich nehme Gerüche wahr. Ich sehe die passenden Bilder wie einen inneren Film, wie eine intensive Erinnerung. Das satteste Geschenk sind die Gefühle, die ich erneut erleben darf. Ich bin ein Zuschauer im mehrdimensionalen Eigenkino.

In der ersten Sitzung sehe ich unendlich viele Türen, die für einzelne Leben stehen. Zählen kann ich diese nicht. Ich bin sehr erstaunt, aber kein bisschen überrascht. Die präzisen Anleitungen meiner Therapeutin kommen, als ich bereits einen superenergetischen „Flugbegleiter" bei mir habe. Ich muss weinen, als ich diese Präsenz wahrnehme. Danach ein weiteres Geschenk: Ich kenne sofort meinen „himmlischen Namen". Mit diesem werde ich ab sofort „angesprochen" und durch mein Programm geführt. Hinter meiner „Wahltüre" finde ich mich in dem Körper eines jungen Mannes in Uniform wieder. Mein linker Reitstiefel bringt mich fast um. Er drückt so gegen meinen „dicken Onkel", dass ich nicht ruhig stehen kann. Außerdem zwickt mich mein

Stehkragen. Ich nehme wahr, dass mich die Damen in diesem „Tanzsaal" mit aufmunterndem Lächeln ansehen. Sie sind alle pompös gekleidet. Meine Körpergröße liegt über dem Durchschnitt der männlichen Anwesenden. Alle sehen zu mir herauf. Ich spüre unendliche Nervosität. Mein Blick versucht, nur die EINE Dame zu finden, die versteckt hinter einer Reihe sich unterhaltender Menschen auf einem hochverzierten Stuhl sitzt. Ich bin verliebt. Nun kämpfe ich mich durch den Dschungel von Damenaugen, die alle darauf warten, von mir zum Tanz aufgefordert zu werden. Meine Nervosität ist so groß, dass ich mich an meinem links sitzenden Säbel festhalte. Ich bin ein gutaussehender, riesiger Mann, der obendrein unglaublich schüchtern ist. Meine Angebetete ist zierlich, klein und blond. Sie trägt ein hellblaues Ballkleid. Ein Gesicht kann ich noch nicht erkennen. Dies finde ich (Katja) merkwürdig und es macht mich sehr nervös. Meine Therapeutin beruhigt mich. Die nächste Sequenz zeigt, dass ich mit der Dame tanze. Die Flugzeuge in meinem Bauch lassen mich abheben. So viel Liebe! Noch immer ist kein Wiedererkennen da. Wer ist diese Frau, dieses Mädchen?

Ich werde weitergeführt zu einem sehr viel späteren Zeitpunkt in diesem Leben. Es schmerzt. Dieses liebliche Geschöpf liegt schwerstkrank auf einem Bett und blutet aus Nase und Mund. Ich weiß, dass wir einen elfjährigen Sohn hatten, der kurze Zeit vor dem Ausbruch ihrer Krankheit gestorben ist, eben an derselben. Ich pflege sie bis zum Schluss. Ich erinnere mich an unser gemeinsames Leben: Meine Frau verrichtete Armendienst. Wir waren beide von Geburt aus reich, heirateten gegen den Willen ihrer Eltern. Wir lebten in England. Ich verbrachte meine Zeit damit, meinen Einfluss zu nutzen, um für die arme Bevölkerung zu kämpfen. Es ist die Zeit, in der die Industrialisierung ihren Anfang nimmt. Ich kämpfte mit dem gesprochenen und geschriebenen Wort für die Arbeiter, die unter erbärmlichen Bedingungen lebten. Meine Frau hielt zu mir, sodass wir Ausgestoßene der oberen Gesellschaft wurden. Wir lebten auf dem Land. Sie ging zu den Frauen und Kindern nach Hause, um bei Krankheit und weiteren Schwierigkeiten zu helfen. Ich ging zu den Lords in ihre Clubs, bis ich verwiesen und weggejagt wurde.

Ich sehe mich nun als einen zirka 54-jährigen Mann allein in einem Cottage wohnen. Schreiben ist meine Leidenschaft. In dem Raum, in dem ich meiner Leidenschaft nachgehe, liegt wirklich überall Papier herum – beschriebenes. Und wahnsinnig viele Bücher ebenfalls. Ich besitze ein Reitpferd und einen kleinen Hund. Ab und an kommt eine Haushälterin, um nach dem Rechten zu sehen. Am Tage meines Todes sehe ich mich wie folgt: Ich trage Reithosen und eine Art Wollpullover mit einer Weste. Dazu passende, wenn auch alte, Reitstiefel. Jerry heißt mein edles, braunes Pferd. Es ist ein kühler, sonniger Frühlingsmorgen. Mein Herz ist an diesem Morgen nicht so schwer wie sonst. Ich spüre gute Laune und die Vorfreude auf den ersten Frühlingsritt. Die Sonne scheint und die Wiesen glitzern vom Morgentau. Schwungvoll springe ich auf. Jerry setzt sich sofort in Bewegung. Übermütig lasse ich ihn durch den Wald sausen. Nach einer Zeit bemerke ich Stiche in meiner Brust. Diese nehmen unerträglich zu. Ich sehe in einer ausschweifenden Linkskurve, dass in der Ferne ein umgefallener Baumstamm auf dem Weg liegt. Ich weiß, dass ich in diesem Zustand den Sprung nicht schaffen würde. Alles geht ganz schnell. Ein weiterer Stich in meiner Brust. Ich verliere den Halt und stürze zu Boden. Ich sehe aus der Ferne, dass mein Körper vor dem Baumstamm verkrümmt auf dem Boden liegt. Jerry bleibt bei mir stehen. Meine aufsteigende Seele kennt den Weg. Es ist bezaubernd leicht.

Dieses Leben gibt mir unglaubliche Rätsel auf. Denn ich habe keine Idee, welche Seele sich hinter dieser von mir geliebten Frau verbarg. Auch nicht, wer unser Sohn war. Keine meiner jetzigen Lebensbegleiter sind in diesem gezeigten Leben zu sehen. Trotzdem findet sich in mir ein Gefühl, dass das Gezeigte eine Relevanz besitzt, die ich in meinem jetzigen Dasein noch herausfinden würde.

In der zweiten Sitzung wird es, was die Seelen-Partner angeht, wesentlich interessanter.

Ich „erwache" als zirka achtjähriges, bettelarmes Mädchen. Ich wohne mit meiner Mama außerhalb der Ortschaft. Unsere Bleibe ist eine heruntergekommene Ein-Zimmer-Behausung. Meine Mama ist schwer krank und liegt im Stroh. Ich verdiene mir mein Essen, indem ich in den Ort gehe und Äpfel verkaufe. Meine Mama erkenne ich sofort: Es ist meine beste Freundin und Wahlschwester Ruth. In diesem Leben habe ich einen Freund, der aus reichen Verhältnissen kommt. Auf ihn warte ich am Stadttor. Er bringt mir immer reichlich zu Essen mit. Einiges verschlinge ich sofort. Etwas davon behalte ich für meine Mama zurück. Ich liebe diesen Jungen! Auch diese Seele erkenne ich sofort. Es ist mein allerallerbester Freund Bernie. In meinem jetzigen Leben war es Ruths erster Mann.

Meine Rückführungstherapeutin lässt das Leben eine Weile „laufen", bevor sie mich in die Mitte vorschickt. Es zeigt mich, zutiefst gebrochen, als Dienerin und Kindermädchen. Mein kleiner Freund hat nicht zu mir und seiner Liebe gestanden. Er hat sich zu einer standesgemäßen Hochzeit hinreißen lassen. Mich nimmt er als Dienerin in sein Haus auf. Jeden Tag habe ich meine Wunschposition vor Augen. Die Frau an seiner Seite hätte ich sein sollen. Nun bleibt für mich die Position der unsichtbaren Dienerin. Aus Dankbarkeit und weil ich niemanden sonst habe, dem ich meine Liebe schenken kann, liebe ich seine Kinder wie die meinen.

Bei diesem Tod geht es mehr als schleppend. Ich kann sehen und fühlen, dass ich mich aus diesem kranken, alten Körper herauswinden muss. Schön ist, zu sehen, dass ich nicht allein bin. Der Herr des Hauses sitzt an meinem Bett und hält meine Hand. Er bittet mich um Vergebung, die ich ihm aus Dankbarkeit und Liebe schon längst geschenkt habe. Im Sterben sage ich ihm dies noch einmal. Danach darf ich endlich gehen.

Die letzte und aufschlussreichste Sitzung birgt einen Besuch zwischen den Inkarnationen. Ein langer, dunkelbrauner Bart mit Essensresten darin ist das Erste, das ich von meinem damaligen Selbst wahrnehme. Ich habe ein verdrecktes Hemdchen an und meine stämmigen Füße mit ebenfalls dunkelbraunen Haaren daran stehen auf kaltem, mit Stroh übersätem Steinboden. Ich kratze mir den Allerwertesten und schlürfe etwas steif zur Feuerstelle. Niemand hat Feuer gemacht und es ist im wahrsten Sinne des Wortes arschkalt! Nun stehe ich da, Besitzer einer kleinen Burg mitten im Wald. Ungefähr dreißig Menschen sind in der Burg zuhause. Ich habe keine Familie, dafür Raubritterfreunde. Wir wollen zum großen Schlag gegen einen Erzfeind, den Bischof, ausholen. Der Plan steht. Spione haben uns alle Informationen zugetragen.

Im nächsten Schritt befinde ich mich mitten im Kampf. Wir müssen feststellen, leider zu spät, dass der böse Bischof die Wachen seiner Schatzkarawane verdoppelt hat. Unsere Chancen sind gleich Null. Außerdem hat mich ein wesentlich jüngerer und wendigerer Soldat beim Wickel. Schwerfällig, aber keinesfalls zimperlich, versuche ich, ihn von seinem Pferd zu stoßen. Leider trifft mich sein Schwert tief in meine rechte Lendenseite. Ich falle zeitlupenartig vom Pferd und sterbe sehr schnell auf dem Weg zum Boden.

Komischerweise fühle ich mich mehr als quicklebendig, als ich meinem Geistführer entgegenschwebe. Freudig darüber, uns wiederzusehen, setzen wir unseren Flug nach Hause ohne weitere Zwischenlandung fort. Unendlich glitzernd wartet eine ganze Reihe unglaublicher Wesen auf mich. Sie alle halten sich in einer Art leuchtendem Halbrund auf. Das machtvolle Geschöpf meiner jetzigen Tochter zieht mich magisch an. So viel Liebe erfahre ich in diesem heiligen Moment. Viele Antworten werden mir geschenkt. Unter anderem auch die Aussicht, dass sich meine Wissenslücken zu gegebener Zeit füllen werden. Die Lebensaufgabe, in der wir uns befinden, hat einen über die Kapazität des menschlichen Verständnisses hinausgehenden, göttlichen Sinn. Ich bekomme den Auftrag, dass ich über diesen besonderen Teil meines bisherigen und zukünftigen Lebens berichten soll. Ein Buch soll daraus entstehen. Ich werde jede erdenkliche Hilfe bekommen, um diesen Plan umzusetzen. Die geistige Welt wünscht sich, dass wir lernen, mit dem notwendigen „Loslassen" umzugehen und die dahinterliegende Wahrheit der bedingungslosen Liebe zu allem, was ist, verstehen lernen. Und dass wir versuchen und umsetzen sollen, die Wahrheit in unser aller Leben zu integrieren. Dass wir uns nicht gegenseitig über den anderen erheben sollen. „Die Kinder sollen nicht mehr aus Angst und Egoismus zu Tode gequält werden! Vor allem die Kinder auf Erden dienen eurer Entwicklung. Sie müssen unbedingt Gehör finden! Im Aussehen erscheinen sie klein und schwach, dennoch befinden sich machtvolle Geschöpfe in ihnen. Sehe und berichte über deine Erlebnisse! Du trägst das Wissen und die Kraft bereits in dir, um diese Lebensaufgabe im göttlichen Sinne zu meistern. Du wirst nie alleine sein! Unsere Präsenz wird dir die Stärke geben, die es zur Umsetzung unseres Planes braucht. Wisse und vertraue, dass alles zu unserem und deinem Plan gehört!"

2015

Prinzessin Amalia

Meine Erlebnisse in den Rückführungssitzungen lassen in mir ein geordnetes Superchaos zurück.

Alle Eindrücke puzzelt mein Geist zu desaströsen Zukunftsbildern zusammen. Und dann auch noch ein Buch!? Ich bin eine Mutter und Hausfrau. In meinem Berufsleben hatte ich so manche Schwierigkeit damit, einen Geschäftsbrief oder Ähnliches zu verfassen. Von meiner fehlenden Grammatik und Rechtschreibung ganz zu schweigen. Außerdem will ich kein Buch über mein Leben schreiben! Alles, was ich will, ist ein Wunder, dass Amalia bei uns lässt, glücklich und zufrieden bis in alle Ewigkeit!

Zu Hilfe kommt mir unser Alltag. Amalias achter Geburtstag steht an. Sie wünscht sich eine „fette Party". Das Thema für diesen Anlass hat sie sehr schnell gefunden. Sie wünscht sich ein adliges Märchenfest mit Hofdamen, Prinzessinnen, Rittern und Narren. Ein großzügiges Geldgeschenk der Kinderkrebsstiftung Leverkusen verhilft uns, eine professionelle Geburtstagsmanagerin zu buchen. Die Wahl fällt auf eine junge Frau aus Köln. Amalias Geburtstagsmanagerin kommt als „Prinzessin Jasmin". Während der Festivitäten bewundere ich Jasmin für ihr Talent, mit der völlig ausgelassenen und manchmal außer Rand und Band geratenden Hofgesellschaft umzugehen. Dank Jasmin ist es ein bezauberndes Kinderfestival. Noch dazu darf die „Königliche Gesellschaft" die ganze Wohnung in Anspruch nehmen, denn alle Möbel und der größte Teil unserer Sachen stehen schon für unseren Umzug in die Eifel bereit.

Amalia: „Dies war mein schönster Geburtstag! Ich bin froh, dass alle noch einmal gekommen sind und dass ich mitfeiern konnte. Die Geschenke sind super, Mama! Morgen probiere ich alle aus!"

Glücklich zusammengefügte Worte von meinem Schmetterling, die eine Attacke der Angst in mir auslösen. An diesem Abend braut sich der Satz „Ich bin froh, dass alle noch einmal gekommen sind" in mir zu einer aufkommenden Gewitterfront zusammen. Denkt sie oder weiß sie sogar, dass es ihr letzter Geburtstag ist? Ein Gewitterblitz nach dem anderen schlägt in mein Mutterherz. Unfähig, mich an diesem Abend von der Gewitterfront zu entfernen, bleibe ich bei meinem Engel am Bett sitzen und beobachte dessen glücklichen Schlaf mit einem Gefühl, dass dieser Gewitterimpuls ein Teil der Vorbereitung auf ein unausweichliches Ereignis ist.

Der nächste Höhepunkt lässt nicht lange auf sich warten: Das Phantasialand in Brühl lädt alle schwerkranken Kinder, deren Geschwister, Freunde und Eltern zu einem Besuch ein. Amalia darf sich glücklich schätzen, zwei wahre Freundinnen zu haben: Antonia (eine ehemalige Klassenkameradin, ebenfalls acht Jahre alt) und Elisa (Amalias kleine, vierjährige Freundin). Die Wahl fällt auf Antonia. Ein zurückhaltendes, liebevolles, kluges, über alle Maßen sozialaufmerksames Geschöpf. Antonia hatte sich während der laufenden Therapie zu Amalia ins Krankenhaus getraut. Die ganze Familie pflegt unerschrocken Kontakt zu uns.

Hier eine meiner Lieblingserinnerungen an diesen Tag: Zwei kleine Mädchen nehmen lauthals lachend die ganze Fahrbahn ein. Geschickt lenken sie ihre Autos durch den Scooterverkehr. Ein kleiner Junge, der sich ebenfalls vor Lachen kaum hinter seinem Lenkrad halten kann, wird ordentlich in die Zange genommen. Ein Auto quetscht ihn von links und eines von rechts. Und das geschieht mehrere Male hintereinander. Die zwei kleinen Freundinnen freuen sich so sehr, dass ihre feuerroten Wangen leuchten wie Glühbirnen. Diese Fahrmanöver hätte ich Amalia aufgrund ihrer körperlichen Einschränkungen gar nicht zugetraut! Ganze acht Mal dürfen alle Akteure hintereinander die Fahrbahn verunsichern, ohne ihr Auto verlassen zu müssen. Da keine Warteschlange zu sehen ist, lässt die Karussell-Aufsicht die Kinder so lange fahren, bis sie genug haben.

Auch an diesem Tag beobachte ich manchen altbekannten Feind. Amalias Augen fangen wieder an, sich zu „verdrehen". Jedes Mal, wenn dies geschieht, ist sie bereits müde. Nichtsdestotrotz beinhaltet mein inneres „Amalias-Tumor-Symptome-Lexikon" genau dies. Stolpern mit Bewegungsunsicherheiten treten ebenfalls wieder auf. In den kommenden Tagen findet Amalias nächste MRT-Untersuchung statt. Die Aussicht auf diesen Termin beantwortet mein Herz mit verkrümmten, zu schnellen Schlägen.

Ein Tag in der ambulanten Kinderonkologie Köln

Ich habe für mich beschlossen, mutig zu sein. So gerne würde ich hören, dass die „Kackwurst" kleiner oder sogar verschwunden ist. Aber um dies überhaupt feststellen zu können, muss ich untersucht werden. Mama und Papa haben mit mir an unserem Esstisch darüber gesprochen, ob ich wissen möchte, wie es in meinem Kopf aussieht. Ich fühle, dass sie Angst um mich haben. Aber ich will es wissen. Meine Eltern unterstützen mich jederzeit und halten zu mir, sie fragen mich, was ich möchte. Der nächste MRT-Termin steht.

Ich bin noch müde, aber Mama weckt mich mit Furby und ich muss lachen. Aber mein Lachen verschwindet sehr schnell, ich erinnere mich, was heute für ein Tag ist. Und schon fangen die Bauchschmerzen an.

Mama streicht mir ganz sanft die EMLA Creme über meinen Port, wo später die Nadel eingestochen wird. Ich habe so große Angst und dieses Ding tut immer so weh, sogar, wenn ich mich nicht bewege.

Meine Hoffnung ist, dass es der beste der besten Ärzte auf der Kinderonko macht, das Anstechen. Leider war das nicht immer so. Manche von den Ärzten haben mir sehr wehgetan und gesagt, ich solle tapfer sein, wenn sie die Nadel ein, zwei oder ein drittes Mal in mir versenken müssen. Wenn das Anstechen schiefgegangen war, hat sich noch nie einer von denen bei mir entschuldigt. Meine Mama sagt immer zu mir, wenn man anderen wehgetan hat, muss man sich entschuldigen.

Es ist Zeit, dass ich mich anziehe, meine Mama hilft mir heute dabei. Wir haben die Anziehsachen gemeinsam ausgesucht. Ich muss mir Klamotten aussuchen, die praktisch sind und darauf achten, dass ich mit denen nicht am Schlauch hängen bleibe. Und es muss schnell gehen, das Ausziehen, weil ja noch andere Patienten da sind und weil die Leute, die da arbeiten, alles immer ganz schnell machen müssen.

Ich habe diese Nacht bei Mama geschlafen. Mama sagt, bei ihr war an Schlaf nicht zu denken, weil ich fast in sie „hineingekrochen" bin. Ich habe auch nicht geschlafen. Alles kommt wieder, die ganzen Sachen, die ich dort erlebt habe. Ich spüre, wie nervös sie ist, aber sie versucht, es sich nicht anmerken zu lassen. Jetzt kommt auch noch der Hunger. Aber ich darf nichts essen, weil ich eine Narkose bekomme, damit ich ganz ruhig liege und es keine Wackelfotos werden.

Mama sagt, ich kann noch ein bisschen spielen, weil wir noch Zeit haben, bevor es losgeht und sie noch etwas essen muss und nicht möchte, dass ich ihr dabei zusehe. Spielen kann ich jetzt nicht. Ich möchte nur bei meiner Mama sein. Also setze ich mich an den Frühstückstisch. Papa kommt jetzt auch dazu. Er sieht „verdötscht" aus. Ich frage ihn, ob er in meinem Bett gut geschlafen hat. Dafür bekomme ich einen ganz dicken Kuss.

Ich habe mir gewünscht, dass wir mit Mamas Erdbeere, so habe ich ihr Auto getauft, zur Uniklinik fahren. Ich will nicht, dass Mama anderen erklärt, wo wir hinfahren. Ich will nicht so angeguckt werden. Mama sagte, dass wir auch mit einem Taxi fahren könnten. Ich möchte nur Mama bei mir haben.

Mama und Papa schauen mich an, weil ich mir meinen Bauch festhalte und nichts sage. Mama sagt, wir müssen dies nicht tun. Ich bin mutig. Ich will wissen, ob ich bei meiner Mama und bei meinem Papa bleiben darf. Jetzt muss ich doch weinen und sagen, dass ich schreckliche Angst habe.

Papa küsst Mama auf die Stirn und hält ihre Schultern dabei fest, während sie versucht, einen Bissen runterzubekommen. Er sagt: „Ich weiß, Schatz." Papa holt nun unsere Erdbeere, damit ich und Mama mit unserem ganzen Zeug nicht so weit zum Parkplatz laufen müssen. Ich passe auf, dass Mama an ALLES denkt: meinen Kuschelhund Moppi, den ich als Kissen benutzen kann und meine Kuscheldecke, weil mir nach der Untersuchung immer so kalt ist. Ich liebe diese Decke, sie hat schöne Farben, wie eine Sonne: rot und gelb. Und sie hält mich warm, wenn wir auf dem Weg zum MRT sind, was in einem anderen Gebäude steht. Das letzte Mal haben wir die Decke vergessen, es gab dort im Krankenhaus auch keine für mich, auch kein Kissen. Ich verstehe nicht, warum es in einem Krankenhaus keine Decken und Kissen gibt. Bin ich das einzige Kind, das friert nach so einer Untersuchung mit Schlafmedizin? Mama ist mit mir im Rollstuhl zur Onko zurückgejoggt, weil ich so gezittert habe. Mir war so kalt, obwohl mich Mama in ihre Jacke gehüllt hat.

Oh, es ist schon soweit, jetzt müssen wir los. Es zwickt ganz furchtbar jetzt in meinem Bauch. Ich ziehe Schlüpfschuhe an, damit es einfach und schnell geht. Und meinen dicken Wintermantel. Den kann man auch wunderbar als Decke oder Kissen benutzen. Papa kniet sich hin und drückt mich. Aua, der Port. Jetzt bekomme ich noch ein Abschiedsküsschen und ein Versprechen, dass ich heute Abend „Bruno Bär" als Gutenachtgeschichte von meinem Papa erzählt bekomme. Papa erfindet, nur für mich, um mich zum Lachen zu bringen, die tollsten Geschichten.

Ich schlüpfe ins Auto. Ich darf vorne sitzen. Mama wickelt mich in meine Sonnendecke ein. Meine Zähne klappern aufeinander, ich bin aufgeregt. Nun schnallt mich Mama an und schaut mich an. Sie streichelt mir über mein linkes Knie und sagt mir, dass sie mich beschützt und immer bei mir ist. Das beruhigt mich. Ein wenig.

Ich sehe nun, dass wir schon auf der Autobahn sind. Es grummelt unerträglich in meinem Bauch und meine Hände haben schon längst wieder angefangen, zu schwitzen, obwohl mir kalt ist.

Oh nein, jetzt stehen wir im Stau vor Köln. Ich mache Mama nervös, weil ich weine und sage, dass wir nun zu spät kommen. Was ist, wenn wir zu spät kommen und der beste der Besten schon gegangen ist? Ich mache mir große Sorgen. Mama beruhigt mich und schimpft gleichzeitig mit den anderen, die auch so früh hier unterwegs sind. Still sein, still sein, Mama muss sich konzentrieren. Sie darf jetzt nicht merken, dass ich weine. Ich schaue zur anderen Seite aus dem Fenster. Im Fernsehen habe ich einen kleinen Film gesehen – der große braune Hase hat zum kleinen braunen Hasen gesagt: „Mutig sein beginnt damit, dass man es zu sich selber sagt." Ich bin mutig, ich bin mutig... Ich hoffe, dass das stimmt, was der große braune Hase gesagt hat.

Mama ist nun mitten in Köln. Wir fahren mit unserem Herrn Becker, so nennen wir das Navi-Gerät, quer durch alle möglichen Straßen. Es ist noch dunkel. Ich kann die Häuser nicht erkennen, die mir zeigen, wie lange die Fahrt noch dauert oder wo wir sind. Nervös nach vorne gebeugt lenkt Mama unsere Erdbeere durch den Morgen.

Wir sind da. Mama sagt: „So, jetzt wird's spannend, ob wir einen Parkplatz bekommen." Wir fahren direkt auf das Gelände der Uniklinik. Die Schranke geht hoch. „Mist verdammt, alle Plätze belegt', grummelt Mama und wird sauer. Ich habe einen „speziellen Parkausweis". Damit wird sie doch einen Parkplatz finden?! Sie flucht: „Alle parken wie die Arsc..." Handwerkerautos stehen vor der Kinderklinik. „Mist, die haben zwischen ihren Autos so viel Abstand, dass da Elefanten reinpassen würden." Sie sagt, wir können nicht im Parkhaus parken, weil dies so weit weg von der Onko ist und sie mich – jetzt nicht und nach der Untersuchung auch nicht – durch die ganze Uniklinik schleppen kann.

Wir sind zu spät. Ich verstehe das nicht. Ich bin doch so früh aufgestanden. Und wir sind so früh losgefahren.

Mama hat nun wohl doch einen Platz für die Erdbeere gefunden. Sie steigt aus. Ich bleibe sitzen. Zwei Bauarbeiter sprechen gerade mit ihr. Die Tür geht auf, nun muss ich aussteigen. Als wir gehen wollen, sagt einer der beiden Männer: „Legen Sie einen Zettel rein, wo sie sind. Die schleppen hier alles ab, auch wenn Sie einen „Behindertenausweis" im Auto haben!"

Ich halte mich am Auto fest, weil ich, während Mama den Zettel schreibt, nicht noch einmal ins Auto möchte. Meine Beine zittern, wir kommen zu spät.

Mama ist wütend. Sie nimmt mich an ihre Hand und wir müssen uns sputen. Ich kann nicht so schnell. Mama macht so große Schritte. Sie will immer pünktlich sein. Mama sagt, es ist unhöflich, andere warten zu lassen.

Ich sehe, dass sie keine Jacke anhat. „Mama, dir wird kalt!" Sie sagt zu mir, bei dem Stress könnte sie im Badeanzug hierherkommen und sie würde immer noch schwitzen.

Nun stehen wir vor der Anmeldung. Ich setze mich auf einen Stuhl, während Mama sagt, dass wir nun hier sind.

Wir gehen nach hinten zum Behandlungs- und Bettenzimmer. Uns begrüßt eine nette Schwester. Sie sagt, dass ich gut und hübsch aussehe. Ich stelle ihr Moppi vor. Die Frau meint, dass ich ja noch angeportet werden müsse und wohl dafür ein Bett benötige? Das verstehe ich nicht, es ist doch immer dasselbe, was die Schwestern hier mit mir machen! Warum fragt sie?

Mama hilft mir, aufs Bett zu kommen. Über dem Bett liegt ein Laken. Und unter dem Laken ist eine große Tüte, die das Bett umhüllt. Ich plappere, weil ich nervös bin und die Angst immer größer wird. Ich will nicht, dass sie mir wehtun. „Mama? Ist das der beste der Besten?" Ich zeige auf einen Doktor, der gerade zu uns gekommen ist. Sie sagt ja.

Ich höre, wie Mama gesagt bekommt, dass sie sich um unser Auto kümmern sollte, weil es sonst weg wäre. Sie wird doch jetzt nicht gehen müssen?!!! Ich greife sie am Arm und flehe, dass sie mich nicht allein lässt. Sie beruhigt mich. Keiner darf an mir „rumarbeiten', bis sie zurück ist. Das einzige, was geht, ist wiegen und messen, wie groß ich bin.

Dann sprintet sie los, um einen Parkplatz zu finden, damit ich nach der Untersuchung schnell nach Hause darf. Ich bitte noch einmal die Engel um einen Parkplatz. Ich weiß, dass sie mich hören und mit einem Platz für unsere Erdbeere weiterhelfen, sodass mir meine Mama gleich wieder Schutz und Halt schenken kann.

Ich höre laute Schritte, schnaufen. Sie ist wieder da. Völlig abgehetzt sieht sie jetzt aus. Aber sie lacht mich an und lobt mich für meine Tapferkeit.

Normalerweise ist das Gesicht meiner Mama immer freundlich, wenn sie mit anderen Menschen redet. Eine Schwester fragt sie, welche Nadelgröße zum Anporten für mich die richtige ist. Wieso muss das eigentlich meine Mama wissen, die arbeitet im Büro für Papa?

Aber Mama weiß Bescheid, ich sehe, wie sie jedes Mal ganz gespannt aufpasst und den Leuten hier auch Fragen stellt. Sie kann sich einfach alles merken! Wie das geht, ist mir ein Rätsel. Ich habe für diese Arbeit meine „himmlischen Freunde", sie sagen mir, was ich wissen muss, immer.

Die funkelnden Augen meiner Mama blitzen geradewegs einer Schwester ins Gesicht. Ich spüre, dass es hier gleich „krachen" wird, weil alle Freundlichkeit aus dem Gesicht meiner Mama weg ist. Sie fordert die Schwester auf ein anderes Pflaster zu holen. Diese sagt: „Ich weiß gar nicht, ob wir das noch hier haben." Mama streckt ihren rechten Arm aus und sagt über mich hinweg: „Es interessiert mich nicht, ob Sie das wissen, was schon schlimm genug ist, weil Sie anscheinend nichts von alldem wissen, was hier gemacht wird und was in der Krankenakte meiner Tochter steht. Sie sind nie vorbereitet! Es ist immer dasselbe! Sie holen jetzt sofort das entsprechende Pflaster oder ich vergesse mich. Mit diesem hier reißen sie meiner Tochter die Haut vom Leib!" Ich schaue nach oben, nach rechts zu meiner Mama, nach links zur Schwester. Es ist jetzt ganz still. Beide gucken sich ganz lange an, aber ich sehe, wie die Schwester nun geht. Ihr ist es jetzt wahrscheinlich eingefallen, wo sie das andere Pflaster hingelegt hat. Naja, ich verlege manchmal meine Spielsachen und weiß nachher nicht mehr, wo diese sind. Aber mich ärgert die „Kackwurst" in meinem Kopf. Ich hoffe, die Schwester ist gesund.

Da ist sie wieder und hält das braune, glänzende Pflaster in der Hand. Sie sagt, dass dieses Pflaster sehr teuer ist und somit immer unter Verschluss steht. Buh, die hat geschummelt! Sie wusste, wo sie suchen musste!

Nein, ohh nein, ich will nicht. Tränen. Ich schreie, obwohl ich tapfer sein möchte. Mama sitzt nun hinter mir und hält mich fest. Ich versuche, mich an sie zu lehnen, was mir sehr schwer fällt. Wir kuscheln ja nicht, ich soll jetzt angepikst werden. Ich sehe zu dem noch kleineren Mädchen mit der Riesenpudelmütze rüber. Es tut mir leid, dass ich ihr mit meinem Geschreie Angst mache. Sie scheint zu schrumpfen in ihrem Bett. Sie wird irgendwie immer kleiner. Wieso muss sie mir zusehen? Jetzt versuche ich, nur Mama zu hören. „Schatz, schau nach oben, sieh mich an, mir in die Augen, bitte, die Creme wirkt, es wird nicht weh tun, Schnecke. Ich bin da, ich halte dich." Ich fühle, wie der Doktor meinen Port abtastet und wie er zählt: „Eins, zwei, drei." Schreien. Mama sagt: „Es ist gut Schatz, schrei so laut du kannst." Irgendwas zieht meine Augen zum Port. Ich muss gucken. Meine Schultern wackeln, ich lache, weil ich sehe, dass Blut im Schlauch ist und der Doktor sagt: „Es ist vorbei, du hast es geschafft."

„Ich habe wirklich nichts gemerkt, du hast das sehr gut gemacht, du bist der beste der Besten." Während ich vor Erleichterung noch schneller plappere und noch mehr lache, streift Mama mir die Sachen an, weil es gleich nach draußen geht. Der Rollstuhl wird von einer Schwester hineingefahren. Mama verpackt die zwei dicken Krankenbücher in ihrem Bürorucksack. Diesen hängt sie an die Lehne des Rollstuhls. Jetzt fragt sie, ob eine Decke für mich in den Stuhl gelegt werden kann. War ja klar – die haben keine! Wir nehmen unsere Sonnendecke und Moppi. Mein Blutanschluss für die Schlafmedizin wird am grünen Kästchen mit einer riesen Spritze angeschlossen. Die Schläuche sind gut in meinem Pulli verstaut, sodass diese nicht alles herausreißen, wenn man aus Versehen daran zieht. Mama hilft mir einsteigen. Ich sehe in das angespannte Gesicht meiner tapferen Mama. Sie ist sehr gewissenhaft beschäftigt, mich zu verpacken. Nun freue ich mich, weil sie mich anlacht und sagt: „Ich hab dich lieb, Schnecke, du hast alles fantastisch gemacht!"

Es ist nun richtig hell draußen, aber auch kalt. Mama düst mit mir über das Unigelände. Ohh, ich würde jetzt viel lieber mit ihr bei dem Bäcker, an dem wir vorbeirasen, Schokobrötchen naschen. Bei der Aufregung habe ich meinen Hunger ganz vergessen.

Wieder anmelden und warten. Die Leute, die hier sitzen, lesen und schauen ab und zu über ihre Zeitung unauffällig zu mir. Sie machen Gesichter, die ich nicht mag.

Ich denke an meinen großen Freund und Kollegen, der die Schlafmedizin in meinen Port spritzt. Ob er heute für mich gekommen ist? Ich habe es mir so gewünscht. Als ich zur Bestrahlung war, hat er es mir gezeigt und ich durfte selber spritzen, bis es überall in mir gekribbelt hat. Ich liebe dieses Gefühl.

Jaaa, nun steht er in der Tür und ruft meinen Namen. Ich lächle ihn mit dem schönsten Lachen, das ich habe, an und sage hallo. „Geht's dir gut, Kollegin? Du siehst klasse aus!

Hast dich hübsch gemacht." Mama nimmt das grüne Kästchen und mein Kollege nimmt mich. Nun liegen wir beide, der grüne Kasten und ich, auf der schmalen Liege des Fotogeräts. Während ich mich mit den Schläuchen und meiner Assistenz beschäftige, unterhält Mama sich mit meinem Freund und sagt ihm, wie es mir so ergangen ist in der letzten Zeit. Er lacht und wünscht uns alles erdenklich Gute. Ich sehe, dass der Pfleger, der mit meinem Freund und Kollegen gekommen ist, das Kribbelzeug, was in zwei Spritzen ist, aus seiner Tasche holt. Es kitzelt schon, wenn ich daran denke. Aufregung, aber auch Angst fühle ich in diesem Moment. Mir fällt wieder ein, warum wir hier sind.

Ich bewege mich mechanisch, weil mich meine Gedanken ablenken. Hoffentlich hat dieses Scheißding sich nicht vergrößert! Angst um mein Kind zu haben, diese Gefühlslektion habe ich in den Therapiewochen bis ins Kleinste meiner Körper- und Seelen-Zellen gelernt. Aber diese Untersuchung hier ist anders. Sie fühlt sich anders an. Diese Emotionen lassen ungehemmte Nervosität aufkommen. Frühstücken?! Jetzt fällt mir ein, dass ich meinem tapferen Schatz ein Schokobrötchen versprochen habe. Die Uhr sagt mir, dass ich noch ausreichend Zeit habe, zum Bäcker zu gehen.

Als ich in den Vorraum der MRT-Abteilung trete, sehe ich Amalia schon auf einer Liege. Keine Decke, nur ein überdimensional großes Papiertuch. Wut und Empörung steigen wieder auf. Dieses Krankenhaus macht einen mit krank. Ich höre, wie jemand sagt: „Ihr geht es gut". Schön wär's. Schnell die Sonnendecke aus dem Rollstuhl kramen und Amalia einhüllen. Sie fühlt sich ganz kalt an. Ich weiß, dass die Temperatur im Untersuchungsraum sehr niedrig ist, kann aber nicht verstehen, warum es draußen keine Decken gibt. Der Rollstuhl bietet mir Platz zum Sitzen. Ganz nah sehe ich Amalia vor mir. „Hallo Schatz, es ist vorbei, du kannst deine Augen aufmachen. Ein riesiges, lecker duftendes Schokobrötchen wartet auf dich."

Nun kann Amalia mit meiner Hilfe sitzen. Sie ist wieder da. Ich fühle einen Stein von meinem Herzen fallen und atme auf. Einige Minuten zuvor habe ich den Chef-Anästhesisten gefragt, ob er mir etwas über die Fotos sagen könnte. Er sagte nein und sah mich dabei nicht an. Jetzt rufe ich meinen Kopf und die Hoffnung zur Ordnung. Ich will glauben, dass der Tumor verliert! Amalia zuliebe, meinem Mann und mir, weil mich ständig andere Bilder begleiten.

Irgendwie schwebe ich in den Rollstuhl zurück. Meine Augen sind offen, funktionieren aber nicht. Die fallen immer wieder zu. Jemand legt meinen Kopf auf etwas sehr kuscheliges. Ist das Moppi? Meine Beine werden auch hochgehoben. Ah, das kann nur meine Mama sein, die mich schön verpackt. Zuhause könnte ich Aschenputtel gucken oder einen anderen Märchenfilm? Auf jeden Fall mit Prinzessinnen! Und mit Mama und viel Schokolade. Lieblingsessen, oh ja. Wenn ich wieder reden kann, sage ich Mama, dass ich mir Nudeln mit roten Linsen und Tomatensauce wünsche. Kalt, eiskalt. Meine Zähne klappern aufeinander. Die Fahrt wird schneller, das kann ich spüren.

Nun bin ich endgültig wach und wieder auf der Tagesstation der Kinderonkologie. Ich sehe, wie Mama versucht, die Bremsen vom Rollstuhl anzustellen. Sie sagt der Schwester, dass diese schon beim letzten Mal vor Monaten kaputt gewesen sind, während sie mich hochzuheben versucht, um mich aufs Bett zu legen. Ich helfe mit. Geschafft. Nun sitze ich wieder auf diesem Laken und warte, bis jemand mich abportet. Hoffentlich schnell, ich will hier weg.

Amalias geheime Wunschliste

Durch unsere starken Helfer aus dem Bekanntenkreis läuft unser Umzug wie geschmiert. Amalia darf in dieser Zeit bei ihrer Patentante Ruth übernachten. Mehrere Stunden verbringen die beiden mit Spielen und Spazierengehen. Am Abend erhalte ich vorzeitig einen Anruf.

Ruth: „Katja, Amalia möchte unbedingt zu dir! Ich kann sie nicht mehr zum Bleiben überreden. Sie ist irgendwie sehr nervös! Genauere Erklärungen habe ich keine bekommen."

Ich: „Gib mir unser Schneckchen mal ans Telefon, bitte!"

Amalia: „Mama, bitte, bitte, hol mich ab!"

Ich: „Schatz, wir haben die Betten noch nicht aufgebaut. Wir sind gerade dabei, soviel Ordnung zu machen, dass wir einen Weg durch unsere Kartons und Möbel finden. Was hast du denn?"

Amalia, mit merkwürdig trauriger und nervöser Stimme: „Bitte Mama, ich will nur bei dir sein!"

Ich: „Okay, Schatz, gib mir deine Tante Ruth noch einmal ans Ohr!"

Ruth: „Irgendwas stimmt hier nicht! Ich kann Amalia auch zu euch bringen, wenn das hilft!"

Ich: „Du hast recht! Ich fühle, dass irgendwas mit ihr ist. Es macht mich fertig, sie so zu hören. Bitte sei so nett und bring sie zu uns!"

Nach einiger Zeit sitzen wir alle in unserem neuen Wohnzimmer. Ungemütlich versperren uns die gestapelten Kartons die Sicht. Amalia benimmt sich, als wäre sie wochenlang weg gewesen. Sie sitzt auf meinem Schoß und klammert sich an mich. Hautnah kann ich nun spüren, dass sie irgendetwas belastet. Dennoch ist es im Moment noch nicht an der Zeit, es zu erfahren. Dankbar, dass sie wieder bei mir ist, erreicht meine Erleichterung auch Amalias Herz. Fühlbar entspannt sie sich in meiner Nähe.

Ruth: „Tja, es tut mir leid, wenn ich euch nicht weiterhelfen konnte!"

Ich: „Ruth, red bitte keinen Unsinn! Du hast alles perfekt gemacht! Außerdem hast du uns sehr geholfen. Wir sind doch schon fertig!"

Amalia empört: „Aber Mama! Wir sind noch lange nicht fertig! Hier ist doch noch alles unordentlich! Es sieht gar nicht schön aus!"

Ich, mit gespielt sehr ernster Stimme: „Amalia, das ist unser neuer Wohnstil! Jeden Tag Ostern! Nur dass unsere Ostereier beschriftete Kartons sind!"

Amalia sieht mich mit riesigen Augen an. Ich kann sehen, wie mein „Vorschlag" in ihr arbeitet.

Mit hocherhobenem Zeigefinger sagt sie: „Mama, das geht nicht. Alles muss wieder seine Ordnung haben. Ich möchte schließlich wieder in die Schule gehen und zum Tanzen! Bei der Aufführung bin ich sehr wichtig, hat meine Ballettlehrerin gesagt. Wie soll ich denn so meine Sachen finden? Ach Mama, ich helfe dir! Wir machen zusammen alles wieder schön!"

Amalia schnappt sich ihre Tante Ruth und geht mit ihr eine Etage tiefer, um ihr ihr neues Zimmer zu präsentieren. Ich bin sicher, mich verhört zu haben oder aber zu träumen!

Claus steht mir gegenüber und sagt: „Hast du das gehört?! Amalia geht es so gut, dass sie wieder in die Schule und zum Tanzen gehen möchte! Von sich aus!"

Ich: „Ja und ob ich das gehört habe! Ich bin total perplex!"

Claus: „Wir haben doch letztens über die Grundschule hier im Nachbarort geredet. Was hältst du davon, wenn wir bei der Direktorin einen Termin machen?"

Ich: „Vereinbaren können wir einen Termin. Ich bin gespannt wie die Damen und Herren dort die Inklusion praktisch umsetzen!"

Claus und ich sind uns bei dem Thema Schule ganz und gar nicht einig. Standhaft und zu jeder Zeit vertritt er seine Meinung: „Amalia muss unbedingt wieder in die Schule gehen! Was soll denn mal aus ihr werden, wenn sie wieder gesund ist?!" Seine Meinung und seinen innigen Glauben an Amalias Genesung würde ich nur allzu gerne teilen. Leider vermag ich es nicht, mich positiv dem Schulgedanken zu beugen. Claus hat Amalia nie nach der Schule abgeholt. Er hat nie gesehen, was Unverständnis und ruppiger Umgang mancher Lehrer und Schüler mit Amalia gemacht haben. Er hat nie ihre versteckten Tränen gesehen, die sie aus überdimensionaler Liebe zu ihren Klassenkameraden und Lehrern hinter einer tapferen Maske verbarg. Nein, ich kann nicht daran glauben, dass es genug Lehrer und Mitschüler gibt, die mit Amalias Situation entsprechend umzugehen wissen.

Ich bewundere Claus zutiefst für seine strikte Weigerung, an Amalias Genesung zu zweifeln. Allerdings weiß ich, dass er sie mit anderen Augen sieht, einfach dadurch, dass er den ganzen Tag außer Haus ist. Dies ist seine Strategie, um nicht den Verstand zu verlieren. Meine zurückgekehrten Gefühle und Visionen verheimliche ich vor ihm. Ich bringe es nicht übers Herz, sein Leben damit auch noch zu belasten. Mein Leben dagegen verändert sich wieder in Richtung „Soldatenmama". Ständig gebe ich mir Befehle der Hoffnung. Alle glücklichen Lebensfrequenzen, die mir unserer Tochter liefert, leite ich umgehend von meinem Herzen an meinen Verstand.

Manchmal, zum Beispiel beim Autofahren oder Kochen, stellt mir mein Denkapparat unaufgeforderte Resümees der jüngsten Vergangenheit bereit: Ambulante Hospizarbeit, Zukunftsvisionen, die wahr wurden, dicht gefolgt von meinen Rückführungserlebnissen, gepaart mit dem Besitz einiger kämpferischer Charaktereigenschaften, die unabdingbar sind, um Amalias Körper, Herz und Seele zu schützen. Besiegelt wird dies alles von meinem unerschütterlichen Bewusstsein, dass ich, wohin die Reise meiner Tochter auch gehen mag, mit aller Kraft, die ich für unser Schicksal aufzubringen vermag, an ihrer Seite stehe. Dieser so entstandene „Katalog" fühlt sich wie eine Art Vorbereitung für einen Showdown an, den ich jedoch nicht akzeptieren kann und will.

Amalia und ich gestalten mit äußerster Motivation unser neues Heim. Letztendlich geht mir der „österliche Wohnstil" mächtig auf die Nerven. Schnell ist alles wie gewohnt und noch besser. Während wir das

Haus mit unserer Energie und unseren Ideen vervollständigen, muss ich zugeben, dass Amalia eine gute Wahl getroffen hat – trotz der noch nicht eingelösten Versprechungen des Verkäufers. Das Einlösen von dahingesagten Zusicherungen die Ausbesserungen am Haus betreffend bereitet ihm erhebliche Probleme.

Während unserer neuen Wohnsituation offenbart sich mir ein weiterer Punkt einer tieferen Erkenntnis: Dies ist nicht mein Haus! Es ist für Amalia! Dieses Gefühl treibt mich zu Höchstleistungen an! Alles soll so schnell wie möglich fertig sein. Im Akkord und mit Hilfe meiner Hospiz-Mädels setze ich alle Ideen in die Tat um. Bunte Farbakzente an die Wände, Möbeloptimierungen in Amalias Reich, die ihr mehr Raum zur Selbstständigkeit lassen und vieles mehr. Irgendetwas treibt mich dazu an, Amalias Haus fertigzustellen. Die Ahnung, warum, erschieße ich auf der Stelle und begrabe sie in einem Massengrab mitsamt den dazugehörigen gefühlten und bildlichen Visionen.

Nach einem superemotionalen Gespräch mit der Schulleiterin von Amalias neuer Grundschule schleicht sich positiver Optimismus in mein gedankliches Anti-Schul-Programm. Die Lehrer vermitteln mir, professionell mit körperlich und geistig beeinträchtigten Kindern umgehen zu können. Amalia besucht die zweite Klasse sporadisch. Alles läuft gut an. Tja, und eines Tages kommt wieder das Wörtchen „bis" hinzu. Zu sagen, ich hätte es mir denken können, wäre zu lapidar. Amalia wird auf dem Schulhof in den Pausen von anderen Schülern geärgert. Sie kann niemanden finden, der ihr hilft. Zudem möchte kein Kind mit ihr spielen, weil sie nicht schnell und wendig genug ist. Amalia hat es doppelt schwer als Quereinsteigerin. Claus puscht mich und Amalia dennoch: „Sie muss lernen, sich durchzusetzen!" Ich sehe das komplett anders! Dennoch ermuntere ich meinen tapferen Schatz, für eine Stunde am Tag die Schule zu besuchen und ihren Klassenkameraden die Chance zu geben, sie kennenzulernen. Amalia, weise und liebend wie sie ist, stimmt dem lächelnd zu.

Einen wahnsinnig großen Fehler habe ich begangen, weil ich nicht auf mein Bauchgefühl und meine „Schulerfahrungen" gehört habe! Leider muss ich „zufällig" eine brutale Kinderszene beobachten, die das Fass zum Überlaufen bringt: Die Tür zum Klassenzimmer steht offen, sodass ich die erste Reihe, in der Amalia mit anderen Mädchen sitzt, sehen kann. Alle haben ein Bild gemalt. Die Lehrerin befindet sich im hinteren Bereich des Klassenraumes. Amalias Sitznachbarinnen plus noch ein Mädchen aus der hinteren Reihe bedrängen sie körperlich und seelisch auf sadistische Weise. Amalia weint bitterlich unter dem physischen und seelischen Druck, den ihre Mitschülerinnen auf sie ausüben. Eines der Mädchen reißt ihr das Bild aus den Händen und verhöhnt es. Die andere tituliert Amalia als dumm, weil sie nicht so deutlich und schön schreiben kann. Amalia fleht mittlerweile: „Lasst mich! Gebt mir mein Bild zurück, bitte. Es ist für meine Mama und das kann man sehr wohl lesen…" Aus irgendeinem Grund schaue ich mit schockierter Gelähmtheit zur Lehrerin, die das Ganze sieht, aber keinen Grund verspürt, es zu beenden. Bevor ich die Klasse sprengen will, bemerkt Amalia meine Anwesenheit. Sie nutzt die abartige Situation, in der die drei Mädchen mit lautem Gelächter und triumphierenden Hooligan-Hüpfgesten ihr Überlegenheitsgefühl feiern. Schluchzend schnappt sie sich ihr Gemälde, schlüpft durch die „Sperre" und flieht in meine Arme.

Diese Mädchen beraubten Amalia ihrer seelischen Kräfte, sodass der Ballettnachmittag ausfallen muss. Den restlichen Tag beschäftige ich mich damit, ihr die gemeinen Erinnerungen wegzuzaubern. Gut bewährte Mittel sind Schokolade, Lieblingsessen (Nudeln mit Tomatensauce und roten Linsen) und Cinderella in jeglicher Form.

Amalia bereitet es ein unbändiges Vergnügen, wann immer ihr der Impuls kommt, mir eine Soloballettaufführung zu schenken. So auch an diesem Tag. Perfekt inszeniert sie mein Präsent. Sie baut ihr Zimmer um, schmückt die Zuschauertribüne, zieht sich Ballett- und Prinzessinnenkostüme an und lässt die Musik des Cinderella-Musicals erklingen. Tiefe Bewunderung und höchsten Respekt empfinde ich während ihrer Aufführung. Sie lässt sich die Störfunktionen, die die „Kackwurst" auslöst, nicht anmerken. Drehung um Drehung findet sie durch puren Willen ihr Gleichgewicht wieder. Grazil setzt sie ihre Fußspitzen ein, um den Anschein einer fliegenden Cinderella zu erwecken. So viel Kraft legt sie in jede gesungene Silbe. In diesen Augenblicken schiebe ich die Bilder des Feindes zur Seite. Stolpern, Hinfallen, Augenverdrehen – Amalias Darbietung soll nicht von ihnen beschmutzt werden!

Kuschelnd liege ich bei Amalia. Es ist Schlafenszeit.

Amalia, laut sinnierend: „Neues Zuhause, Trampolinspringen im Urlaub, Kino, Reiten, Phantasialand, Tanzen und in der Schule war ich."

Schockgefroren reiße ich meine Augen auf. Mein Herz rast.

Ich: „Wieso zählst du diese Sachen auf?"

Amalia, zögernd und weiter überlegend: „Naja, es sind so die Dinge, die ich gerne gemacht habe."

Unfähig, weiter zu bohren, schweige ich mit klopfendem Herzen. Versteinert kann ich den Grund nicht erfragen, warum sie eine offensichtliche „Wunschliste" abhakt.

Ein „einfühlsames" Telefonat

Das Telefon klingelt. Allein die Vorwahl lässt Übelkeit mit eisiger Kälte in mir aufsteigen. Auf dieses Gespräch habe ich den ganzen Tag gewartet. Zugleich fürchtete ich mich vor dessen Inhalt.

Amalia liegt bereits im Bett. „Hihihi, nun kannst du mich nicht mehr sehen! Puff! – und ich bin unsichtbar!", neckt Pumuckl seinen Meister Eder. Amalia liebt diese CDs. Ab und an höre ich, zwischen den lustigen Frechheiten, wie Pumuckl sie lauthals zum Lachen bringt.

Kinderarzt der Onkologie Köln: „(Er nennt seinen Namen) Guten Tag, spreche ich mit Frau Katja Pesch?"

Ich: „Ja, am Telefon!"

Arzt: „Das Ergebnis der letzten MRT-Untersuchung haben wir in unserer heutigen Tumorkonferenz besprochen. Der Tumor hat sich um zirka vier bis sechs Millimeter vergrößert. Es tut uns leid."

Meine Gefühle zu beschreiben, als mein inneres Wissen und meine Beobachtungen durch das Untersuchungsergebnis bestätigt werden, ist unmöglich. Mir wurde soeben gesagt, dass ich mich ein weiteres Mal für IMMER von meinem Kind verabschieden kann.

Ich: „Es gibt nichts mehr, was man tun kann?"

Arzt, vorwurfsvoll: „Nein! Sie haben doch die Therapie abgebrochen!"

Ich, schluchzend: „Mit diesen Medikamenten wäre meine Tochter schon lange gestorben!"

Arzt: „Ich wünsche Ihnen viel Kraft. Einen schönen Abend noch."

Für den „Job", einer Mutter die Todesbotschaft für ihr Kind auf diese Weise mitzuteilen, gibt es bestimmt „viele" Freiwillige. Irgendwo in mir befindet sich ein Funken Verständnis für den Arzt. Seine Strategie, mit diesem Teil seiner Arbeit umzugehen, ist eiskalte Sachlichkeit, das Wegschieben der Eigenverantwortung und die Zuweisung einer Schuld. Letztendlich sind wir viele Wege gegangen, um Amalias Leben zu retten.

In unserer zurückliegenden Zeit wurde mir klar: Es ist lebensnotwendig, in einer Situation wie der unseren auf Intuition, Gefühle, Ideen, Kreativität und das Recht auf hinterfragende Gedanken die größte Rücksicht zu nehmen und daraus für sich einen Nutzen zu ziehen! Erfahrungen und Hinweise, die nicht ausschließlich aus dem herkömmlichen, vorgeschriebenen und diktierten Gesundheitssystem stammen, können alles bedeuten. Es ist an der Zeit, Kühnheit zu beweisen, sich zu trauen, in die göttliche, dem Menschen gegebene EIGENVERANT-WORTUNG zu gehen! Heute weiß ich, dass es wissende Menschen (Ärzte, Heilpraktiker, Wissenschaftler, Physiker und andere) gibt, die die Gesundheit eines Menschen positiv und auf sanftere Weise beeinflussen können, sie durch Anregung der Selbstheilungskräfte sogar wiederherzustellen vermögen! Unser Gesundheitssystem ist nicht darauf ausgelegt, erkrankte Menschen wahrhaft zu heilen. Die Menschen, die in diesem System ihren Beruf ausüben, werden ebenfalls misshandelt. Diese Personen werden mit Scheinbegründungen und Ähnlichem abgespeist, damit sie nicht ihrer Berufung nachgehen, sondern lediglich und unter Zeitdruck einen „Job" erledigen! Ich könnte dieses Thema auf alle Lebensbereiche ausweiten. Andere kluge und mutige Frauen und Männer haben dies schon auf zahllose Weise getan. Claus durchforstet Tag und Nacht medizinische Studien und Berichte, Alternativen, Aussagen von Betroffenen und vieles mehr. Nachdem wir das Urteil empfangen haben, setzt sich Claus erneut mit der Onkologischen Abteilung der Uniklinik Heidelberg in Verbindung. Seine Hoffnung ist, dass die Forschungsabteilungen dieser Klinik noch mehr Möglichkeiten für eine Heilung zu bieten haben.

Hierbei zeigt sich eine besondere „Schwierigkeit", wobei das Wort eine Untertreibung ist: Es ist schier unmöglich, einen Fachmann telefonisch zu sprechen, bevor die Auflagen der Datenweiterleitung von Krankenhausakten erfüllt wurden. Nicht zu vergessen: Die Kostenfrage ist bei solchen Dingen erheblich wichtiger als schnelle Hilfe und Beratung für die Betroffenen. Akribische Genauigkeit im Umgang mit Patienten ist, aufgrund der Verantwortung, verständlich. Aber muss diese Gründlichkeit in der Bürokratie über allem stehen? Wir benötigen dringend eine weitere, sehr schnelle, ehrliche und fachmännische allgemeinmedizinische Auskunft, um eine Entscheidung treffen zu können. Dafür gibt es in der Bürokratie jedoch keine fahrbaren Straßen, sondern nur schwer erklimmbare Gebirgspässe. Claus ist der sehr unsicheren Meinung, dass eine weitere schulmedizinisch geprägte

Uniklinik helfen könnte. Er bewerkstelligt sogar ein Telefongespräch mit einem dortigen Arzt. Die Aussicht darauf, dass Amalia ihre letzten Wochen als Versuchskaninchen bei Krankenhausfraß und Krankenhausambiente zubringen soll, bringt mein Mamasoldatenprogramm gegenüber meinem Mann auf den Plan. Schließlich habe ich mit Amalia die schulmedizinischen Behandlungen im Krankenhaus erlebt.

Leichtsinn und Panik sind keine guten Verbündeten! Wir reden, recherchieren, diskutieren und simulieren jedes erdenkliche „Rettungsmodell". Keines ist für mich hinnehmbar. Denn alle diese „Heilungsvarianten" beruhen auf unmenschlichen Versuchen und Spekulationen. Dafür kann ich mein Kind nicht hergeben. Selbst wenn bei diesen fragwürdigen Aktionen noch ein paar gemeinsame Tage mehr für uns herausspringen würden, was für ein „Gesicht" hätten diese Tage für Amalia? Letztendlich sage ich Claus, dass er seiner Tochter diesen Vorschlag, ein weiteres und letztes Mal in ein Krankenhaus zu gehen, unterbreiten soll. Des Weiteren mache ich ihm unmissverständlich klar, dass er sie für diese Zeit begleiten müsse.

Das Schlimmste steht uns sowieso noch bevor. Beim ersten Mal habe ich Amalia erklären müssen, dass sie sehr schwer erkrankt ist und sterben wird. Nun bahnt sich dieser Horrorakt ein zweites Mal an. In unseren Augen hat sie alles Recht der Welt, zu entscheiden, wie mit ihr umgegangen werden soll. Des Weiteren hat sie das Recht, eine Antwort auf ihre Frage nach dem Ergebnis der letzten Untersuchung zu erhalten, auch wenn uns diese Antwort alles abverlangen wird! Unserem Kind gegenüber besitzen wir die verantwortungsvolle Pflicht, ihr ihren und unseren Zustand und Werdegang zu erklären. In unseren Augen muss auch ein Kind die Chance bekommen, sofern dies möglich ist, sich auf den „Weitergang" vorzubereiten. Claus muss nun auch für sich eine Entscheidung treffen. Liebend gern gebe ich ihm die Zeit, die er braucht.

Claus, unter Tränen: „Entschuldige, ich muss hier raus. Ich gehe laufen."

Kein Vater, keine Mutter dieser Welt setzt das Leben ihres Kindes leichtsinnig aufs Spiel. Claus und ich sind an einem bleischweren Punkt angekommen, der uns äußersten Glauben und Vertrauen abverlangt. Unsere weinenden Augen halten umschlungen Kontakt. Wir kommen gemeinsam zu folgenden Einsichten:

1. Akzeptanz. Das Weiterleben unserer Tochter liegt, GOTT SEI DANK, nicht in unseren Händen.

2. Aufgeben ist keine Option! Die Hoffnung auf ein Wunder kann uns niemand nehmen.

3. Wir kümmern uns weiterhin aus vollem Herzen um Amalia. Nicht mit dem Hintergrund, damit ihre Heilung einzufordern. Nein, weil sie es verdient! Egal, wie sich ihre Seele entscheiden mag.

Ich bin ein Wesen des Lichts

Nach der telefonischen Mitteilung über Amalias Untersuchungsergebnis vergehen Zeiten. Claus und ich müssen indes, so gut wir es vermögen, unsere innere Mitte wiederherstellen. Keiner von uns sieht sich im Stande, Amalia ihren Tod ohne die Übertragung der eigenen megagalaktischen Angst zu vermitteln. Irgendwie weiß mein inneres Selbst, dass Amalia ihre eigene Vorbereitung schon längst begonnen hat. Meine Hospizmädels, die auch mitten in der Eifel weiterhin zu uns halten und weite Fahrwege für uns auf sich nehmen, berichten, dass sich Amalias Spielverhalten geändert habe: Das Spiel ende nun nicht mehr mit alten Fantasiewesen, die bis ans Ende ihrer Tage leben. Junge Königinnen und Feenprinzessinnen würden stattdessen mit Prunk und Gloria sterben. Das glitzernde Volk feiere ausgelassen und fröhlich den Heimgang ihrer Lieben in die ewige Feenwelt. Steife, dunkle Beerdigungen gäbe es in dieser Welt nicht. Als Rosi und Gerda mir zum ersten Mal davon erzählen, hinterlässt ihre Mitteilung bei mir ein grausames Gefühl von etwas Unabdingbaren.

Die erste Etage unseres Hauses können wir nur über eine restaurierte alte, sehr steile Holztreppe erreichen. Im Untergeschoss befinden sich Amalias Zimmer und unser Schlafzimmer. Die zwei Zimmer liegen sich, durch einen kleinen Flur getrennt, direkt gegenüber. Um in das Wohn- und Esszimmer zu gelangen, müssen wir die steile Holztreppe mit ihren schmalen Stufen hinaufsteigen. Jedes Mal, wenn Amalia die Treppe hinuntergeht, schleiche ich mich hinterher, um zu sehen, ob ihr nichts passiert. Stufe um Stufe tastet sie sich langsam, am Geländer festhaltend, voran. Auch helfe ich ihr zunehmend beim Anziehen. Stück für Stück stiehlt ihr die „Kackwurst" ihre Unabhängigkeit.

Doch Amalias Gleichgewichtssinn gibt ihr so viel Raum, dass sie ihre Ballettstunden besuchen kann. Es scheint, als würde sie im Tanz von unsichtbaren Händen gehalten werden. Für alle anderen Dinge bin ich ihr zur Stelle.

Mein Leben besteht im Moment ausschließlich darin, rund um die Uhr für Amalia da zu sein. Allerdings gibt es auch Pausen, in denen ich mich erholen kann. Meine Verbündeten sind Annette, Denise, Gerda und Rosi vom Hospizverein sowie Ruth. Claus verbündet sich wiederum mit seinem Job. Eine Taktik, die ich verstehen kann. Jeder muss seinen Weg finden, um mit dieser Situation umzugehen. Bevor er sich so in seine Arbeit stürzte, fragte er mich, ob dies in Ordnung ginge. Natürlich! Für mich bewerkstelligt er ein Wunder. Im Moment kann ich mich auf nichts konzentrieren, außer auf Amalia. Claus hingegen muss mannigfaltig seinen Verstand einsetzen – Chapeau! Außerdem wächst bei niemandem das Geld zum Leben auf einem Baum. Bei uns leider auch nicht. Er hat keine andere Wahl, als arbeiten zu gehen.

Amalia besucht donnerstags sporadisch ihre Ballettschule. Die Tanzstunde beginnt nachmittags. Vorher essen wir immer im selben Schnellimbiss. Die Besitzer lieben meine Kleine. Amalias Wünsche werden, so schnell es geht, lecker serviert. An diesem Donnerstag häufen sich in meiner Wahrnehmung die Hinweise, dass wir vielleicht ein letztes Mal dieses Ritual vollführen dürfen. Aus meinem Gefühl heraus bleibe ich während der Tanzstunde. Normalerweise schickt mich meine Tochter spazieren. Sie will damit ihr Dasein als großes Mädchen mit ihrer Selbstständigkeit unterstreichen. Wunderschön tanzt sie an diesem Nachmittag mit all der Hingabe, die sie in sich trägt. Ich genieße jede einzelne grazile Bewegung. Die Anfeindungen durch den Tumor müssen meine Augen ebenfalls hinnehmen. Aber mein Herz wird mit jedem Lächeln, das mir Amalia schenkt, in den Himmel erhoben.

Die Ballettlehrerin spricht mich nach der Stunde auf die kommende Aufführung an.

Ballettlehrerin: „Meinen Sie, dass Amalia am kommenden Wochenende tanzen kann? Sie war zwar bei keiner Generalprobe dabei, aber sie ist die Beste in ihrer Gruppe und kennt jeden Einsatz perfekt! Alle anderen Mädchen konzentrieren sich auf sie."

Ich: „Ich kann es Ihnen nicht sagen, ob Amalia die Kraft besitzt, an Ihrem Stück teilzunehmen. Ich habe meine Bedenken, auch weil so viele Menschen da sein werden. Amalia darf entscheiden, ob sie möchte."

Ballettlehrerin, traurig, aber gefasst: „Ohne Amalia wäre ,Das hässliche Entlein' nicht komplett! Ich wünsche mir und ihr, dass es ihr gut geht! Sie versprüht so viel Spaß, wenn sie tanzt. Es ist ansteckend!"

Ich: „Ich habe Ihre Handynummer, also werde ich Sie Samstagmorgen anrufen und Ihnen mitteilen, ob wir kommen oder nicht. Ist das in Ordnung?"

Ballettlehrerin: „Natürlich. Vielen Dank!"

Die Sonne scheint, als wir nach Hause fahren. Auf einmal stehen wir endlos an einer roten Ampel. Unser Auto wartet alleine auf die Weiterfahrt. Bei uns spielt sich ein zeitloser, magischer Schwebemoment ab. Meine rechte Hand ruht auf Amalias Knie. Unsere Augenpaare verschmelzen ineinander. Es findet eine feinstoffliche, sicht- und fühlbare Zauberabsprache statt. Das Sonnenlicht scheint aus den veränderten

Augen meiner Tochter in mein Innerstes. Ich empfange ihre seelische Mitteilung: „Es geht los, Mama. Bitte sei bereit." Mein Höheres Selbst übernimmt die Antwort: „Für dich, mein Herz, werde ich alles auf mich nehmen! Ich werde dich auffangen. Ich bin bereit!" Keine Worte kommen über unsere Lippen. Amalia schläft ein. Ich hingegen versuche zu analysieren, was da gerade geschah. Amalias Seele bereit mich vor. Dies ist die erste fühlbare und in meinem Inneren hörbare Kommunikation mit der Seele meiner Tochter. Von diesem Augenblick an weiß ich, dass sie „nach Hause" gehen wird. Bin ich für dieses Level wirklich bereit? Mein Verstand und mein Körper schreien verzweifelt NEIN!

Es ist Samstag. Heute würde die Aufführung vom „Hässlichen Entlein" stattfinden. Während dem Frühstück beobachte ich Amalia. Ihr Essverhalten hat sich ebenfalls verändert. Nun isst sie sporadisch und häppchenweise, dazu ausschließlich Dinge, die ein riesiger Tumor einfordert: Zucker, Schokolade und fettige Sachen. Claus bemerkt dies ebenfalls. Ohne Einwände schaut er traurig seiner Maus beim Schokocremelöffeln zu. Diese Szene verdeutlicht mir, dass Claus ebenfalls an seiner Akzeptanz „gearbeitet" hat.

Niemandem habe ich von meinem „himmlischen Vorbereitungskurs" erzählt. Claus kommt als Zuhörer nicht in Frage. Merkwürdigerweise habe ich mich nach diesem Erlebnis schnell beruhigt. Und was noch viel außergewöhnlicher ist, ich fühle und weiß, dass mir immense Kraftreserven bereitgestellt werden, körperlich wie seelisch. Mein Körper ist umprogrammiert worden. Irgendetwas in mir behält ständig die Fassung. Niemandem, schon gar nicht Amalia, wäre damit geholfen, wenn ich laufend in Tränen ausbrechen würde. Trauer, so mein Gedanke, würde sich noch früh genug über meine Seele und mein Herz legen… über mein ganzes restliches Leben!

Amalia: „Mama, ich gehe in mein Zimmer, ja?!"

Ich: „Okay, Schatz, pass bitte mit…"

Amalia, lächelnd: „…mit der Treppe auf! Ja, Mama, ich weiß!"

Claus: „Gehst du dich umziehen? Wir fahren ja gleich los!"

Amalia mit ernstem, traurigem Blick: „Ja, Papa."

Diese Gesprächssequenz beobachtend, schnürt sich alles in mir zusammen. Ich ahne bereits, was geschieht, sage aber nichts. Auf die kommende Mitteilung kann ich Claus so oder so nicht vorbereiten. Also verkrieche ich mich in der Küche und beginne, aufzuräumen.

Ich höre, wie Claus die Esszimmertür öffnet und verdutzt sagt: „Amalia? Warum stehst du immer noch auf der Treppe herum?"

Amalia steht in der Mitte der Treppe. Sie hält sich mit beiden Händen am Geländer fest. Abwesend und zutiefst traurig schauen ihre Augen ins Leere. Claus wendet sich zu mir und fragt verwirrt, mit einer ordentlichen Portion Angst in seiner Stimme: „Was ist hier los? Amalia? Heute ist doch die Aufführung vom ‚Hässlichen Entlein', oder?" Meine Beine übernehmen den Job. Sie laufen meinem Kind zu Hilfe. Nun greifen auch meine anderen Körperteile ein. Ich setze mich zu Amalia und hole sie auf meinen Schoß. Ganz fest halte ich sie umschlungen. Nun beginnt mein Verstand, gekoppelt mit meinem Herzen, sich ebenfalls einzubringen.

Ich: „Möchtest du mir sagen, was los ist?" Meine Hände tragen Amalias Gesicht, während mein Herz jede einzelne ihrer Tränen aufsammelt.

Amalia: „Ich kann nicht, Mama!"

So, nun sind sie heraus, diese giftigen Wörter! Claus begreift sofort. Die Engel im Raum umarmen eine kleine Familie, die sich zu einem trauernden Knoten verschlingt, während sie auf einer steilen Treppe Halt sucht. Unsere Tränen vereinigen sich und rennen Stufe um Stufe in unser Bewusstsein.

Nach und nach löst Beruhigung unsere Verzweiflung ab. Nun ist der richtige Moment, um Amalias Fragen zu beantworten.

Im Wohnzimmer brennen Kerzen. Engelsgleiche Musik ertönt: Amalia sucht sich ein Instrumentalstück aus, das eine unbeschreibliche Schwingung in uns bewirkt. Mit Anlauf springt sie vorsichtig auf unsere Riesencouch. Wir nehmen sie in unsere Mitte.

Ich: „Schatz, ich bin mir sicher, dass du wieder ein paar Veränderungen an dir und in dir wahrgenommen hast. Ist das so?"

Amalia antwortet einstudiert: „Ja Mama. Ich kann fühlen, was los ist. Die ganzen Sachen kenne ich vom letzten Mal."

Verdutzt über ihre Reaktion schweigen wir.

Sie ergreift erneut das Wort: „Meine Engel reden sehr viel mit mir. Ich möchte nicht nach Hause! Was wird dann aus euch?"

Mit großen Augen schaut sie geradewegs durch mich hindurch in meine Seele. Meine menschliche Reaktion wäre normalerweise in unzähligen Tränen ertrunken. Stattdessen hält mein Höheres Selbst eine starke Schwingung aufrecht. Ein Geschenk, denn ich kann unerschrocken und mit göttlicher Überzeugtheit und aller Liebe, die mein Herz enthält, antworten, so wie es ein „Gehender" verdient.

Ich: „Amalia, bitte mach dir keine Sorgen um uns. Wir sind für dich und für uns stark. Es wird alles gut, das weiß ich! Niemals werden wir dich alleine lassen! Frag deine Engel!"

Claus' inneres Erdbeben ist für mich deutlich spürbar. Eine weitere Herausforderung, nicht die Kontrolle zu verlieren. Er beantwortet Amalias Frage mit einem liebenden Lächeln. Angelockt kuschelt sie sich in seine starken Arme.

Ein Bild mit Rätseln: Ich kann nicht genau sagen, wer hier wen tröstet. Was ich sehe, ist ein starker Vater, der seine Tochter schützend umarmt. Was ich fühle, ist mein Mann, dessen innere Welt in Schutt und Asche liegt.

Wir sind wieder eine Familie im Ausnahmezustand. Gleichwohl ist zu spüren, dass wir uns alle drei nach einem Alltag sehnen. Nachdem wir uns eingeschworen haben, dass wir zusammenhalten, egal was kommen mag, nimmt unser Dasein seltsamerweise eine Art Normalität an. Claus und ich beschließen, dass wir das Thema Sterben im Moment Amalia überlassen. Das heißt, dass wir es von uns aus nicht ansprechen, es sei denn, die Situation würde es verlangen.

Eines Nachmittags bastle ich mit Amalia bunte Pappkartons. Wochen sind ins Land gezogen.

Amalia: „Mama? Ich fühle mich sehr gut, auch wenn ich nicht mehr so gut im Auto fahren kann. Meinst du, ich muss trotzdem sterben?"

Diese Frage fühlt sich für mich an, als käme sie aus „heiterem Himmel". Perplex antworte ich nicht sofort. Ich brauche ein paar Pinselstriche, um meine Tränen hinunterzudrücken und um mir eine würdige Antwort zu überlegen.

Nun bin ich bereit, alles aus meinen Händen zu legen und Amalia direkt anzusehen. Mit dem ersten Blick zu ihr stelle ich fest, dass sie bereits auf mich wartet und mich nun mit einem gütigen Lächeln aufmuntert, zu reden.

Ich: „Amalia, das kann ich dir nicht sagen. Ich wünschte, dass ich es wüsste. Deine „Kackwurst" ist gewachsen. Sie bereitet dir wieder Probleme, aber das weißt du."

Plötzlich kommt mir ein goldener Gedankenfunke! Ich muss diesen zwanghaft weitergeben.

Ich: „Amalia, niemand anderes entscheidet, wann wir nach Hause gehen dürfen, außer wir selbst. Unsere Seele ist unser Wesen, was von zuhause aus uns lenkt. Es leitet uns zu den Menschen, die wir in unserem Leben treffen sollen. Es bewegt uns vorwärts und gibt uns Kraft. Wir empfangen Ideen, zum Beispiel für Bilder, die wir malen möchten. Unsere Seele, sofern wir ihr zuhören und mutig sind, uns auf sie einzulassen, begleitet, beschützt und beschenkt uns ein Leben lang. Deswegen, mein Schatz, möchte ich, dass du weißt, dass auch ich noch hoffe, dass du wieder gesund wirst! Ich wünsche mir, dass du das auch tust!"

Amalia: „Ich weiß Mama. Herausbekommen, so ganz genau, habe ich es auch noch nicht, ob ich nun gehen muss. Was ist, wenn doch?"

Ich: „Dann werde ich dir zur Seite stehen!"

Amalia, angstvoll: „Muss ich dann wieder ins Krankenhaus?"

Erschrocken stelle ich fest, dass ihr der Gedanke an ein Krankenhaus mehr Angst einzujagen scheint, als das Sterben.

Ich, mit einem riesigen Kloß im Hals: „Sofern du sterben musst, wie würdest du es dir denn wünschen?"

Amalia, ganz direkt und felsenfest: „Hier, zuhause! Mit dir! Wenn du bei mir bist, Mama, habe ich keine Angst! Manchmal erzählen mir meine Engel von zuhause. Wenn du mitkommen könntest, würde ich mich sogar richtig darauf freuen! Sie zeigen mir, dass ich dann wieder fliegen kann. Und dass ich superschnell die Orte wechseln kann. Ich bin dann wieder wunderschön!"

Ich, völlig von den Socken: „Du bist immer wunderschön!" Nun kommen meine Tränen doch ans Tageslicht. „Amalia, ich will auch nicht, dass du gehst! Tut mir leid, dass ich jetzt weine."

Ich sitze auf einem Kinderstuhl an ihrem Schreibtisch. Meine Ellenbogen stützen sich auf meine Knie, sodass meine Hände schnell mein Gesicht verbergen können. Kleine, kraftvolle Hände legten sanft den Blick zu meinen Augen frei. Amalia steht mir gegenüber. So kann ich geradewegs in ihre Augen sehen.

Amalia: „Mama, nicht weinen. Bitte. Das tut mir am allermeisten weh, wenn du traurig bist!"

Verkehrte Rollen! Amalia nimmt ein Taschentuch aus der auf dem Tisch stehenden Box und trocknet mein Gesicht. Sie schaut mich mit ihrem so eigenen, gütigen Lächeln an: „Schokolade, Mama, das hilft auch bei mir! Machst du uns dünne Pfannkuchen mit Schokosauce? Ich esse auch mit!"

Es ist Ende April, Anfang Mai. Amalias Seele scheint sich entschieden zu haben. Autofahren geht nicht mehr. Die letzten Fahrten absolviert sie mit konzentrierten, geschlossenen Augen. Ihre Kraftreserven werden immer schneller aufgebraucht. Sie benötigt über den Tag viele Pausen, in denen sie freiwillig im Bett liegt und schläft. Hinter unserem Haus ist eine Wiese. Diese führt, mit freiem Blick über hügelige Felder, in Richtung Naturpark Eifel. Keine Frage, ein wunderschönes Stück Erde zum „Glücklichsein". Dieser feine Gefühlszustand wird mir mit jeder gesundheitlichen Verschlechterung meiner Tochter mehr entrissen. Keineswegs nehme ich ihren und meinen Zustand hin! Ein MUSS steht dahinter, es gibt keine Wahl mehr! Das Gegenteil von Annahme ist bei mir der Fall. Ich verabscheue angstvoll jeden Hinweis, der mir sagt: Mama wirst du nicht mehr lange sein! Angstvoll, mit Panik im Nacken beobachte ich jedes Lebenszeichen meiner Tochter.

Ich: „Saba muss mal Pipi machen. Möchtest du mitkommen?"

Amalia antwortet freudig: „Ja!"

Dieses „Ja" erstaunt mich. Denn die Sonne steht hoch am Himmel und spendet goldenes, hellstes Licht. Amalia verträgt dieses zusehends nicht mehr. Es brennt in ihren Augen.

Seit Tagen trägt Amalia dasselbe Kleid. Sie liebt seine Eleganz. Ruth hat es ihr geschenkt. Es zeigt geschmackvolle, große Blumen, abgerundet mit einem schmalen, glänzenden Gürtel. Ich hingegen verabscheue das Kleid. Die Farben schwarz und weiß erinnern mich an

Trauergewänder. Aus liebevollem Respekt lasse ich mir mein Missfallen nicht anmerken. Außerdem trägt Amalia ihre Jeansjacke mit den bunten Glitzersteinen dazu, als wüsste sie, dass mich dieses Zeichen aus meiner Angst befreit. Zu diesem Zeitpunkt weiß ich noch nicht, dass dieses Kleid einmal zu meinen schönsten Erinnerungsschätzen zählen würde.

Nachdem ich Amalia beim Schuhanziehen half, geht's los. Amalia, freudig an meiner Seite erzählend und Saba, munter schnüffelnd. Sogar unsere Hundeoma beschwingt es, dass wir zu dritt unterwegs sind! Weit kommt Amalia nicht. Nach zirka hundertfünfzig Metern und der „Besteigung" eines winzigen Hügels lassen ihre Beine sie im Stich. Oben auf dem Gehweg befindet sich ein großer Stein. Meine Reaktion ist „Sofort umkehren"! Amalia hält mich mit ihrem lachenden, wunderschönen Gesicht zurück. Sie borgt sich die Stärke meiner Hand, um sich auf den Stein setzen zu können. Ich knie vor ihr und halte sie mit festem Griff an den Knien, währenddessen schaue ich ihr prüfend ins Gesicht.

Amalia: „So, Mama, geschafft! Von hier aus kann ich euch zusehen. Du brauchst keine Angst zu haben! Der Weg geht doch geradeaus. Ich kann sogar bis in den Wald schauen! Nun geh ein Stück!"

Ich: „Ich weiß nicht, Schatz, ob das so eine gute Idee ist. Kannst du denn wirklich ein paar Minuten hier sitzen?"

Amalia: „Natürlich, Mama! Ich weiß doch, dass du dich auf einen Spaziergang gefreut hast! Außerdem, schau mal! Hier wachsen Gänseblümchen! Ich pflücke dir einen kleinen Strauß!"

Ernst bringe ich ihr ein verkrampftes Lächeln entgegen. Unsicher rückwärtsgehend setze ich mich in Bewegung. Amalia ärgert mein Benehmen.

Amalia, mit zusammengezogenen Augenbrauen und fortzeigenden Arm: „Mama, lauf ordentlich, sonst fällst du noch hin bei diesem Unsinn!"

Peng macht mein Herz. Sie hat mich! Aus voller Seele lachend drehe ich mich um und gehe ein paar Schritte voran. Dem Zwang, mich sekundenweise umzudrehen, widerstehe ich, ihr zuliebe. Doch mehr als hundert weitere Meter kann ich nicht zwischen ihr und mir zurücklegen. Als ich mich umdrehe, lässt mich der traumhaft schöne Film, den ich nun sehen darf, stehen bleiben:

Auf einem Stein sitzt ein Mädchen in elegantem Gewand. Bunter Glitzer, der von ihrer Jacke ausgeht, vereint sich mit dem Sonnenlicht. Dieses blonde, entzückende Geschöpf pflückt lachend alle Gänseblümchen, die es im Sitzen erreichen kann. Nun steht das kleine Mädchen auf, bewundert den kleinen Strauß, sieht nach oben und rennt, so gut ihr Körper es vermag, mit ausgestreckten Armen ihrer staunenden Mama entgegen. Das Lachen des Mädchens ist heller als der Schein der Sonne. „Mamaaaaaa, fang mich auf!" Die Mutter eilt ihrem Kind entgegen und hält es kniend umschlungen. Beide sehen sich mit einem vor Liebe sprühenden Lächeln an. Das Mädchen sagt: „Die habe ich für dich gepflückt, damit du glücklich bist!"

Für Amalia ist es an diesem Nachmittag so schön, draußen zu sein, dass ihr der kurze Spaziergang nicht genügt. Als wir wieder in unserem Garten sind, tanzt sie auf einer ganz besonderen Stelle. Die Bedeutung dieser Stelle ist mir vor ihrem Tanz in keiner Weise aufgefallen! An der Grenze zum Schatten bleibt sie stehen, sieht zu mir und verkündet ganz laut: „Ich bin ein Wesen des Lichts und werde nur im Licht tanzen! Ich tanze den Sonnentanz, Mama!" Woher sie für diese wunderbaren Sekunden die Kraft und Koordination nimmt, ist mir ein Rätsel. Völlig verzaubert lasse ich mich auf einem Gartenstuhl nieder und genieße staunend ihre Drehungen. Mit ausgebreiteten Armen kreiselt sie um sich selbst und singt: „Ich bin ein Sonnenkind. Ich tanze den Sonnentanz. Ich bin ein Wesen des Lichts und tanze in der Sonne…" Immer wieder straucheln ihre Füße, weil sie die Drehungen nicht so schnell umsetzten kann. Mein Körper ist, gespannt wie eine Sprungfeder, bereit, sie aufzufangen. Mein Geist hingegen betrachtet ihre himmlische Darbietung und genießt ihre „Lichtbotschaft".

Markerschütternde Schreie reißen mich aus meinem Schlaf. Neben mir windet sich mein Sonnengeschöpf und hält zusammengekrümmt ihren Kopf. „Mama, Mama... es tut so weh..." Im selben Moment stürzt Claus ins Schlafzimmer. Wir wechseln uns bei Amalia als Schlafnachbarn ab: Derjenige von uns, der nicht gewünscht ist, darf in ihrem Bett schlafen. Zwischen dem Erbrechen schreit sie aus Leibeskräften. Claus verabreicht ihr Schmerztropfen. Wir wechseln blitzartig die Position. Claus hält unser Kind. Ich schnappe mir das Telefon und wähle den Notruf. Schnell merke ich dem geschockten Notarzt an, dass er keinerlei Erfahrung für so eine Situation besitzt. Er kann nichts für Amalia tun, außer in der Uniklinik Bescheid geben, dass wir unterwegs seien. Er verbindet mich direkt mit dem mir bekannten onkologischen Kinderarzt, dem ich nun unsere Situation schildere. Dieser verspricht mir, alle notwendigen Schritte einzuleiten.

Während Amalia für den liegenden Abtransport im Krankenwagen angeschnallt wird, sammle ich ein paar unabdingbare Sachen zusammen. Amalias Lieblingssonnendecke, ihre Jacke und Schuhe – Moppi dient bereits als Kissen. Jeder meiner Sinne läuft auf Hochtouren. Unglaubliche, professionelle Konzentriertheit lege ich in all meine Handlungen. Claus donnere ich kanonenartig Anweisungen entgegen, was er alles wo findet und mitbringen muss. Er wird uns im Auto folgen.

Sobald ich meinen körperlichen Kontakt zu Amalia löse, um zum Beispiel in den Krankenwagen zu steigen, schreit sie im selben Augenblick mit schmerzverzerrtem Gesicht: „Mama, bitteeeee, Mama lass mich nicht...alleiiiiineeeeeee!" „Niemals, mein Schatz, niemals! Ich bin bei dir!" Beobachtet werden wir von einer jungen Sanitäterin, die versucht, gefasst mit der Situation umzugehen. Ich bete innständig:

„Bitte, bitte, lieber Gott, nimm ihr die Schmerzen und die Angst, bitte!" Die junge Frau sagt: „Das möchte ich auch!"

Mitten in der Nacht saust der Krankenwagen mit uns nach Köln. Obwohl ich bereits eine üble Ahnung im Bauch verspüre, übertrifft das Kommende all meine Vorstellungen. In der Notfallambulanz empfängt uns eine verwunderte Schwester mit einem „besonders einfühlsamen" Willkommensspruch: „Was wollen Sie denn hier, wir sind voll!"

Ich: „Ich habe vorhin mit Dr. (ich nenne seinen Namen) telefoniert, er weiß, dass wir kommen. Er wollte alles für uns vorbereiten!"

Amalia scheint zu schlafen. Zähneknirschend steht der junge Krankenwagenfahrer neben uns. Seine Hände bilden Fäuste, sodass unter der einsetzenden Empörung weiße Hügel an den Handknochen heraustreten. Er hält immer noch Amalias Liege fest. Zu uns gesellt sich ein aufgeregter Claus. Nun tragen wir unsere Amalia in ein Behandlungszimmer. Dieser Ort bereitet mir mehr als bekanntes Unbehagen. Mein aufmerksamer Geist versperrt mir den Zugang zu meinen grausigen Erinnerungen. Höchste Konzentration! Claus' Anwesenheit nutzt der Krankenwagenfahrer zum Abschied. Er blickt zu mir und sagt: „So was habe ich noch nicht erlebt! In meiner ganzen Laufbahn. Es tut mir unendlich leid! Ich muss hier raus, sonst vergesse ich mich! Alles Gute!" Bedrückt flüchten er und seine Kollegin nach draußen.

Amalia, die im Moment schmerzfrei erscheint, beginnt zu fantasieren: Sie unterhält sich mit der Lampe über ihr. Ihr Papa achtet darauf, dass sie nicht von der Behandlungsliege fällt. Ich laufe wie ein eingesperrtes Tier auf und ab, kurz davor, meinen Verstand gegen absolute Aggression einzutauschen! Die Tür geht auf. Erwartet habe ich den Stationsarzt der Kinderonkologie, weil ich mit ihm telefoniert hatte. Wer hereinkommt, sind zwei „Teenager-Ärztinnen". Eine von ihnen kennt Amalia sehr gut. Sie hat einige Male unser Mädchen ambulant betreut. Und nun tut sie so, als wäre sie sich der Krankheit meiner

Tochter nicht bewusst. Sehr schnell helfe ich ihr auf die Sprünge. Sie geht, um sich zu „besprechen". Die andere veranstaltet eine mehr als unfachmännische Show.

Ich: „Amalia ist hier, um palliativ eingestellt zu werden! Sie können dies bestimmt aus ihrer Patientenkartei entnehmen. Und unterlassen Sie bitte den Versuch, irgendwelche Nervenreflexe prüfen zu wollen! Bitte! Sie sehen doch, dass unsere Tochter halluziniert. Wir haben ihr sämtliche Schmerzmittel, unter anderem auch Ihre konzentrierten Cannabistropfen, verabreicht. Die sind wahrscheinlich der Grund, warum sie jetzt verwirrt ist.

Das „Mädchen-Arzt-Modell", das zur Besprechung ging, kehrt zu uns zurück.

Ärztin, selbstsicher und mit einstudierter, kaltschnäuziger Sachlichkeit: „Die Stationen sind voll. Wir können Ihnen einen Platz im Treppenhaus anbieten".

Ich traue meinen Ohren nicht! Um zu reagieren, brauche ich nur Millisekunden.

Ich: „Schaffen Sie mir sofort einen richtigen, erwachsenen Arzt hier ran! Ich glaube, Sie spinnen! Mein Mädchen stirbt und soll palliativ bei Ihnen im TREPPENHAUS Platz finden? Hauen Sie bloß ab!" Mein Pulsschlag übertönt mein Geschrei. Ich kann mich nicht mehr zusammenreißen. Schluss mit der Etikette! Diese Damen können nicht einmal im Ansatz menschliches Benehmen an den Tag legen! Das Fräulein verschwindet, weil sie anderweitig zu tun hat. Wartend bleiben wir erneut zurück.

Claus: „Setz dich. Das Lautwerden bringt doch nichts!"

Nun bin ich bereit, auch auf ihn loszugehen! Allerdings hält mich sein blasses, tränengetrocknetes Gesicht zurück.

Ich: „Wo ist die andere Ärztin eigentlich?"

Claus, überlastet und sich für mich schämend: „Ich weiß nicht! Nun warte doch!"

Er kann nichts tun, aber ich kann. Keinen Moment zögernd, setze ich mich in Bewegung, sie zu suchen. Intuitiv steuere ich das Nachbarzimmer („Büro medizinisches Personal") an. Was ich sehe, verschlägt mir den Atem! Dieses „Arzt-sein-wollende-Kind" sitzt seelenruhig am Schreibtisch und füllt Formblätter aus. Ich baue mich direkt neben ihr auf: „Was machen Sie da?"

Sie wagt zu antworten: „Ich schreibe den Patientenbericht!"

Ich: „Heben Sie sofort Ihren Hintern aus diesem Stuhl und holen Sie mir Ihren Kollegen, mit dem ich telefoniert habe, sonst bereuen Sie Ihr Bleiben!"

Leider kommt es nun noch „besser": Nachdem ich die junge Frau verscheucht habe, eile ich zu meinem Kind. Ihr scheint es besser zu gehen. Wenigstens schreit sie nicht mehr. Leider unterhält sie sich immer noch mit imaginären Gestalten. Amalia antwortet nicht, als wir sie ansprechen. Die Tür geht abermals auf. Unser Traum-Duo ist zurück. Die frechere von beiden, die vorab gegangen war, sieht uns eiskalt an, während die andere Hälfte hinter ihr steht und ausschließlich Augenkontakt mit dem Fußboden hält.

Dieses eiskalte Monster: „Sie können hier bleiben im Treppenhaus, oder Sie nehmen das Rezept und fahren nach Hause!"

Ich nehme ihr das Rezept aus den Fingern und betrachte den Inhalt. Sprachlos übergebe ich Claus das Dokument.

Ich: „Sie haben die Unverschämtheit, uns nachts um drei mit einem Rezept für diese „Babyschmerztropfen" abzuspeisen? Geben Sie uns was, das gegen Tumorschmerzen im Endstadium wirkt und nicht gegen den normalen, kleinen Kopfschmerz!"

Polizei anrufen, denke ich.

Anwesendes Monster: „Wir dürfen keine Medikamente ausgeben. Hier ist noch eine Liste von Apotheken, die jetzt noch offen haben dürften, Notdienste versteht sich!"

Was sollen wir tun? Wir nehmen unsere halluzinierende Tochter und suchen mitten in der Nacht eine Apotheke, die auf ihrer „Liste" steht.

Wenn der Jüngere vor dem Älteren stirbt

Ein friedlicher Segen breitet sich über Amalia aus, denn sie darf ohne Schmerzen schlafen. Ich hingegen liege wach neben ihr. Die Geschehnisse der Nacht lassen ein Gefühl von verlorener Einsamkeit in mir zurück. Dennoch bin ich bereit, Amalia so zu beschützen, dass sie so friedvoll, wie es nur irgend möglich ist, ihre Heimreise antreten kann. Zur gleichen Zeit bete ich zu Gott, dass es ihr vergönnt sei, schnell sterben zu dürfen.

Am frühen Nachmittag wacht unser Schmetterling auf. Nach einem kleinen Imbiss äußert sie den Wunsch, noch einmal in den benachbarten Wildpark zu gehen. Claus und ich zögern keine Sekunde.

Wir buchen vor Ort einen Bollerwagen. Diesen statten wir mit Kissen und Decken aus, sodass es Amalia bequem und sicher hat. Langsamen Schrittes gehen wir durch den Park.

Parkend auf einer großen Lichtung beobachten wir unweit von uns eine Herde Damwild. Amalia ist seit gestern völlig verändert. Sie scheint um Jahre gealtert. Ernsthaft und sehnsuchtsvoll sagt sie: „Mama, ich wünschte mir, dass ich noch einmal so ein Tier streicheln dürfte." Ich hebe Amalia aus dem Wagen. Nun stehen wir auf der Wiese. Ich halte kniend mein Mädchen fest im Arm. Alleine kann sie keinen Halt mehr finden. Ich bete in mich hinein: Bitte, irgendwer, hilf, dass sich ihr Wunsch erfüllt!

Ich: „Amalia, diese Tiere sind sehr scheu, auch wenn sie hier Menschen gewöhnt sind."

Amalia blickt in die Herde hinein, streckt den Arm aus und flüstert: „Komm, mein Schatz, ich tu dir bestimmt nichts, bitte komm."

Nun traue ich meinen Augen kaum! Ein Weibchen dreht sich ganz langsam zu uns um und schreitet zielsicher voran. Sie geht direkt auf Amalia zu. Angekommen lässt sich das Tier von ihr streicheln. Amalia säuselt sanfte Worte und berührt es mit all ihrer Liebe. Das ist ein Wunder! Und ich darf es miterleben. Andere umstehende Kinder werden auf die Szenerie aufmerksam. Das Weibchen bemerkt die lauten Ankömmlinge, hebt den Kopf, doch springt es nicht sofort davon. Amalia fühlt die Nervosität ihrer neuen Freundin: „Danke, liebes Reh. Ich hab dich lieb. Pass auf dich auf!" Nach diesem Abschied rennt das Tier zu seiner Herde. Gemeinsam verschwinden sie hinter den Bäumen. Amalia sitzt mit einem dankbaren Lächeln im Bollerwagen, den Claus weiterzieht. Mein Herz, von den Bildern der vergangenen Szene komplett erweicht, lässt mich weinend hinterhergehen.

Am nächsten Tag bekommt Amalia erneut eine Schmerzattacke von besonders bösartiger Brutalität. Wir verabreichen ihr alle uns zur Verfügung stehenden Medikamente. Verzweiflung dreht mir meine innere und äußere Welt um. Amalia schreit noch immer. Claus versucht, sie zu halten. Mit diesen Bildern vor Augen suche ich nach einer Lösung. Die Onkologie in Köln kann ich, nach allem, was geschehen war, nicht kontaktieren.

Ich: „Claus, ich rufe jetzt in Bonn an, die haben ein ambulantes Palliativ-Team für Kinder!"

Die ganze Welt scheint von bekloppten, völlig unlogischen und über alle Maßen unmenschlichen Verfügungen bestimmt zu werden.

Folgende Informationen erhalte ich bei meinem Anruf: „Bevor wir zu Ihnen nach Hause kommen dürfen, muss Ihre Tochter stationär palliativ eingestellt sein." Dies ist ein logischer Punkt! Wenn die Einstellung nicht im Treppenhaus stattfinden müsste... „Bevor wir zu

Ihnen nach Hause kommen, muss dies vertraglich über die Kranken-kasse genehmigt worden sein! Dies dauert mindestens zwei Wochen. Dann benötigen wir die schriftliche Kostenübernahme. Überdies dauert es noch ein paar Tage, bis wir unsere Besuche koordiniert haben."

Weinend schreie ich ins Telefon: „Und wer wird ihr JETZT helfen? Sie krümmt sich vor Schmerzen!"

Zum Beweis halte ich das Telefon in Richtung der Schmerzensschreie.

Bonn: „Das tut uns leid, aber hier können wir nicht helfen!"

Der rote Knopf zum Auflegen erspart der medizinischen Fachkraft meine Verzweiflungsschreie.

Hilflos stehe ich vor Claus, der mir sagt: „Das hätte ich dir gleich sagen können!" Das reicht! Er hat nichts beizutragen, außer dieser herab-lassenden Bemerkung? Angestachelt telefoniere ich nun mit meiner Krankenkasse. Die verständnisvolle Frau, der ich schluchzend alles erzähle, gibt grünes Licht in Sachen Kostenübernahme. Erneut wähle ich die Bonner Telefonnummer. Auch mit der Aussicht auf Kosten-erstattung könne man uns dort nicht helfen.

Schreiend rufe ich: „Was sollen wir mit unserem Mädchen jetzt ma-chen? Sie hat Schmerzen, verdammt nochmal!"

Bonn: „Das Einzige, das wir machen können, ist, die Kölner Kollegen zu kontaktieren."

Nach einer Wartezeit voller Verzweiflung bekommen wir einen Anruf aus Köln: Es gäbe nun ein Bett für Amalia. Ich willige in die einzige uns angebotene Möglichkeit ein.

Es ist schwer, meine Gefühle beim Packen unserer Sachen zu be-schreiben. Ich fahre als Sterbebegleitung für mein eigenes kleines Mädchen ein letztes Mal in dieses Krankenhaus – zu einem Ort, der uns das Fürchten gelehrt hat.

Leider hat dieses Krankenhaus noch ein paar mehr als fiese Überraschungen für uns parat.

Amalia hat die liegende Beförderung im Krankenwagen nicht gut überstanden. Sie sitzt mit meiner Hilfe auf ihrer Transportliege und spukt ihre Übelkeit hinaus. Das Ganze geschieht im Flur der onkologischen Kinderstation Köln. Eine Schwester sagt mir, dass gleich ein Bett für Amalia bereitstehen würde. Naiv setzte ich voraus, dass, wenn ein Kind als Patient zu seiner eigenen Todesvorbereitung kommt, es ein Zimmer für sich alleine haben darf. Denn zum einen ist die Situation für das Kind und dessen Angehörige kaum zu ertragen. Zum anderen wären der zweite Patient und dessen Angehörige nicht gerade erfreut, eine mögliche „Zukunftsversion" vor Augen zu haben!

Amalia wird in ein Bett gelegt. Dieses Bett rollen wir in ein leeres Zimmer. Erstaunen und Verwunderung ergreifen kurz mein Inneres, denn wir bekommen einen moslemischen Jungen mit seinem Vater als Zimmernachbarn. Der zirka 45-jährige Mann und sein pubertierender Sohn sind genauso schockiert wie ich. Als Frau und Mutter fühle ich mich nicht nur erniedrigt, sondern ausgeliefert. Anstand uns und der anderen Familie gegenüber besitzt man hier in keinster Weise.

In der Nacht beginnt Amalias Martyrium von Neuem. Ihr wird der Kopf von innen zertrümmert. Schnell muss nun ein Zugang zu ihrem Port gelegt werden. Nicht einmal in dieser Situation kann ich mich auf das Personal verlassen. Wieder fragt man mich, welche Nadelgröße und so weiter man bräuchte. Im Raum steht ein junger Arzt, den ich noch nie zuvor gesehen habe. Er trägt seinen Kittel offen. Seine Ruhe und Freundlichkeit erhellen den ganzen Raum. Geistesgegenwärtig befiehlt er, Morphin zu bringen. Verdutzt sagt die Schwester (obwohl das Klinikum wusste, dass wir kommen): „Wir haben keins!" Darauf der Arzt: „Dann rennen Sie ins Haupthaus und besorgen welches! Aber schnell!!!"

Ich, zur anderen Schwester: „Sie wissen, dass ein Patient zur Palliativeinstellung kommt und organisieren keine entsprechenden Schmerzmittel?!"

Während ich mein Kind halte, ersteche ich die Angestellte angewidert mit meinen Blicken.

Amalia schreit: „Bitte, oh bitte, Mama, mach, dass es aufhört..."

Meine menschlichen Sinne liefern mir alles, was ich brauche, um Gott und die Welt zu hassen! Außer Atem kehrt die Schwester zurück: „Die haben auch kein Morphin. Ich habe das hier!"

Der junge Arzt macht sich behände und sehr geschickt an seine Arbeit. Schnell und ohne weitere Schmerzen zu verursachen koppelt er den Port an das Schmerzmittel. Gott sei Dank hilft dieses Mittel, sodass sich Amalia ausgelaugt in den Schlaf flüchten kann.

Der junge Arzt hat diese furchtbare Situation nicht nur im Griff, er schenkt mir etwas Wertvolles: Nachdem alle sich beruhigt haben, bittet er mich vor unsere Zimmertür.

Im menschenleeren Flur hält er meine Schulter, gleichzeitig schaut er mir unvermittelt in die Augen: „Sie werden Ihre Tochter gut begleiten, das weiß ich! Viel Kraft für Sie!" Diese machtvollen Worte laden meine leeren Batterien wieder auf.

Wenn ich heute an diesen unbekannten, jungen Arzt denke, kommt der Gedanke an einen Engel in mir auf. Ich habe ihn nie wiedergesehen.

Amalia bekommt wieder große Mengen an Cortison. Dies bringt einen ungeahnten Aufschwung. Einen Tag später darf ich mit ihr basteln gehen. Sie bringt es fertig, in dieser Situation Vergnügtheit an den Tag zu legen! Nichts würde mich davon abhalten, auch vergnügt zu sein! Außer... am Mittag kommt Claus zu uns. Ich bin immer noch sauer auf ihn, besitze aber keine Kraft, meinen Ärger zu äußern. Irgendwie ist mir schon den ganzen Tag unterschwellig schlecht. Da mein Unwohlsein immer wieder vergeht, stehe ich taff über diesem Befinden. An diesem Morgen bitte ich eine sehr verständnisvolle Schwester, sich unserer Zimmersituation anzunehmen.

Die Ärzte und Schwestern müssen „an der Front kämpfen", weil die „Kriegstreiber" menschliches Verhalten unterdrücken! Die Männer und Frauen dürfen nicht für die Kranken sorgen! Nein, sie müssen Befehle befolgen – mit den Mitteln, die ihnen zur Verfügung gestellt werden! Die nette Schwester kann uns leider kein eigenes Zimmer zur Verfügung stellen, aber sie besorgt uns passende Mitbewohner.

Zu uns gesellen sich ein kleines, vierjähriges Mädchen mit ihrer Mama. Wir sind „alte Bekannte" aus dem Vorjahr. Bestürzung gibt es auf beiden Seiten. Ich bin schockiert, was die Therapie aus dem kleinen Engel gemacht hat. Das zierliche Mädchen aus dem Vorjahr, lebendig, wissensdurstig und aufgeschlossen, kann nun vor Aufgedunsensein kaum mehr gehen. Ihre süße, kleine Nase wird von ihren Wangen eingequetscht. Das Luftholen bereitet ihr hörbare Schwierigkeiten. Ihre Füße knicken nach außen, weil das Gewicht sie erdrückt.

Immer wieder lenke ich vom Thema ab. Andrea, die Mutter der Kleinen, will wissen, warum wir wieder im Krankenhaus sind. Ihre Tochter hat einen ähnlichen Tumor. Dieser wird operativ und mit anderen Mitteln bekämpft. Allerdings sähe es nun so aus, als würde die Therapie das Leben des Mädchens fordern. Deswegen will ich sie mit unserer Wahrheit verschonen, so lange es geht. Andrea und ihr Mann setzen alle Hoffnung in das Wissen der Kölner Ärzte. Ihre Tochter wird, wie Amalia im letzten Jahr, mit halbstündigen, rhythmischen Lichtuntersuchungen der Augen drangsaliert. Auch wenn der kleine Patient schläft, wird so lange mit einer speziellen Lampe in die Augen geleuchtet, bis diese reagieren. Ich muss mich schwer zurückhalten, um mich nicht einzumischen. Aber es kommt der Moment, als ich nicht mehr anders kann. Meine Übelkeit wird von dem schmerzerfüllten Stöhnen der Kleinen bei den Lichtuntersuchungen verschlimmert. Ganz behutsam erzähle ich Andrea Amalias Geschichte. Ich gebe ihr die Information weiter, dass durch Lichtreflexe epileptische Anfälle heraufbeschworen werden können. Ich bin normalerweise äußerst zurückhaltend damit, einer anderen Mutter Ratschläge zu geben. Allerdings kann ich es nicht weiter ertragen. Innere Vorwürfe kommen jedoch nicht auf, denn die Eltern unserer kleinen Mitstreiterin sorgen dafür, dass die Untersuchungsintervalle verlängert werden, sodass ihre Tochter friedlich schlafen darf.

Ein Arzt kommt herein und sagt: „Amalia bekommt nun ihre Morphininjektion. Wir fangen mit einer kleinen Dosis an."

Bekümmert stelle ich fest, dass Andrea nun weiß, warum wir wieder hier sind.

Andrea: „Kein Wunder, dass dir schlecht ist!"

Nervös stelle ich fest, dass für mein Unwohlsein jedoch etwas anderes als Ursache dienen muss. Nur was? Amalia schläft bewegungslos, während ich von unheimlichen Kopfschmerzen heimgesucht werde. Über den ganzen Tag hinweg habe ich kaum etwas gegessen. Nun denke ich, vielleicht geht es mir nach einem Keks besser. Trugschluss! Mir wird noch schlechter. Ich bettelte die Nachtschwester an, mir eine Kopfschmerztablette zu geben. Die Bitte wird mir mehrere Male abgeschlagen. Das dürften sie nicht, aufgrund mehrerer Krankenhausgesetze! Mein Kreislauf scheint sich zu verabschieden. Mit dem Verschwinden meiner Hörfunktion kommt Panik in mir auf. Schwach setze ich mich auf meine Liege, die Claus, bevor er ging, nach oben geholt hat. In meinen Eingeweiden wütet ein Sturm. Ich spüre, dass ich jeden Moment unsere Zimmertoilette kontaminieren würde. So geschieht es dann auch. Ich wende mich mit letzter Kraft an Andrea und empfehle ihr, dafür zu sorgen, dass sie und ihre Tochter von uns getrennt würden. Dann sacke ich auf meiner Liege zusammen. Irgendwann kommt unsere überforderte Nachtschwester und fragt mich, ob sie einen Arzt holen solle. Nach einiger Zeit kommt ein Kinderarzt und entnimmt Blut aus meinem Ohrläppchen.

Ich, schwach, aber eindeutig: „Bitte, ich benötige eine Infusion mit Elektrolyten. Ich hatte so etwas schon einmal. Irgendeine Virus-Attacke!"

Er geht und kommt nicht wieder. Jetzt ist die Zeit gekommen, um meinen Mann zu verständigen. Mitten in der Nacht kotze ich mir die Seele aus dem Leib. Die Nachtschwester, die verständlicherweise keine Zeit dafür hat, sich auch noch um eine kranke Mutter zu kümmern, tauscht weinend meine Nierenschalen. Ihr steht die Panik ins Gesicht geschrieben.

Man muss wissen, dass die Mütter und Väter hier ihre Kinder betreuen, nicht das Krankenhauspersonal. Dies bedeutet in unserem Fall, dass das Krankenhaus meinen „Ausfall" nicht überbrücken kann, ohne noch eine Pflegekraft herbeizuzaubern – was nicht geschieht!

Alle Telefonnummern werden gewählt, aber Claus ist nicht zu erreichen. Ich hoffe, er hat gute Gründe für seine Unerreichbarkeit.

Die Schwestern sagen: „Sie müssen in die Notfallambulanz! Aber wir können sie nicht dort hinbringen!"

Es gibt in diesem RIESIGEN Universitätskrankenhaus keine Hilfe für mich. Als mein Zustand sich weiter verschlechtert, bitte ich die Schwestern, meine Freundin Ruth anzurufen. Nachts um drei werde ich von ihr in einem Rollstuhl in die benachbarte Notfallambulanz gefahren. Ich äußere meine größte Sorge: „Schwester, was wird aus Amalia? Niemand ist bei ihr! Was ist, wenn sie aufwacht und NIEMAND ist da?"

Nachtschwester: „Wir bringen Gitter an ihrem Bett an. Keiner von uns hat die Zeit, sich zu ihr zu setzen, aber wir lassen die Tür auf, sodass wir ab und zu reinschauen können!"

Arme Menschen auf beiden Seiten, nicht wahr? In der Notfallambulanz wollen sie mich nicht behandeln, weil ich auf der Kinderstation „eingecheckt" habe. Ich solle bis zum nächsten Tag warten. Dann würde ich mich ummelden können. Ansonsten wäre es nicht möglich, meine Behandlung abzurechnen!

Ruth zum „Mann am Drücker": „Jetzt passen Sie mal auf! Sie lassen jetzt sofort einen Arzt kommen. Meiner Freundin geht es schlecht und sie muss wieder auf die Beine kommen, weil ihr krebskrankes Kind ohne Aufsicht auf der Kinder-Onko liegt!"

Mit diesem Druck ist es wohl doch möglich, dass ein Arzt sich meiner erbarmt! Die Wartezeit ist schrecklich für mich, die Behandlung aber noch schlimmer. Nach einem EKG werde ich nun endlich an eine Elektrolytinfusion angeschlossen. Wir befinden uns in einem Behandlungsraum, der den Namen nicht verdient. Schlierige Metallschränke, an denen man genau sehen kann, wo gereinigt wurde und wo nicht. Blutiger Müll liegt direkt neben mir in einem überfüllten Eimer. An meinem Infusionsständer prangen zwei weitere, leere Medikamentenbeutel von Vorgängernotfällen. Der Boden sieht aus, als wären Leute mit schmutzigen Gummistiefeln und Haarausfall darübergewatschelt.

Ruth hält meine Hand: „Beruhige dich, Amalia schläft und wird gar nicht mitbekommen, dass du nicht da bist!" Sie vermittelt mir Stärke. Allerdings merke ich ihr an, dass auch sie Bedenken hat und vor allem, dass sie sich dieselbe Frage stellt: Wo zum Teufel ist Claus?

Das Mittel bringt mir Erleichterung. Die Dehydrierung ist damit in den Griff zu bekommen. Ruth und ich lassen nun die Tropfen schweigend ihren Weg finden. Ein Arzt gesellt sich zu uns. Er knallt mir seine Diagnose um die Ohren. Ohne mich untersucht oder nur ein Wort mit mir gesprochen zu haben, stellt er diese kurzerhand anhand meines jetzigen „Wohnortes" (Kinderonkologie Köln).

Arzt: „Sie sind auf der Kinderstation, richtig?"

Ich: „Ja. Meine Tochter ist zur palliativen Einstellung dort."

Arzt: „Wird sie hier im Krankenhaus sterben?"

Ich: „Nein, NIEMALS!!! Ich werde sie zuhause bis zum Schluss pflegen! Kennen Sie die Kinderstation? Würden Sie dort sterben wollen?"

Arzt: „Ich war da mal in meiner Ausbildung und – Gott behüte! Na da haben Sie sich ja ein sportliches Unterfangen ausgesucht!"

Sportliches Unterfangen, wiederholt mein Geist mit seiner Stimme in meinem Kopf. Aber ich erlebe noch eine Steigerung:

Arzt: „Aus ihrer Situation heraus kommen Ihre Symptome! Diese sind psychischer Natur! Es liegt auf der Hand, wenn die Reihenfolge verletzt wird – ich meine, wenn der jüngere Mensch vor dem älteren stirbt, ist das für uns Menschen ein Signal, mit dem wir nicht umzugehen wissen. Da kann es schon mal zu körperlichen Beschwerden kommen. Und denken Sie daran, die Trauerphase dürfte nicht länger als ein halbes Jahr dauern! Wenn Sie längere Schwierigkeiten haben sollten, empfehle ich Ihnen schon jetzt, einen professionellen, psychischen Fachmann aufzusuchen. Sie scheinen gegenwärtig schon an Ihre Grenzen zu geraten, da könnte ich mir durchaus vorstellen, dass Ihnen mein Vorschlag, wenn es soweit ist, weiterhelfen wird. Oder denken Sie noch einmal darüber nach, Ihre Tochter hier sterben zu lassen! Außerdem haben Sie es noch gut erwischt. Letztens hatte ich eine Mutter hier, deren kleines Kind aus dem Fenster gefallen ist, es war sofort tot. Die konnte sich nicht verabschieden und hatte obendrein noch mit ihren Schuldgefühlen zu tun."

Mir fehlen die Worte! Mit festem Blick, ohne ein Wort zu verlieren, lasse ich seine weiteren Salven über mich ergehen.

Ruth beäugt ihn kampflustig. Allerdings bemerkt sie meinen Händedruck, der ihr signalisiert: Lass dieses Bübchen reden, es weiß nicht wirklich, was es da von sich gibt.

Wir sollten uns alle Gedanken machen, wie junge Menschen ausgebildet werden! Was passiert da an den Universitäten? Gehirnwäsche zum Antimenschen? Worte sind eines der machtvollsten Signale hier auf Erden! Sie können jemanden stärken, aufbauen, in die Lüfte erheben. Ebenso können sie imstande sein, zu zerstören! Unachtsam plappernde Ärzte sind genauso gefährlich wie ein falsches Medikament.

Ruth gibt alles, um mich heil zur Kinderstation zurückzubringen. Mein Zustand hat sich etwas gefestigt, dennoch geht es mir schlecht. Alle körperlichen Gefühle schiebe ich zur Seite, um sofort einen Blick auf mein Kind werfen zu können. An beiden Seiten des Bettes wurden Gitter angebracht. Gott sei Dank schläft sie.

Andrea holt ihre letzten Sachen aus unserem Zimmer. Dabei berichtet sie aufgelöst: „Amalia ist kurze Zeit, nachdem ihr gegangen wart, aufgewacht. Sie hat nach dir geschrien und furchtbar geweint. Leider habe ich sie nicht beruhigen können. Es war so schrecklich!" Mit einem Unterton von schlechtem Gewissen sagt sie traurig: „Tut mir leid, Katja, aber ich hatte keine Zeit, bei ihr zu bleiben. Ich musste zu meinem Kind zurück. Ich glaube, sie haben ihr eine Extraportion Beruhigungsmittel gegeben."

Nein! Ein schlechtes Gewissen muss diese mitfühlende Mutter nicht haben. Nicht einmal die zwei jungen Frauen, die völlig unterbesetzt Nachtdienst verrichten, müssen dies. Es sind anständige, fleißige und freundliche Frauen. Ein schlechtes Gewissen sollten die Damen und Herren in der Politik haben, die fragwürdige Gesetze verabschieden! Ein schlechtes Gewissen sollten die Damen und Herren, denen die Führung solcher Häuser obliegt, haben, weil sie solche Gesetze annehmen und umsetzten! Ein schlechtes Gewissen sollten die Gierhälse in Führungspositionen bei den Krankenkassen haben! Eine arme Welt, in dem einem sterbenden Kind kein Mensch zur Seite steht, weil das Personal unterbesetzt einen Job zu erledigen hat. Eine arme Welt, in der einer Mutter, die ihr sterbendes Kind begleitet, medizinische Hilfe vor Ort bei ihrem Kind verwehrt wird. Eine arme Welt, in der der Mutter eines sterbenden Kindes Diskriminierung, Diskreditierung, Entwürdigung und Unverständnis entgegengebracht wird.

Erschöpft schlafe ich ein. Weiterhin fülle ich unfreiwillig und krampfartig einige Nierenschalen. Mein Kreislauf verabschiedet sich erneut. Schwach und aus weiter Ferne wache ich über meinen Engel neben mir, während Ruth uns beide im Blick hat. Sie versucht weiterhin, Claus zu erreichen.

Stimmen sind zu hören. Meine Augen sind schwer zu öffnen. Ich bin völlig dehydriert. Leer und verkrustet fühlt sich mein Inneres an. Claus sitzt an Ruths Stelle. An ihren Wechsel kann ich mich schleierhaft erinnern. Mit einem Mal steht die gesamte „Ärzte-Elite" in unserem Zimmer: „Ah, heute ist die Mama der kleine Patient. Ihr scheint es schlechter zu gehen als ihrem Mädchen! Wir haben von Ihren Schwierigkeiten gehört. Sie sollten sich beschweren! Dafür gibt es Formblätter, die das Beschwerdemanagement auswertet."

Keinen von ihnen kümmert mein Zustand. Claus sagt kein Wort. Er sitzt da und tut nichts. Angewidert nutze ich die Zeit, um Kraft aus dem Nichts zu schöpfen. Denn unser Zimmer ist schon anderweitig verbucht. Wir sollen schnell räumen.

Leider platzen die onkologischen Kinderstationen aus allen Nähten. Hierbei schließt sich der Kreis. Elektosmog, übermächtige Funkwellen, gifte Luft gepaart mit degenerierten Nahrungsmitteln, Alltagsstress für Groß und Klein und vieles mehr treibt Millionen Menschen in die Arme der Pharmazie. Je moderner und leichter uns die Welt verkauft wird, umso lebensbedrohlicher ist sie! Zu welchem Preis bekommen wir unsere technischen, hilfeleistenden „Spielzeuge"? Zu welchem Preis lassen wir uns minderwertige, dafür aber schnell zuzubereitende Nahrungsmittel andrehen? Warum sind Nahrungsmittel keine

Lebens-Mittel mehr? Zu welchem Preis hetzen wir Erwachsene Zielen hinterher, die jemand anderes für uns kreiert hat? Zu welchem Preis lassen wir uns kostbare Zeit stehlen? Zu welchem Preis bringen wir unseren Kindern dasselbe aufgezwungene Lebensmotto mit den dazugehörigen Argumenten bei?

Fragen wie diese stelle ich keineswegs mit ausgestrecktem Finger. Die Erkenntnisse aus diesen Fragen habe ich mir hart erarbeiten müssen. Es ist Zeit, dass wir Menschen zusammenstehen und mutig gemeinsam etwas Neues kreieren, das uns alle mit mehr Lebensfreude erfüllt! Lasst uns Hand in Hand unsere Rechte einfordern! Lasst uns genauer hinter das „Gold, das glänzt" schauen! Lasst uns fragen, warum es glänzt! Und vor allem, lasst uns feststellen, für wen dieses Gold glänzt!

Unsere Heimreise überstehe ich mit innerlich aufgesagten Gebeten und einer Spuckschale in den Händen. Mein Mantra „Ich brauche Kraft in Hülle und Fülle" übertrage ich in jedes Luftmolekül, mit der Hoffnung, dass meine „Wunschteilchen" den richtigen Adressaten finden. Meine Motivation sitzt vor mir: Amalia. Allein ihr gehört all meine Energie, sofern diese zu mir zurückkommt!

Ich lass es für dich krachen, Mama!

Zuhause angekommen, benötigen Amalia und ich eine Extraportion Ruhe. Claus hat alle Termine in seiner Praxis bis auf Weiteres storniert. Seine Angestellten halten treu zu ihm. Sie sind alle mit ihrem Fleiß und ihrer Loyalität bemüht, uns zu helfen. Zuhause regeneriere ich mich blitzschnell. Meine Gebete werden erhört! Doch wie würde es nun weitergehen?

Von Claus erhalte ich eine für mich rätselhafte Antwort auf meine Frage, warum wir ihn nicht erreichen konnten: „Ich habe so fest geschlafen, dass ich keines der Telefone gehört habe." Naja. Unsere Ehe hat sich verändert. Wir halten eingeschworen zusammen, wenn es um unsere Tochter geht. Doch wir als Paar sind in verschiedene Richtungen gelaufen, sodass wir uns nur noch als kleine Menschen am Horizont des anderen erahnen können. Jede Ehe hat ihre Facetten, in denen man sich entfernt und wieder zusammenfindet. Einige Male haben wir diese Hürden erfolgreich zusammen gemeistert. Seit einiger Zeit spüre ich, dass etwas Endgültiges immer näher rückt. Dabei geht es nicht um Amalia, sondern um das Weiterführen unserer Ehe. Meine Antwort schwankt schon jetzt zwischen einem kleinen Ja und einem großen Nein.

Claus nutzt seine Zeit mit Amalia. Ich hingegen stürze mich in eine kraftraubende Arbeit: Krankenhausrechnungen mit meiner Krankenkasse begleichen, Pflegestufenkorrespondenz, Bestellung von diversen Pflegeutensilien (Bett, Rollstuhl zum Liegen, WC-Stuhl und so weiter).

Als begleitendes Elternteil eines Kindes wird man für den Aufenthalt im Krankenhaus zur Kasse gebeten, und das, obwohl die Eltern, mit Ausnahme der rein medizinischen Maßnahmen, die gesamte Pflege ihres Kindes übernehmen (müssen). Das vorhandene Personal hätte nicht ansatzweise die Kapazität, um den Bedürfnissen der kleinen und großen Kinder gerecht zu werden. Des Weiteren benötigen die Kassen, um die Kosten für Eltern von Kindern ab sieben Jahren zu erstatten, eine Extrabegründung des behandelnden Arztes für die Notwendigkeit der Anwesenheit eines Elternteils.

Ich bemerke schnell, dass sich Claus' Arbeitseifer nun für Amalia auszahlt, denn die guten Pflegeprodukte werden nicht komplett übernommen. Den Restpreis muss man aus eigener Tasche bezahlen. Sich in so einer Situation auch noch mit der Pflegebürokratie und der einzelnen Qualität der Pflegeprodukte auseinanderzusetzen, ist wirklich nervenaufreibend! Trotz der peinlichen Gesetze muss ich die Mitarbeiter, die für die Beratung, Organisation und Lieferung angesprochener Mittel verantwortlich sind, sehr loben. Bei uns gehen alle

Lieferungen reibungslos vonstatten. Alle Ansprechpartner sind sehr freundlich, verständnisvoll und professionell. Amalia benötigt noch keinen dieser Pflegegegenstände. Allerdings ahne ich, dass der Einsatz dieser Sachen unabdingbar und der Zeitpunkt dafür sehr schnell kommen würde.

Für die Uniklinik Köln arbeitet eine Schwester, die speziell für die Palliativfälle zuständig ist. Diese Frau lernte ich bereits bei unserem ersten Besuch kennen. Nun ist sie für uns eine ausschlaggebende Ansprechpartnerin. Sie kümmert sich um Rezepte, beantwortet dringende Fragen und stellt den ersten offiziellen Kontakt zum Bonner Palliativteam her.

Es sind Milliarden Euro in Deutschland für unsinnige Dinge unterwegs. Allerdings gibt es kein Kölner Palliativteam – wegen der Kosten und aus anderen abstrusen, fadenscheinigen Gründen. Die Kölner Palliativschwester sagt mir, dass sie seit mehreren Jahren versucht, ein Team auf die Beine zu stellen. Traurig! Hier stellt sich mir die Frage: Warum ist es nicht erwünscht, dass Familienangehörige im trauten Heim sterben dürfen? Warum wird einem das so schwer gemacht? Denn besser sieht es in einem stationären Hospiz auch nicht aus: Der Gesetzgeber gibt Sterbenden eine bestimmte Zeit vor. Wenn in dieser Zeit nicht gestorben wird, muss dieser das Hospiz wieder verlassen. Im Übrigen gibt es in ganz Nordrhein-Westfalen nur zwei ambulante Kinderpalliativteams, die sehr weite Strecken auf sich nehmen, um ihre Patienten zu versorgen. Ich weiß aus einem Gespräch mit dem Bonner Team, dass diese schon mal bis nach Luxemburg oder Richtung Sauerland fahren.

Amalia wird mit einem Medikamenten- und Notfallplan nach Hause entlassen. Inhalt dieses Plans sind ihre Medizindosen und deren Einnahmezeiten. Morphin, Cortison, ein Mittel gegen Darmträgheit (Morphin unterdrückt alle Magen-Darmtätigkeiten) und Schmerztropfen. Des Weiteren erhalten wir ein Dokument, ausgefüllt und unterschrieben von unserem zuständigen Kölner Professor, dass bei Amalia im Notfall keine Reanimationsmaßnahmen gemacht werden sollen. Dieses Formblatt wird in Absprache mit den Eltern ausgefüllt. Es dient als Hilfsmittel, falls ein Notarzt mit Amalia in Kontakt kommen sollte.

Claus geht wieder arbeiten. Er muss sich ablenken und steht für uns auf Abruf bereit. Anfangs trägt Claus Amalia die Treppe hoch und runter, um ihr den Wunsch zu erfüllen, im Schlafzimmer bei einem von uns zu schlafen. In seiner Abwesenheit schleppe ich Amalia Huckepack. Sie will ab und an noch einmal in ihrem Zimmer spielen, bis zu dem Tag, an dem sie sich nicht mehr an meinen Schultern festhalten kann. Nun wird die große Familiencouch unser Lebensmittelpunkt.

Seit unserer Rückkehr aus dem Krankenhaus sprechen Amalia und ich nicht viel. Wir benötigen beide Zeit, um unsere Plätze einzunehmen. Ich als schützende Brücke, die Amalia ihren Übergang friedlich und schön ermöglichen will. Amalia nimmt ihren Platz auf einem Schiff ein, das Loslassen heißt. Ich respektiere ihre Schweigsamkeit, doch eines Nachmittags halte ich es nicht mehr aus. Meine Sensoren übermitteln mir tiefe Traurigkeit. Auf dem Fußboden vor Amalia nehme ich Platz. Ihre Wange streichelnd, ihr in die Augen schauend, sage ich: „Schatz, bitte sag mir, worüber du nachdenkst."

Amalia: „Ach Mama, es hat doch sowieso keinen Sinn, darüber zu reden!"

Ich: „Wieso? Vielleicht kann ich dir helfen! Ich spüre, dass dich etwas ganz besonders quält!"

Amalia: „Ist doch egal, du kannst nichts ändern!"

Ich gebe ihr einen Moment, um zu entscheiden. In dieser Zeit lote ich aus, ob ich weiterbohren sollte.

Amalia: „Mama, hat der Himmel mich vergessen?"

Ich, erschrocken: „Wieso denkst du das?"

Amalia: „Weil ich immer noch hier liegen muss." Ganz leise und von dicken Tränen unterstrichen fügt sie an: „Nichts kann ich mehr tun." Und lauter: „Ich will nach Hause! Ich will nach Hause! Ich will nach Hause, MAMA! Bitte!"

Lange zurückgehaltene Tränen stürmen nach draußen. Über sie gebeugt halte ich sie. Meine gesamte Körperbeherrschung ist von Nöten, um Amalia zu erheben. Ein Zeichen will ich ihr schenken. Das Zeichen, dass ich ihre Traurigkeit, Verwirrtheit, ihr Unverständnis und ihren Frust auffangen werde. Alles werde ich tun, um diese Gefühle zu assimilieren. Dies ist das erste und einzige Mal, dass Amalia ihren Werdegang anzweifelt und diesen Zweifeln für einen Moment erliegt.

Amalia, mit schwachem Lächeln: „Ich möchte wieder fliegen. Was meinst du, Mama, hat der liebe Gott mich vergessen?"

Ich, überlegt und gefasst: „Nein, mein Schatz! Hier wurde noch nie jemand vergessen! Das kannst du mir glauben. Alle gehen nach Hause zurück! Ich weiß nicht, warum es so schwer für dich ist. Aber eines verspreche ich dir, ich werde alles tun, was in meiner Macht steht, um dir deinen Weg zu erleichtern! Weißt du eigentlich, dass es Reiseleitungen für so etwas gibt?"

Amalias Neugierde ist geweckt: „Was für Reiseleitungen, Mama?"

Ich: „Niemand muss die Reise nach Hause alleine antreten! Man wird zu seiner eigenen Willkommensparty abgeholt! Ich bin hier auf dieser Seite und winke dir zum Abschied, während auf der anderen Seite deine Leute warten und dich winkend willkommen heißen."

Amalia: „Ja, das haben sie mir auch schon gesagt. Im Moment kann ich niemanden von ihnen entdecken. Sie sind weg. Warum haben sie mich jetzt alleine gelassen?"

Ich: „Ich glaube nicht, dass sie dich alleine gelassen haben! Seit wann denkst du, dass sie weg sind?"

Amalia überlegt angestrengt: „Naja, ich weiß es nicht."

Ich: „Okay, könntest du dir vorstellen, dass du sie durch die Schmerzmedizin nicht mehr so wahrnimmst wie vorher? Vielleicht triffst du sie jetzt mehr, wenn du schläfst?"

Amalia, erleichtert durchatmend: „Ach Mama, ich liebe dich!"

Amalia verbringt weiterhin die meiste Zeit schweigend. Mit geschlossenen Augen tritt sie in einen Dialog, dem ich leider nur als Außenstehende beiwohnen kann. Nach einigen Tagen scheint sie Antworten auf ihre Fragen erhalten zu haben.

Amalia: „Mama, setz dich bitte. Ich muss mit dir einiges besprechen!"

Ich nehme, innerlich aufgeregt, an ihrer Seite Platz.

Amalia: „Mama, ich möchte eine Feier. Eine große, bunte Feier!"

Ich: „Jetzt? Du wolltest doch keinen Besuch mehr, außer von unseren Hospizmädels und Tante Ruth?!"

Amalia: „Nein, Mama, nicht jetzt! Wenn ich nach Hause gegangen bin. Du hast mir doch von der Seele erzählt, die noch nach dem Tod mit ihrem Körper verbunden ist?!"

Ich: „Ähm, ja."

Ich bin völlig verdattert, dass sie dies so unverblümt zur Sprache bringt. Und vor allem, dass sie sich an dieses Gespräch erinnert.

Amalia: „Zuerst einmal stimmt das alles. Ich möchte hier sein, wo ich jetzt bin. Alle sollen in feinen Kleidern zur Feier kommen. Ich verbiete schwarz, braun und überhaupt alles dunkle! Meine Cinderella-Musik soll gespielt werden. Schokotorte und Plätzchen für alle. Unser schönes, buntes Sommergeschirr mit wunderschönen Blumen auf dem

Tisch soll die Festtafel sein. Mama! Und schöne Servietten nicht vergessen, bitte!"

Ich: „Okay!"

Amalia: „Meine kleine Freundin Elisa darf sich von meinem Spielzeug etwas aussuchen. Alle anderen Spielsachen und meine schönen Bücher kannst du armen Kindern geben."

Ich denke an ihre Beisetzung, an ihren Sarg, und frage: „Möchtest du auch etwas mitnehmen, wenn du gestorben bist? Ich meine, ein Lieblingskissen oder Kuscheltier?"

Amalia: „Mama, man kann nichts mitnehmen! Nur die Liebe, die ich gegeben und bekommen habe!"

Diese Worte lassen mich schwer Luft holen. Schnell sage ich: „Amalia, ich muss mal. Bin direkt wieder bei dir!"

Flucht in die benachbarte Küche! Eine meiner Arbeitsplatten gibt mir Halt. Sie spricht mit mir ihre Beerdigung und ihr Testament durch! Nur die Liebe nimmt man mit! Sie ist wirklich ein Wesen nicht von dieser Welt!

Amalia: „Mama, wo bist du?"

Schnell trockne ich mein Gesicht und zupfe Leben in meine Wangen. Ich kehre zurück und setze mich wieder neben meinen Engel.

Amalia: „Was macht ihr dann mit mir? Wenn ich nach Hause gegangen bin?"

Ich: „Dein Papa und ich haben über einen Wald nachgedacht."

Amalia zeigt auf ihren Arm: „Was wird mit dem Körper hier?"

Ich bin mir nicht sicher, ob ich ihr, einem achtjährigen Mädchen, die Wahrheit auftischen kann. Amalia bemerkt mein Zaudern: „Mama, du kannst es mir ruhig sagen!"

Mein Mund springt automatisch auf: „Naja, Amalia, manche werden in eine prunkvolle Kiste, einen Sarg, gelegt und auf einem Friedhof verbuddelt. Ein Grab. Auf dieses Grab kommt ein Stein mit dem Namen des Verstorbenen drauf. Jeder, der diesen kannte, kann dahin kommen und Blumen ablegen und mit ihm sprechen."

Amalia: „Das gefällt mir nicht! Was ist das mit dem Wald?"

Ich: „Das nennt man Friedwald. Der Verstorbene wird verbrannt. Danach kommt er in eine Holzdose und wird an einem Baum, den er oder seine Angehörigen sich ausgesucht haben, vergraben. Wenn man möchte, gibt es noch ein schlichtes Holzschild mit Namen, das am Baum befestigt wird."

Amalia: „Eine schneeweiße Birke würde mir gefallen, Mama."

Ich muss schweigen, sonst stürzen alle meine Gefühle einfach heraus. Ihre Hand halte ich umschlungen. Nun wechseln sich unsere Hände ab. Amalia umarmt meine Hand mit der ihrigen so fest sie kann.

Amalia: „Mama, schau mich an!"

Das tue ich. Komischerweise dient mir ein Schutzschild aus Tränen, um deren Brüder und Schwestern in meinem Inneren zurückzuhalten.

Amalia: „Mama! Wenn ich gegangen bin, geb ich dir ein Zeichen! Ich verspreche dir, ICH LASS ES FÜR DICH KRACHEN!"

Die Wochen vergehen. Amalias Zustand verschlechtert sich rapide. Sie verbringt die gesamte Zeit ruhig auf der linken Seite liegend. Im Wohnzimmer, vor einem großen, doppelflügeligen Fenster, habe ich ihr Pflegebett aufstellen lassen. Ab und an wünscht sie, einen Film zu sehen. Immer mehr lassen ihre Augen nach. Das linke ist bereits tot. Es zeigt keinerlei Signale. Es steht still. Dank des Rollstuhls, in dem sie, mit Kissen gestützt, liegen kann, vermag sie ihr Lager zu verlassen. Claus trägt sie nach draußen. Ich bette sie im Rollstuhl. Dann erteilt sie mir den „Befehl", ich solle mich während ihres Spazierganges ausruhen. Dies kann ich leider nie umsetzen. Erstarrt stehe ich an ihrem Bett und stiere nach draußen zur Wiese hin. Manchmal nutze ich diese Momente, um meine Tränen sintflutartig zu entlassen. Sobald es klingelt, fängt mein neues Ritual an: Gesicht waschen, nach unten jagen. Da stehen meine zwei Lieben. Amalia hält einen „selbstgepflückten" Blumenstrauß in ihrer rechten Hand. Über beide Ohren strahlend sagt sie feierlich: „Mama, der ist nur für dich von mir! Papa hat mir assistiert!" Dem zustimmend, nickt Claus traurig. An vier aufeinanderfolgenden Wochenenden erhalte ich vier Sträuße. Diese letzte Form von „Freiheit" wird von dem Tumor ebenfalls aufgefressen.

Die Tage und Nächte werden für mich immer undurchsichtiger. Amalia vermag es keinen Moment, ohne mich zu sein. Mein Leben findet in zwei Räumen statt: Wohnzimmer und Küche. Manchmal ist es für mich unmöglich, länger als ein bis zwei Minuten das Zimmer zu verlassen. Amalia meldet sich sofort. Also passe ich mein komplettes Leben an ihres an. Ich weiß nicht mehr, wann ich das letzte Mal geduscht oder Zähne geputzt geschweige denn, wann ich das letzte Mal meine Klamotten ausgetauscht habe. Sogar Amalias Toilettenstuhl benutze ich, weil es schneller geht, den Eimer zu leeren, als das Ganze im Bad zu verrichten. Alle diese Dinge richte ich so ein, damit meine Abwesenheit nicht zur Qual für mein Kind wird.

Eines Tages bittet mich Amalia, sie auf ihre Toilette zu bringen. Sobald sie sicher auf dem WC-Stuhl sitzt, gibt sie mir vehement und mit ausgestrecktem Arm zu verstehen, dass sie alleine sein will. Diesen Wunsch kann ich ihr nicht erfüllen. Ich spiele ihr jedes Mal eine Illusion vor: Ich halte mich, zum helfenden Sprung bereit, in ihrem „toten Winkel" auf. Doch an diesem Tag geschieht etwas Bedeutsames.

Amalia: „Jetzt kannst du meine Haare abschneiden!"

Vor Wochen hatte ich ihr sanft vorgeschlagen, ihre Harre zu kürzen, weil das Haarewaschen ein zu brutaler Pflegeeingriff wäre. Nun kleben Amalias Haare unangenehm an ihrem Kopf. Dieser wird mit dem Wachsen des Tumors mehr und mehr zur Tabuzone. Ich bin blitzschnell und vorsichtig. Das Haareschneiden ist ein bestialischer Moment, „geschmückt" mit Bildern, die lange, sehr lange zur Heilung benötigen werden. Ihre neue Frisur bewerkstellige ich mit dem Haarschneider meines Mannes. Zitternd und schmerzend erfüllen meine Hände Amalias Wunsch. Ich kann mein Gefühl nicht beschreiben, wenn man als Mutter sein eigenes Mädchen für den Tod „frisieren" muss. Jede Strähne, die zu Boden fällt, signalisiert mir, dass mein Mädchen und ich „unsere geheimen Hoffnungen", zusammenbleiben zu dürfen, loslassen können. Es würden für uns keine Wunder mehr geschehen. Dieses Wissen, dass es kein Zurück mehr geben wird, kommt an diesem Tag in das Bewusstsein meines Engels. Somit setzt sie sich selbst und allen anderen ein Zeichen. Amalia liebt ihre Haare. Das Ausmaß an Überwindung, das es braucht, um so eine Entscheidung zu treffen, brauche ich keiner Frau dieser Welt zu erklären.

Zwischen Küche und Wohnzimmer gibt es keine Tür. Alles ist offen designt. Das ist in unserer Situation sehr praktisch, denn Amalia hat aufgrund ihrer hohen Dosen Cortison immensen Hunger. Die Hälfte des Tages koche ich ihr Wunschessen. All mein Können mit all meiner Liebe stopfe ich in jedes Mahl, das ich für meine kleine Feinschmeckerin zubereite. Schluckprobleme sind ebenfalls Symptome, die diese Art von Tumor im Stammhirn hervorrufen kann. Amalia leidet bereits darunter. Ebenfalls zuckt ihre ganze linke Körperhälfte. Dieser Spasmus quält sie besonders, denn er beeinträchtigt ihre Lieblingsliegeseite. Trotz dieser Hindernisse wuchte ich Amalia bei jedem kleinen und großen Bedürfnis aus ihrem Bett. Jedes Mal treibt es mir die Tränen in die Augen, wenn ich sehe, dass sie versucht, mitzuhelfen. Irgendwann nehmen ihr Gewicht so zu und meine Kräfte so ab, dass ich sie mehr ins Bett „schmeißen" muss. Auf keinen Fall will ich es mir erlauben, dass sie mir bei diesem Akt zwischen meinen Fingern weggleitet und stürzt. Amalias Reinlichkeitsbedürfnis und ihre Intimität will ich ihr auf Biegen und Brechen bewahren.

Besonders erbärmliche Traurigkeit ergreift mein Herz, wenn Amalia einen von uns bittet, mit ihren Feenfiguren zu spielen. Ganz nah vor ihren Augen müssen die Püppchen bewegt werden. Selbst nach ihnen greifen oder gar noch einmal mit ihnen zu spielen, ist durch den Tumor ebenfalls unmöglich geworden. Sie weiß, dass mich dieses „Spiel" ganz besonders quält. Einmal will ich von mir aus ein kleines Puppentheater inszenieren. Zitternd führe ich meine Bewegungen aus. Während ich meine Tränen mit tiefen Atemzügen im Zaum halte, zwangspausieren alle Figuren. Eine kleine, schwache, heisere, nur für mich verstehbare Stimme wispert: „Ist schon gut Mama. Du musst nicht spielen!" Die Kraft zu sprechen ist ihr genommen. Die Einzige, mit der Amalia sich noch verständigen kann, bin ich. Unsere Kommunikation findet auf einer anderen, nonverbalen Ebene statt, wie das bei allen Müttern funktioniert. In unserer Situation ist diese Verständigungsart wieder freigeschaltet und extrem verfeinert. Alles geschieht über Blick- und Berührungskontakt.

Die Zusammenarbeit mit dem Bonner Palliativteam klappt ausgezeichnet. Dank meiner medizinischen Kenntnisse und meiner Geschicktheit, diese in die Praxis umzusetzen, darf ich alle pflegerischen Maßnahmen ausführen. Medikamentengabe, Einläufe, manuelle Darmentleerungen, Dekubitus Profilaxe, Mundraumpflege und vieles mehr. Ich benötige keinen ambulanten Pflegedienst. Amalia lässt widerstrebend den Kontakt mit einer Ärztin zu. Ihre Angst vor Ärzten steigert sich bis zu wildem Schreien (als sie noch schreien konnte): „Nein, die dürfen nicht zu mir! Sie dürfen mich nicht berühren!" Die Bonner Mediziner achten respektvoll auf Amalias und meine Wünsche. Mit meiner Hilfe und ausgesprochener Feinfühligkeit führen sie ihre Pflichtuntersuchungen durch.

Das Bonner Team besteht ausschließlich aus Frauen. Alle verrichten ihre Arbeit auf Station. Danach fahren sie zu ihren Patienten nach Hause – bis zu 250 km (eine Strecke) nehmen diese Frauen in Kauf. Abgekämpft und übermüdet kommen sie so manches Mal „zu Besuch". Einmal erzählt mir unsere junge Ärztin, dass sie zu einer Fortbildung im Palliativbereich war. Dort entwickelte sich in einer Unterhaltung mit den Kollegen aus ganz Deutschland ein sarkastisches „Wettspiel". Wer hat wohl die weiteste Anfahrt zu einem seiner Schützlinge zu bestreiten? Der „Gewinner" fährt mehr als 300 km zu seinen Patienten. Des Weiteren berichtet sie erschrocken, dass die anwesenden Ärzte des Palliativpflege-Teams aus ganz Deutschland in einen klitzekleinen „Saal" passten. Zu alldem werden diese Ärzte unterbezahlt. „Diesen Job besetzen überwiegend Frauen. Die Männer interessieren sich für diesen unterbezahlten Sektor kaum!", berichtet sie mir. Diese und noch weitere bekümmernde Informationen erhalte ich, weil ich mich für diese Menschen interessiere. Meine Fragen werden immer beantwortet – so manches Mal unter vorgehaltener Hand! Es ist erschreckend, wie in diesem menschenunwürdigen, pharmalobbyistischen System Menschen gezwungen werden, unmenschlich zu handeln, gegen sich selbst und gegen andere!

Die Ärztin bereitet mich mutig und einfühlsam auf das Schlimmste vor: „Es könnte sein, dass, wenn der Tumor nach oben zur Schädeldecke wächst, epileptische Anfälle mit einer immensen Schmerzsteigerung auftreten. Allerdings lässt Amalias Kopfhaltung darauf schließen, dass das Geschwür nach unten wächst. Dies würde einen sanfteren Tod herbeiführen. Die Patienten fallen in ein Koma, das direkt in den Tod übergeht. Sie wachen nicht mehr auf."

Mit diesen düsteren Aussichten warten wir alle auf den Tag X.

Amalias Abschied beginnt damit, dass sie keine Nahrung und Flüssigkeit mehr aufnehmen kann. Normalerweise, so sagt mir ein Arzt, würde ein Kind mit Amalias Größe und Gewicht höchstens zwei Tage ohne Nahrung und Wasser überleben. Ein Segen ist, dass sie nicht von Anfällen oder Extraschmerzen heimgesucht wird. Es zieht sie in Richtung Ewigkeit.

Zuerst werde ich immer verrückter. Zwischen der Küche und Amalias Bett tigernd, laufe ich im Kreis, wische unendlich viel nicht vorhandenen Staub weg, lese alle nichtvorhandenen Flusen vom Boden auf, sortiere minütlich alle Pflege-Utensilien, inventarisiere sekündlich alle Medikamente. Viele weitere Ticks entwickeln sich selbstständig, um auf keinen Fall an Amalias Bett stillzustehen.

Manchmal, wenn mir von irgendwoher ein Moment der Ruhe geschenkt wird, knie ich neben meinem Kind und sage: „Amalia, mein Schatz, bitte denk an das, was ich dir gesagt habe. Wenn du gehen kannst, dann geh, ohne dich umzudrehen! Du darfst sterben."

Das Level wird von Stunde zu Stunde erhöht. Immer, wenn ich denke, jetzt kann ich nicht mehr, stärkt mich Amalias Anblick. Und dass sie noch da ist. Ich gebe mich mit dem Allerwenigsten zufrieden, Hauptsache, sie ist noch da!

Meine Hospizmädels sowie Ruth, die ihren geliebten Bernie verloren hat, tragen mein Kind und mich auf Händen. Rosie, Gerda, Denise, Annette und Ruth versorgen mich mit deliziösen Mahlzeiten, Kuchen und vielem mehr. Ihr wertvollstes Geschenk bereiten sie mir, indem sie meinen Platz an Amalias Bett einnehmen. Amalia wird von ihnen mit Liebe zugeschüttet. Ich darf mich so verrückt aufführen, wie ich will: Verständnis, Stärke und vor allem Trost sind ihre Präsente an mich. Claus und ich leben derweil steril, weit voneinander weg. Er vermag mir nicht zu helfen.

Ruth wacht an Amalias Bett. Ich nutze die kurze Zeit, um für einen Moment im Garten eine andere Welt zu betreten. Seit langem habe ich unser Haus nicht verlassen. Alles erscheint mir unwirklich. Die Blumen, der Wind, das Licht. Es ist Sommer. Nur nicht für mich.

Ruth ruft nach mir, ich solle schnell nach oben kommen. Als ich unsere Eingangstür öffne, bemerke ich, dass die Luft vibriert. Etwas im Inneren formt unser Haus um. Ich achte nicht weiter darauf und sprinte ins Wohnzimmer, weil ich denke, dass nun Amalias Weitergang stattfinden würde. Was ich sehe, schnürt mir die Kehle zusammen:

Amalia starrt mit weit aufgerissenen Augen Richtung Decke. Nervös, unendlich aufgeregt versucht sie uns mit ausgestrecktem Arm etwas mitzuteilen.

Ruth: „Ich kann sie nicht verstehen. Sie ist auf einmal aufgewacht. Und nun ist sie so aufgeregt, dass alles zittert. Sie bekommt sich gar nicht mehr ein."

Ich stürzte zu Amalia. Kniend bringe ich mein Gesicht vor dem ihrigen in Stellung.

Ich: „Hallo Mäuschen, da bist du ja wieder. Was hast du?"

Amalia ganz leise, aber dafür ungeahnt deutlich: „Pirat! Mein himmlischer Pirat."

Sofort erinnere ich mich an Bernies Versprechen: „Natürlich werde ich sie abholen!" Mein Herz schlägt mir bis zum Hals.

Amalia: „Sag Ruth, er liebt sie und ihm geht es wunderbar. Er möchte, dass sie aufhört zu weinen. Er ist bei ihr. Und jetzt ist er hier, bei mir, mit…"

Ich: „Mit wem Schatz? Wer ist noch gekommen?"

Weitere Antworten vermag sie nicht zu geben. Ein letztes Mal versucht sie, ihrer Tante zu zeigen, wo sich unser himmlischer Besuch befindet.

Ich nehme ihre Hand: „Amalia, siehst du, das ist deine Reiseleitung."

Sie verschwindet, mit einem glückseligen Lächeln ins Land ihrer Träume. Erschöpft starre ich in die Richtung ihres Bettendes. Ich nehme nun die volle Präsenz unseres Besuchs wahr. Ruth schaut mich mit tränenden Augen an.

Ich: „Amalia hat gesagt, dass Bernie hier ist. Er liebt dich und möchte, dass du aufhörst zu weinen. Er ist bei dir und tröstet dich."

Ruth verlässt uns an diesem Abend später als sonst. Sie versucht, ihre emotionale Aufgewühltheit zu verstecken, doch ich kann diese sehr deutlich wahrnehmen. Amalia hat Ruth ebenfalls beschenkt.

Heute weiß ich, dass Amalia so lange geblieben ist, bis alle ihre göttlichen Geschenke überreicht waren.

Eventuell erweckt mein Verhalten den Anschein, dass ich unglaublich stark sei. Ich bin es auch, aber für mich ist diese Stärke nicht fühlbar. Für andere Menschen, zum Beispiel die Mitarbeiter des Palliativ-Teams, für meine Hospizmädels, sogar für Claus hat es den Anschein, dass ich ALLES auf meinen Schultern tragen könnte, ohne in die Knie zu gehen. Einmal kommt eine Vertretungsärztin zur Regeluntersuchung. Claus ist bei unserer Besprechung zum ersten Mal mit anwesend. Beim Abschied schleudert mir diese Frau ihre Interpretation meines inneren Zustandes um die Ohren: „Tja, Sie verkraften das alles ja blendend! Aber ihr armer Mann. Dem kann man ansehen, dass es ihm wehtut!" Ich bin zu schockiert, um antworten zu können. Diese Frau hat, trotz ihres Jobs, keine Ahnung! Zu keinem Zeitpunkt kann ich es mir leisten, meinem Schmerz nachzugehen! Ich werde vollständig gebraucht, auch wenn Teile von mir bereits abgebrochen sind. Für den Rest des Weges werde ich mich so lange zusammenreißen, bis ich mich auflösen darf.

Der Tumor hat einen weiteren Schock für uns vorbereitet. Amalias Mund bekommt von mir, über den Tag verteilt und je nach Trockenheit, eine Extraportion Frische. Die Pflege besteht darin, dass ich mit speziellen, weichen Schwämmen, die ich in Wasser mit einem Tropfen Minze tauche, ihre gesamte Mundhöhle reinige. Vorsichtig streichle ich an diesem Tag Amalias Gesicht, in der Hoffnung, dass sie ihre Augen öffnen würde. Ich sage ruhig: „Amalia, ich möchte dich ein bisschen frisch machen, deinen Mund reinigen und deine Lippen eincremen. Also nicht erschrecken." Und tatsächlich reagieren ihre Augen und öffnen sich halb. Nun hoffe ich auf ein Flüstern oder ein zartes Handzeichen. Stattdessen stelle ich fest, dass ihre Muskeln jegliche Kontraktion eingestellt haben. Sie kann sich nicht mehr bewegen. Sie ist eine Gefangene in ihrem eigenen Körper. Panik überfällt mich. Schwach sehen mich ihre Augen an. Ich sage: „Schatz, ich hab dich lieb, hörst du!?" Sie antwortet mit einem erstickten Ton, der alles in mir zerreißt. Danach schließen sich ihre Augen. Wie zusammengeschnürt stehe ich an ihrem Bett. Irgendwann kommt Claus herein. „Bleib bei ihr!", drücke ich aus mir heraus. Nun renne ich in die Küche. Mein Limit ist erreicht. Ich kann nicht mehr! Automatisch, ohne eine Träne, öffne ich die Schublade, in der ein Feuerzeug liegt. Ich habe einen Gedanken, den ich nun sofort umzusetzen gedenke. Alle ihre Sachen will ich in den Hof bringen und anzünden, mit mir in der Mitte! Keine Feder kann ich auf meinen Schultern mehr tragen! Es ist vorbei mit mir und meiner Kraft!

„Nein, bitte hör auf!" Mit dem Feuerzeug in der Hand halte ich inne, als hätte jemand auf eine Stopptaste gedrückt, die die Zeit anhält. Mein Impuls, mich umzubringen sowie mein Schmerz und meine Verzweiflung sind sofort verschwunden. „Nicht, Mama, wir sind so weit gekommen!" Ich kenne diese Stimme in meinem Kopf! Irgendetwas hält kaum wahrnehmbar mein Gesicht. So wie ich es immer bei meinem Schmetterling getan habe. Es ist ihre Seelenstimme, die aus dem Auto! Gedanklich frage ich: „Wie, was geht hier vor?"

Amalias Seele antwortet: „Ich nutze gerade alle meine Kraft, um zu dir durchzukommen. Bitte zweifle nicht an mir! Und schon gar nicht an dir! Du bist so stark und voller Liebe. Dies ist unser Weg. Habe Geduld, du wirst zu gegebener Zeit mehr Antworten erhalten."

Ich, gedanklich: „Hast du Schmerzen? Geht es dir gut? Ich meine den Amalia-Teil von dir!"

Amalias Seele: „Ja, mir geht es sehr gut. Die meiste Zeit bin ich schon unterwegs."

Ich: „Warum beendest du nicht deine Qual?"

Amalias Seele: „Der Zeitpunkt ist noch nicht gekommen. Ich werde wieder mit dir Kontakt aufnehmen, wenn es soweit sein wird. Bitte beruhige dich! Wenn du dich im Schmerz verlierst, ist es für mich fast unmöglich, dich zu erreichen! Wie findest du bis jetzt meine Arbeit?"

Ich, völlig verwirrt: „Deine Arbeit? Du meinst, wie du deinen Weg beschreitest?"

Amalias Seele: „Ja. Schließlich haben wir Unmengen an Energie aufgewendet, um diesen Plan umzusetzen!"

Ich: „Du bist so unendlich würdevoll. Ich könnte nicht sagen, ob ich dazu in der Lage wäre, deinen Part genauso hoheitsvoll zu beschreiten. Du musst ein großes Wesen sein!?"

Amalias Seele: „Ich danke dir. Deine Antwort erfüllt mich zutiefst. Ich danke dir. Bitte sei weiter stark! Für uns! Ich liebe dich."

Weg ist sie. Die Küche verlässt nun ein anderer Mensch. Zwar bin ich verwirrt, immer noch traurig, aber ich bin stärker denn je. Amalias Seele hat den schwarzen Teer in meinem Inneren beseitigt und diesen durch strahlendes Licht ersetzt. Ich bin nun in Besitz von etwas, das ich weder mit Worten ausdrücken noch es mit einem anderen Zustand vergleichen könnte. Es schenkt mir tiefe, innere Seelenruhe.

Claus sitzt an Amalias Bett. Er hat nichts mitbekommen. Tief versunken in seiner eigenen Trauer kauert er an ihrer Seite. Als ich zu ihm gehe, berichte ich ihm, so sachlich wie ich es kann, von meinem Erlebnis. Seine Antwort ist ein zweifelnder Blick.

Ob nun alles leichter für mich ginge? Die Antwort lautet nein. Trotz dieses himmlischen Erlebnisses sehe ich auf mein schwerkrankes Mädchen mit meinen lebendigen Erinnerungen von ihr. Ich vermisse sie, dass es mir Schmerzen bereitet. Doch diesem Empfinden gebiete ich Einhalt, wann immer es überhand zu nehmen droht – aus Respekt und Liebe meinem Engel gegenüber. Ich will auf keinen Fall, dass sie meine Schmerzen auf irgendeiner Ebene wahrnehmen oder gar ertragen muss! Sie bat mich um Stärke. Dies würde mein Geschenk an sie sein!

Unserer Palliativärztin gibt mir, mit dem größten Vertrauen, zwei Medikamente, die ich in Amalias Nase sprühen kann. Es sind Schmerzmittel.

Ärztin: „Sie bekommen diese zwei Mittel in Absprache mit unserem Chef. Ich durfte miterleben, wie hingebungsvoll Sie Ihre Tochter versorgen, wie Sie gekonnt ihre Pflege übernehmen. Aus unseren Gesprächen habe ich Ihre Einstellungen vernommen. Dies alles habe ich meinem Chef als Begründung erläutert, um seine Erlaubnis zu erhalten, Ihnen diese Mittel zu überlassen. Ich habe für Sie gebürgt. Ich weiß, dass Sie Ihre Tochter damit nicht töten werden."

Es genügten drei Pumpstöße von jedem Medikament in jedes Nasenloch, und Amalia wäre „erlöst". Ich würde lügen, wenn ich behaupten würde, dass ich nicht über Sterbehilfe, erlaubte oder illegale, nachgedacht hätte. Gott sei Dank konnte ich keinen meiner Gedanken umsetzen! Was ich vorher klitzeklein erahnte, weiß ich nun! Sterben ist ein feinfühliger, hochintimer Prozess, den es genauso, wenn nicht sogar noch mehr, zu würdigen gilt wie eine Geburt! Ich habe kein Recht, mich einzumischen, nur weil ich zu schwach bin, die „Umstände" zu ertragen! Ja, ich war und ich bin vertrauenswürdig! Ein unglaubliches Gefühl bereitet sich in mir aus. Das Gefühl von Ehre. Es ist das Schwerste auf dieser Welt, sein eigenes Kind sterben zu sehen, gleichzeitig wird es für mich zu einer Ehre, dass Amalia mich ausgewählt hat, sie begleiten zu dürfen! Diese Freude stürmt in mein trauerndes Herz und füllt es mit Selbstbewusstsein. Ich bin nun davon überzeugt, dass ich Amalia loslassen kann. Hundertprozentige Annahme unserer Situation wird mir dank Amalias Seelengeschenk zuteil.

Elfter und letzter Tag

Heute ist der elfte Tag, an dem Amalia weder gegessen noch getrunken hat. Gerda verbringt viele Stunden bei uns. Mitfühlend sitzt sie an Amalias Bett und erzählt ihr flüsternd Geschichten. Amalias Arm wird von ihr sanft gestreichelt. Gelegentlich schleicht sie zu mir und empfiehlt mir, mich auszuruhen.

Von Gerda schmücken traumhafte Blumen unseren Esstisch. Kuchen, der verführerisch aussieht und duftet, wartet neben den Blumen darauf, vernascht zu werden. Ein wunderschöner, großer Tisch. An ihm hat einmal eine glückliche Familie gesessen. An ihm wurde Kindergeburtstag gefeiert. An ihm wurde gezockt und gespielt. Auf ihm entstanden die schönsten Kunstwerke. Dieser Tisch würde genauso einsam zurückgelassen werden wie ich. Am frühen Abend gehen Gerda und Claus gleichzeitig aus dem Haus, Gerda nach Hause und Claus in seine Praxis.

Claus: „Ich muss die Abrechnung machen. Sonst haben wir nächsten Monat kein Geld mehr. Ich weiß nicht, wie ich das hinbekommen soll."

Bedrückt und emotional ausgedünnt steht er vor mir. Ich nehme ihn in meinen Arm und sage kraftvoll: „Ich bewundere deine Stärke und bin dir dankbar, dass du so für uns sorgst. Jeder hat eben seine Stärken. Wir können nichts erzwingen, das weiß ich nun! Niemand kann dem anderen Vorwürfe machen für Dinge, die einfach nicht gehen! Ich rufe dich an, wenn etwas ist, okay?" Traurig schlürft er zum Auto. In dem Augenblick, als unsere Tür ins Schloss fällt, vernehme ich ganz deutlich die Stimme von Amalias Seele. Mein Herz schlägt so wild, dass es zu einer Art aufdringlicher Hintergrundmusik ausartet. Stocksteif stehe ich lauschend im Flur.

Amalias Seele: „Hallo Mama. Bitte beruhige dich."

Ich, laut sprechend: „Hallo mein Engel! Da bist du ja wieder!"

Gleichzeitig weiß ich, warum sie zurückgekehrt ist. Amalia bestätigt es: „Heute ist der Tag, an dem ich meinen Körper für immer verlassen werde. Ich werde dir sagen, wie wir es machen. Ja?"

Ich: „Okay mein Schatz. Ich bin bereit."

Amalias Seele: „Zuerst gehst du nach oben und isst deinen Salat, den du bereits angefangen hast zu waschen. Danach nimmst du ihn mit und wir gucken den Film, den du bereits vier Mal angefangen hast, zu Ende. Ich liebe diesen Film genauso wie du!"

Ohne zu hinterfragen oder meinen Kopf mit Einwänden zu vermüllen, sprinte ich nach oben zu Amalia ans Bett. Während sich mein Atem überschlägt, starre ich auf mein Kind. Streichle ihr Gesicht. Schaue, ob ihr Herz noch schlägt.

Amalias Seele: „Bitte, Mama, es passiert nichts, bevor du nicht gegessen hast. Ich sage dir jeden Schritt, den wir gemeinsam bis zu meinem Weitergang tun werden. Du wirst auch Zeit bekommen, mir Fragen zu stellen. Du hast dir deine Antworten, sofern ich sie dir schon geben darf, verdient!"

Unsere Wohnräume vibrieren regelrecht. Der Salat schmeckt köstlich. Immer wieder, mit jedem Bissen, schaue ich rechts zu Amalia hinüber.

Ich: „Wo bist du jetzt?"

Amalias Seele: „Ich bin links neben dir, ganz nah an deiner Seite."

Ich: „Ich bin so aufgeregt, dass mir keine oder zu viele Fragen auf einmal einfallen."

Amalias Seele: „Ich weiß. Alles wird gut, Mama!"

Ich: „Warum jetzt, ohne deinen Papa?"

Amalias Seele: „Es ist besser für ihn. Schon vieles hat er dazugelernt. Wir haben seine Anwesenheit nicht eingeplant. Ich will mit dir alleine sein. Deine ganze Aufmerksamkeit und Kraft werde ich brauchen. Du würdest abgelenkt sein, wenn er dabei wäre."

Ich: „Wieso dieses schwere Paket?"

Amalias Seele: „Wir haben vieles auf uns genommen. Du wurdest sensibilisiert, genauer hinzusehen bei allem, was dir, was uns widerfahren ist. Es dient einer sehr wichtigen und großen Aufgabe. Du weißt, dass du unsere Geschichte erzählen wirst. Die Menschen müssen ihr Vertrauen zu Gott, zu ihrer eigenen Größe und Macht wiederfinden. Die Wesen auf der Erde müssen an ihren Ursprung erinnert werden. Sie sollen ihren Herz-Seelenimpulsen folgen. Das Lebensmodell, das der größte Teil der Menschen kennt und vorgesetzt bekommt, ist weder gewollt noch kann es so weiter bestehen! Die Veränderungen müssen umgesetzt werden. Alle müssen und sollen sich zur Liebe hinwenden. Alle müssen, um die Erde und sich selbst zu erheben, in ihre Eigenverantwortung gehen. Es werden Zeiten kommen, in denen sich viele Eltern, genauso wie ihr, entscheiden müssen, wie mit ihnen und ihren Kindern umgegangen werden soll. Von der Geburt an. Erinnere sie, sie haben ihre Kinder eingeladen. Nun bedarf es ganz dringend, dass die Wünsche der ankommenden hochschwingenden Seelen Gehör finden. Sie kommen, um euch und die Erde zu erheben!"

Das, was sie sagt, verstehe ich und wieder nicht. Bei dem Nichtverstehen spüre ich, dass mein Ego ordentlich dazwischenfunkt!

Amalias Seele: „Natürlich gebe ich dir eine Antwort auf deine Frage ‚Warum ich, warum du?!' Ganz einfach…"

Hier spricht sie mich zum ersten Mal mit meinem Seelennamen an, den ich in meiner Rückführung erfahren habe. Amalia habe ich nie von den Erlebnissen bei meiner Rückführungs-Aktion erzählen können. Claus ebenfalls nicht!

„Natürlich kenne ich deinen Namen! Darf ich dich weiterhin mit diesem ansprechen? Er ist mir irgendwie vertrauter."

Ich: „Ja natürlich, ich fühle mich geehrt!"

Amalias Seele: „Das ist richtig! Denn das bist du! Du wirst unendlich geehrt!"

Ich: „Wirst du mir die Antwort auf mein ‚Warum?' trotzdem geben?"

Amalias Seele: „Weil wir es können, ganz einfach! Du bist so machtvoll und groß, unendliche Liebe stellst du bereit. Wenn du es sehen könntest, würdest du jetzt nicht an meiner Antwort zweifeln! Niemand sonst meldete sich für meinen Lebensplan. Du bist mit mir aus Liebe inkarniert, um unseren Auftrag zu erfüllen. Glaube mir, nicht viele besitzen die Gabe und die Kraft, unseren Plan umzusetzen. Du wirst ein Buch darüber schreiben für alle Mamas, Papas, Omas, Opas, Tanten und Freunde, die kein Gehör finden, die an denselben Lebenspunkten stehen werden wie wir! Aber vor allem schreibst du dieses Buch für jedes kranke Kind, das eine sanftere Behandlung verdient! Jedes schwerkranke Kind stellt mit seinem Sein die göttlichste aller Fragen: die Frage der Liebe!"

Ich: „Ich bin deine Mama und keine Schriftstellerin, Schatz!"

Amalias Seele: „Wir werden dir helfen! Wir werden uns für dich erinnern. Wir zusammen werden die richtigen Worte finden!"

Ich: „Ach Amalia, kannst du nicht bleiben?"

Amalias Seele: „Nein, das kann ich nicht! Meine Inkarnation ist gleich beendet. Mama, es war schön, bei dir zu sein. Ich war gerne dein Kind. Aber diese Welt ist nichts für mich. Es ist zu wenig Liebe vorhanden. Mehr ertrage ich nicht. Wir haben eine Kurzzeitinkarnation geplant. Du wirst noch viele weitere Aufgaben erfüllen!"

Noch weitere Fragen kann ich nicht stellen. Ich habe das Gefühl, dass Amalia, deren Seelenname ich geschenkt bekomme, „nach Hause" will.

Amalias Seele: „Bitte, Mama, denk an unsere Feier. Bunte Kleidung, Musik und Schokolade für alle! Ich werde nach meinem Tod noch weitere Zeit mit meinem Körper verbunden sein. Ich bin dir dankbar, dass du alles so geplant hast, dass mein Körper hier bei euch sein wird. Ich werde dir ein eindeutiges Zeichen geben, wann ich meine Inkarnation komplett beende, das heißt, wann ich mich endgültig von meinem Körper löse."

Ich: „Es fällt mir sehr schwer, an all diese Dinge zu denken. Sie machen mich traurig! Und ich fühle mich schon jetzt wie der einsamste Mensch auf Erden. Verdonnert, für den Rest meines Lebens unglücklich zu sein. Und dich zu vermissen!"

Mich wundert es, dass sich keine einzige Träne bei mir meldet. Irgendwie, das muss ich zugeben, spricht eine gewaltige Ladung Trotz aus mir.

Amalias Seele: „Mama, du wirst große Geschenke erhalten. Dein Weg wird keinesfalls so düster, wie du ihn gerade siehst! Glaube mir. Alles Schöne, was zu dir kommen wird, hast du mehr als verdient!"

Ich: „Ich kann mir ein Leben ohne dich nicht vorstellen! Aber ich werde bereit sein, dir zuliebe!"

Amalias Seele: „Die Zeit ist nun gekommen. Bitte lege dich noch einmal zu mir. Ich möchte noch einmal mit dir kuscheln."

Sofort stehe ich auf und lege mich ganz behutsam an Amalias Seite. Ich fotografiere sie mit meinen Augen und meiner Nase. Alle meine Sinne beschwöre ich, alles festzuhalten. Meine Hände streicheln ihre Stirn. Ich lausche ihrem Herzschlag: Bum bum, ganz ruhig.

Amalias Seele: „Stelle dich bitte jetzt zu mir. Komm ganz nah an mein Gesicht. Am besten Nase an Nase. Denke bitte daran, wenn ich gleich erwache, bin ich wieder dein kleines Mädchen. Ich werde Angst haben. Ich werde nicht weg von dir wollen Gib mir bitte die Kraft, die ich brauche, um schnell gehen zu können."

Ich stehe auf, gehe langsam um das Pflegebett. Dabei halten meine Augen und mein Herz den Kontakt zu meinem Mädchen. Ich kann nicht ausloten, wie lange sie für ihren Tod benötigen würde. Außerdem habe ich nicht damit gerechnet, dass sie noch einmal aufwachen wird. Die Ärzte haben prognostiziert, dass sie von ihrem Koma aus direkt in den Tod übergehen wird. Ich stelle mich so zu ihr, dass ich Stunden hätte verweilen können. Nun nehme ich sanft das engelsgleiche Gesicht in meine Hände und sage laut: „Ich bin soweit, wenn du es bist." In diesem Augenblick schlägt meine Amalia ihre Augen auf. Sie sieht mich direkt an. Tränen laufen aus ihren blauen Augenlichtern.

Ich: „Amalia, ich liebe dich, hörst du. Du darfst jetzt wieder fliegen. Deine Reiseleitung wird dich mitnehmen. Mach's gut, mein Schatz!"

Meine Tränen tropfen auf ihr Gesicht. Ihr Herz rast so schnell, dass niemand auf dieser Welt seine Schläge hätte mitzählen können.

Ich: „Bitte Schatz, lass los, fliege!"

Mit einem letzten „Mama" verabschiedet sich der schönste Engel auf meiner Erde. „Eine gute Reise, mein Schatz. Ich hoffe, dass ich dir gut helfen konnte."

Amalias Seele meldet sich ganz leise: „Ich gehe jetzt an die ‚Steckdose'. Danke mein Herz, dass du mir alle deine Liebe geschenkt hast!"

Am 26.06.2015 um 21:45 Uhr befinde ich mich vor einem großen, zweiflügeligen Fenster. Eine Amsel singt für mich. Weil mir schwindelig wird, lasse ich mich auf einem Stuhl nieder. Nun kommen sie, alle meine Tränen. Ich kann das Gewicht auf meinen Schultern nicht mehr tragen. Krampfartig schüttelt es mich zu Boden. Auf einmal wird, sehr stark und unerwartet, nach mir gegriffen. Mein ganzes Wesen spürt abrupt einsetzende Leichtigkeit. Mein bleischweres Trauergefängnis, das sich um mich gezwängt hat, wird von Amalias Seele und ihrer Reiseleitung kurzerhand energetisch konfisziert! Ich fühle eine Klarheit, die nicht von dieser Welt ist. Von nun an würde sich alles verändern! Mir ist bewusst, dass so mancher Gefühlssturm noch hinter weiteren Ecken auf mich warten würde, aber ich habe keine Angst mehr. Vor nichts!

Claus und ich bereiten alles vor, wie Amalia es sich gewünscht hat. Alle kommen. Unsere Ärztin vom Bonner Palliativteam bedankt sich rührend bei Amalia und mir. Ihr Lob erhebt mich in die Lüfte. Ich teile mit ihr den Wunsch, dass viele Eltern unserem Beispiel folgen mögen. Ein letztes Mal muss sie Amalia untersuchen. Das ist Gesetz.

Ärztin: „Schauen Sie, Amalia hat Gänsehaut an beiden Armen. Angefangen an der Schulter bis hin zum Handgelenk ist es auf jeder Seite gleich. Merkwürdig!"

Als ich Amalia gewaschen habe und ihr ein frisches Bett bereitet habe, hatte sie noch keine Gänsehaut. Schlagartig kommt die Antwort dafür wieder in mein Gedächtnis: „Ich werde nach meinem Tod noch weitere Zeit mit meinem Körper verbunden sein. Ich bin dir dankbar, dass du alles so geplant hast, dass mein Körper hier bei euch sein wird. Ich werde dir ein eindeutiges Zeichen geben, wann ich meine Inkarnation komplett beende, das heißt, wann ich mich endgültig von meinem Körper löse."

Lächelnd erzähle ich ihr, mit Tränen in den Augen, von meinem Abenteuer mit Amalias Seele. Die Ärztin und ihre Begleitung lauschen, ohne ihren Blick von mir zu wenden, meinen Worten. Als sie gehen, verabschieden sie sich mit folgenden Worten, geschmückt mit ihren Tränen der Rührung: „Danke, dass Sie uns das erzählt haben. Wir durften schon so manches Mal einem kleinen Wunder beiwohnen. Ihres gibt uns viel Kraft und Hoffnung!" Mit dieser Reaktion habe ich nicht gerechnet.

Wir feiern drei Tage lang. An jedem Tag sind liebe Verwandte und Freunde zu Gast, in vornehmen, bunten und sehr geschmackvollen Kleidern. Allen erzähle ich unsere göttliche Story. Ihr Staunen und ihre Tränen lassen in mir eine ungeahnte Überzeugung immer größer werden und ich denke: Ja, mein Schatz! Ich werde unser Buch schreiben!

Am dritten Tag sitze ich mit Rosi und Gerda an unserer Kaffeetafel. Der Kuchen für die Feier wurde von ihnen und Ruth gebacken. Vor Tagen, als ich alleine mit Amalia war und nicht mehr wusste, wohin mit mir, malte ich sie. Diese Zeichnung kopieren wir und schreiben Amalias ureigenen Spruch auf die Rückseite: „Ich bin gekommen, um dir zu zeigen, was Liebe ist!". Jede meiner Gefährtinnen bekommt dies als Andenken an ihren Schützling.

Schweigend sitzen wir beisammen. Mich erwischt Amalias fröhliche und wahrhaftig aufgeladene Stimme aus dem Nichts.

Amalias Seele: „Hallo (mein Seelenname), ich bin bei dir. Mir geht es super! Wenn ich könnte, würde ich Funken sprühen! Aber ich möchte euch nicht erschrecken. Du hast ein schönes Bild gemalt. Sag ihnen, das ich sehr dankbar bin, für alles, was sie mir geschenkt haben."

Sofort gebe ich Amalias Dank an Gerda und Rosi weiter. Beide schauen etwas verdutzt. Ihre Freude überwiegt und wird mit lautem Lachen unterstrichen!

Amalias Seele: „Heute gegen 17:00 Uhr eurer Zeit werde ich nicht mehr mit meinem Körper verbunden sein. Du wirst es sehen!"

Ich: „Du siehst unversehrt aus, seit drei Tagen! Die Ärzte haben mir gesagt, dass Sterbende, die vor und nach ihrem Tod so lange liegen, zerstörerische körperliche Anzeichen aufweisen. Du hingegen siehst wie ein Engel aus, der schläft!?"

Amalias Seele: „Das habe ich für dich gemacht. Und für alle unsere Lieben, die gekommen sind! Heute werde ich nach Hause gehen. Dennoch bleibt ein großer Teil von mir bei dir. Wir sind auf ewig miteinander verbunden. Ich liebe dich. Das tut der ganze Himmel!"

Aufgeregt berichte ich Gerda und Rosi über meine Erlebnisse und Gefühle. Als sie gegangen sind, nehme ich an Amalias Bett Platz. Claus gesellt sich zu uns. Gemeinsam werden wir Zeuge von einem weiteren himmlischen Versprechen. Zwei Augenpaare warten auf den angekündigten Gongschlag. Unsere digitale Uhr zeigt 17:00 Uhr. Die Zauberei setzt sofort ein: Amalias Arme ruhen über ihrer Bettdecke. Ganz sanft verschwindet flüsternd ihre Gänsehaut. An beiden Armen zur selben Zeit.

Das GartenWEden Magazin – Seit Januar 2009 werbefrei
Träume verändern die Zukunft ...

Alle Menschen träumen von einer paradiesischen Zukunft - und das
zu Recht. Das Paradies ist in jedem Menschen enthalten und wenn
wir beginnen die Bilder von einer heilen, paradiesischen Welt zu träumen und diese Träume jeder für sich im Kleinen umsetzt, dann verändern wir die Welt.

Direktbestellung: www.gartenweden.de

Das GartenWEden-Rezeptbuch

Es enthält viele liebevoll selbst entwickelte und erprobte vegetarische/
vegane/rohköstliche Rezepte.

Eine ganz, ganz feine Geschenkidee
mit Herz und Niveau.

ohne ISBN

19,80€

GartenWEden Wildpflanzen und Wildkräuterportraits

Eine Sammlung von 33 Wildpflanzen
und Wildkräuterporträts – eben jenen,
die sehr bekannt sind oder auch zum
Bereiten von Gerichten geeignet sind.

ohne ISBN

19,80€

Thalus von Athos

Buch 1

»Die Offenbarung«

ISBN 978-3-946504-00-9

19,80€

Alf Jasinski, selbst jahrelanges Mitglied des M.O.H.L.A.-Ordens (Mystischer Orden Hermetischer Lehren Atons – aufgelöst am 21.03.2006), wurde beauftragt, das Wissen des Ordens der Öffentlichkeit zugänglich zu machen.

Unter Zuhilfenahme der Tagebuchaufzeichnungen seines Freundes Frater Thalus von Athos klärt der Autor über irdische, innerirdische und außerirdische Zusammenhänge auf. Nicht Spekulationen, sondern Erfahrungsberichte sind Grundlage seiner Werke. Soziale, wirtschaftliche und politische Missstände werden auf verständliche und spritzige Weise erklärt.

Mysterien, wie Religionen, menschliche Evolution, außerirdische Einflussnahmen, der Mythos Innererde und konträre Ordensinhalte werden aufgeschlüsselt.

Thalus von Athos

Buch 2

»Das Portal«

ISBN 978-3-946504-04-7

19,80€

Wesentlich in Buch 1 »Die Offenbarung« war es für mich, als Frater Thalus von Athos vorrangig meine eigenen Erlebnisse und die sich daraus ergießenden Erkenntnisse zu schildern, im Sinne einer Offenbarung.

Im vorliegenden Buch »Das Portal« übermittle ich die Sicht- und Denkweisen von unseren kosmischen Geschwistern und von Ordensleuten, deren Sicht des Lebens sich von unserer nur insofern wesentlich unterscheidet, indem sie Leben als nichts Abgesondertes betrachten.
Sie weihten auch mich ein in viele Zusammenhänge. Wir erhalten Einblick in die Philosophien von Anderweltlern und Lichtwesen, die sich seit undenklichen Zeiten mit unserer irdischen Menschheit befassen und wissen, was menschliches Leben bedeutet und wohin es führen wird.
Hier geht es nicht mehr alleine nur um meine Erkenntnisse, sondern um die Erkenntnisse vieler kosmischer und irdischer Menschenwesen, deren geistige Überlegenheit uns Erdenmenschen in mancher Hinsicht die Augen öffnen könnte.
Ihre Überlegenheit ist keine Überheblichkeit, sondern die logische Konsequenz von Spezies, die älter sind und länger durchs Universum reisen als wir Erdenmenschen in unserer heutigen Form bestehen!

Thalus von Athos

Buch 3

»Kreuzfeldplanet«

ISBN 978-3-946504-06-1

19,80€

Das Thema Außerirdische Einflussnahmen beleuchtet Alf in Buch 3 mit Hilfe der Innerirdischen bis hin zu seinen Anfängen. Warum kam es überhaupt dazu und wie kommen wir da wieder heraus? Wie kommen wir vom Kreuzfeldplaneten wieder zum wedischen Planeten? Was hat es mit den genetischen Veränderungen der Menschheit auf sich? Haben Außerirdische tatsächlich mit Spritzen oder Ähnlichem unsere Genetik manipuliert?

Energien, wie die luziferische oder die satanische werden einmal völlig wertneutral betrachtet, ohne sie zu trennen und was dabei herauskommt, ist erstaunlich. Antworten auf die Frage, wie wir uns den Dunklen entziehen können spielen nun in den Gesprächen eine immer größere Rolle. Und, was besonders wichtig ist: Die Erkenntnis, dass wir niemandem hilflos ausgeliefert sind.
Wir sind eine Spezies, die den Dunklen völlig überlegen ist, wenn wir uns wieder auf all unsere Fähigkeiten besinnen! Wir sind die irdischen Meister des Spirituellen und wirklicher Hochkulturen und niemals barbarisch oder primitiv gewesen. Unser einziger Fehler lag darin, uns genau das einreden zu lassen!
Niemand ist größer oder mächtiger innerhalb der Schöpfung als der Mensch – nur manche eben umfassender im Aktionsradius. Grundsätzlich dienen wir alle gemeinsam mit den Seraphim und den Engeln der einen Idee: Dem Menschsein auf allen nur erdenklichen Feldebenen.

Thalus von Athos

Buch 4

»Kosmischer Mensch«

ISBN 978-3-946504-07-8

19,80€

In diesem Buch geht es in erster Linie um das Wunder Mensch. Wo beginnt und endet die Wesenheit Mensch? Was ist die wahre Spezies Mensch? Worin zeichnet sich ein kosmischer Mensch aus?

Unsere Urblockade, auf der alle anderen Blockaden aufbauen, lässt sich lösen, wenn wir an unsere Wurzel und Krone gehen. Die Wurzel steht für unser Stammhirn und die Krone ist der Teil der Gehirnrinde, wo sich die Drüsenfunktionen von Zirbeldrüse, Hirnanhangdrüse und Hypothalamus befinden, deren Drüsenfunktionen die Verbindungskapillaren zu unserer Seele und unserem Geist sind.

Das persönliche Ich Bin wird zum planetaren Ich Bin, wenn ein einzelner Mensch alle planetaren Geistseeleninhalte in sich vereinigt hat.

Es sind immer die kleinen Schritte, die eine Spezies weiterbringen. So werden unsere Kinder neue Erkenntnisse zeitigen und sie in die irdische Gemeinschaft sowie in die Gemeinschaft mit anderen Spezies einfließen lassen. Niemand weiß, was unsere Kinder einmal werden. Doch auf jeden Fall werden sie etwas Besonderes – egal, auf welcher Welt sie heranreifen und wie sie physiognomisch oder mental aussehen. Letztendlich fließen wir allgemein dem Göttlich-Lichten zu.

Thalus von Athos

Buch 5

»Befreiung«

ISBN 978-3-946504-08-5

19,80€

Was ist Zeit wirklich? Das Thema Zeit und Raum nimmt in diesem Buch einen größeren Raum ein.

Wie findet interstellares Reisen statt?

Wir sind die Helden der Zeit, die Vorreiter, die den Menschen lehren, wie sie wieder zu Schöpfern werden.

Ego heißt im Urwort „Ich". In der Physis ist es das gesunde Ego, das Leben und Überleben in Frieden und Gottesverbundenheit ausmacht.

Ist Jesus am Kreuz gestorben? Was ist der Gral Christi? Was hat es mit den biblischen 144.000 Gerechten auf sich?

Woher stammen die unterschiedlichen Blutgruppen auf der Erde?

Diese und viele andere spannende Themen, werden in diesem Buch beantwortet.

Alfs Engelbuch

»Protokolle der Menschen

über die Engel«

Kommentierte Kurzgeschichten

ISBN 978-3-946504-09-2

24,80€

Protokolle der Menschen über die Engel

Glauben Sie an Engel oder sind Sie schonmal einem begegnet?
Sind Engel Boten Gottes oder eine nicht-irdische positive Energie?
Tragen sie strahlend weiße Gewänder mit Flügeln verziert?
Oder wandeln sie unerkannt unter uns?

Alf Jasinski sammelte Aussagen von Menschen mit den verschiedensten Hintergründen über das Faszinosum »Engel«, die in diesem Büchlein zum Nachdenken und Hinterfragen, Hinschauen und Hinspüren, Träumen und Sinnieren anregen.

Fester Einband
Fadenheftung mit Lesebändchen
42 Engelskizzen

Notizen

Notizen

Notizen